A ÚLTIMA VISITA

lura

ORGANIZAÇÃO DE
RICK BZR

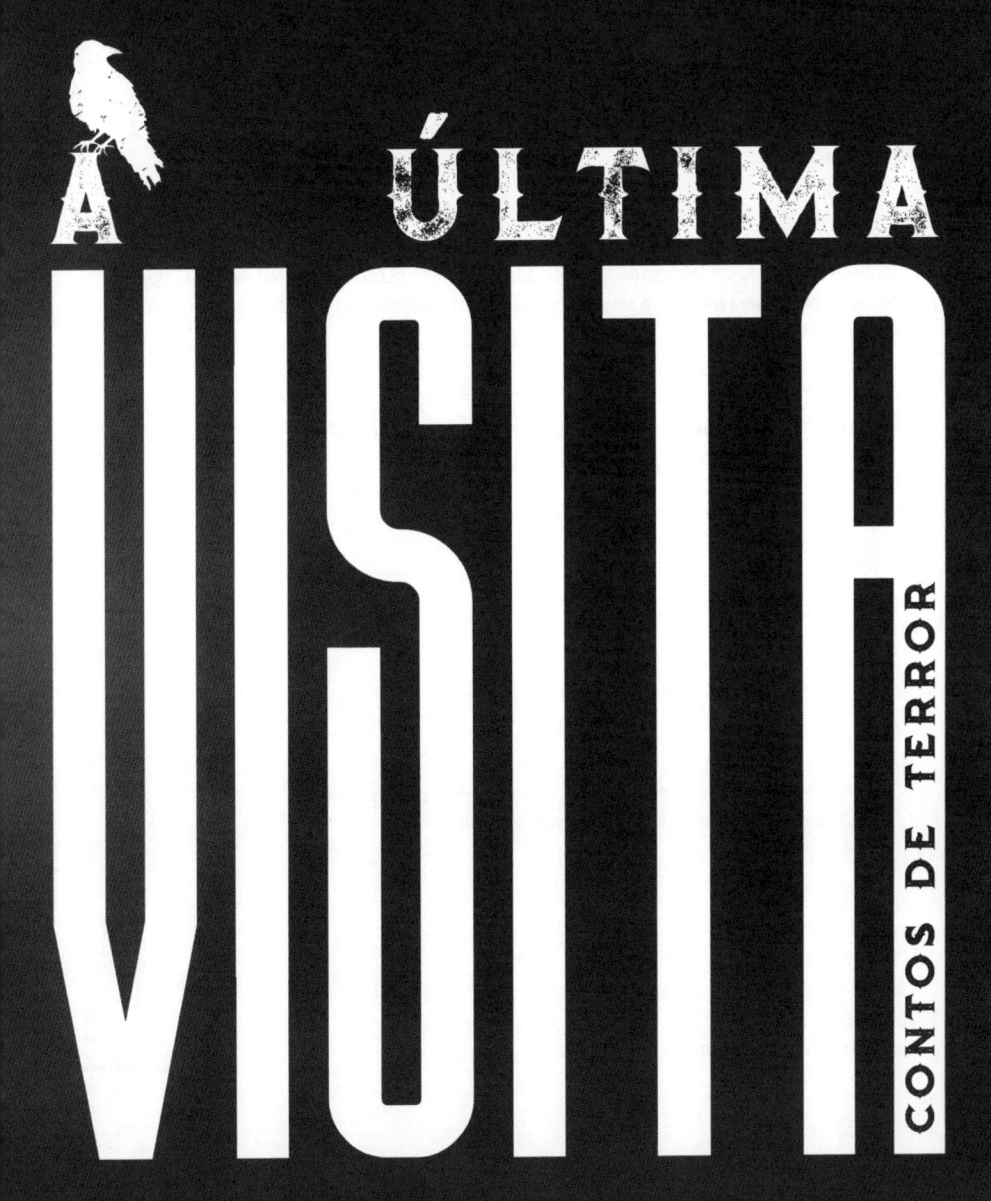

A ÚLTIMA VISITA

CONTOS DE TERROR

Copyright © 2023 por Lura Editorial.
Todos os direitos reservados.

Gerente Editorial
Roger Conovalov/Aline Assone Conovalov

Preparação
Stéfano Stella

Diagramação
André Barbosa

Capa
Roger Conovalov

Revisão
Amanda Moura/Rebeca Lacerda

Organização
Rick BZR

Todos os direitos reservados. Impresso no Brasil.
Nenhuma parte deste livro pode ser utilizada, reproduzida ou armazenada em qualquer forma ou meio, seja mecânico ou eletrônico, fotocópia, gravação etc., sem a permissão por escrito da editora.

DADOS INTERNACIONAIS DE CATALOGAÇÃO NA PUBLICAÇÃO (CIP)
(Câmara Brasileira do Livro, SP, Brasil)

A última visita / organização Rick BZR. -- 1. ed. -- São Caetano do Sul, SP : Lura Editorial, 2023.
336 p.

Vários autores
ISBN 978-65-5478-071-1

1. Ficção   2. Terror   3. Antologia   I. Editorial, Lura.

CDD: B869.6

1. Ficção : Antologia : Literatura brasileira
869.108

[2023]
Lura Editorial
Rua Manoel Coelho, 500, sala 710, Centro
09510-111 - São Paulo - SP - Brasil
www.luraeditorial.com.br

"— Quem é você?
— Eu sou a morte!
— Veio me buscar?
— Tenho caminhado ao seu lado há muito tempo..." *

---

* **BERGMAN, I.** O sétimo selo. Suécia: Svensk Filmindustrit, 1956.

SUMÁRIO

12 Um vislumbre sobre A Última Visita
Roger Conovalov

16 A breve vida de John e a segunda presença
Douglas A. P. Morais

26 Feliz Natal, Ana!
César Amorim

34 Melodia para uma noite sinistra
Cátia Porto

42 A última visita
Alexandre Brandão

52 Caminho de volta
Guilherme Pech

58 Amanhecer
Célio Marques

68 A mulher que enxergava a Morte
Graziele S. Siqueira

76 Campo dos lobos
Alexandre Pereira

84 A coroa e sua coroa de flores
Káthia Gregório

96 O violinista da praça dos Imigrantes
R. F. Jorck

106 A avó morta
Lu Candido

114 Fim de jogo
Tati Klebis

124 As vidas que ceifei em Salem
Alexandre Tássito

130 O leitor de almas
Ivaldo Medeiros

136 Terror em Campos do Jordão
Dennise Di Fonseca

144 A hora da ceifa
Anna Riemer

152 Descanse em paz
Elesio Marques

160 A botija de José Domingos
Francisco de Assis

168 O espelha-dor
Ricardo Sales Odorizzi

174 A rosa negra
Roberto Silva

182 QUERIDA MAMÃE
César Amorim

188 ELA
Gabriel Ract

194 INCERTEZA DA MORTE
André Chaves

204 O VELHO RELÓGIO CUCO
Manuel Neto

212 PRENDA DE ADIVINHAR
Célio Marques

222 BOA SORTE, BOA MORTE
Gilmar Rodrigues

226 O SORRISO DE LARA
Cátia Porto

234 Quando parar de correr
Tassi Viebrantz

242 O segredo da travessia
Marisa Toth

250 Espantalhos
Rodrigo Gallo

258 A cadeira
Conde Ros

264 Cemitério dos anjos
Antônio Patrick Carneiro

274 A dama da noite
Tereza Cristina

280 O fardo da morte
Lucas Mercês

288 A colheita
Kiko Moreira

296 Sentença de morte
Cecília Torres

302 O menino e o salgueiro-chorão
Guilherme Pech

308 As sombras
Alexandre Brandão

318 Festa!
Lis Aranha

322 Nos jardins de gelo
Rick Bzr

UM VISLUMBRE SOBRE A ÚLTIMA VISITA

— Roger Conovalov —

A cada passo, sinto o leve rangido do assoalho de madeira. Aproximo-me da porta, um pouco gasta e com ranhuras do tempo. Após uma leve batida e um breve silêncio, ouço movimentos vindos lá de dentro.

— Estou indo, estou indo... – uma voz rouca soa no interior da casa.

Começa a garoar um pouco. Outubro. O inverno ainda insiste em ficar, mas já sabe que seus dias se foram. Eu sempre afirmo: cada coisa ao seu tempo...

A porta se abre, a senhorinha me vê e arregala os olhos. Em um primeiro momento, percebo que os pequenos pelos do seu braço se ouriçam. A boca está entreaberta. Por um momento ela esquece de respirar. E, logo em seguida, pisca, balbucia algumas palavras, como não conseguisse falar, e então murmura:

— Olá?

— Olá, minha senhora – respondo, calmamente.

— Já é Halloween? Digo... – ela retoma a consciência e volta a me encarar — Por que está vestida dessa maneira?

— A senhora diz... não lhe agradou a túnica preta?

— Oh sim, mas é um pouco diferente. Não consigo ver o seu rosto direito com esse manto na cabeça. Confesso ter me assustado. Pensei que fosse pedir gostosuras ou travessuras – ela sorri. — Não tenho muitas guloseimas em casa. Aliás, ainda não estamos no Halloween.

— Sim, hoje é dia 13 de outubro. Não estamos, senhora.

— Pois bem, o que deseja? – ainda insegura com minha visita inesperada, a velhinha já demonstra certa impaciência.

— Confesso que iria ser mais breve, mas esse cheiro... está delicioso... é maçã?

Ela volta os olhos para dentro da casa, como se procurasse por algo com o nariz.

— O chá? Ah, sim... Maçã, com canela. Era o preferido do meu marido. Que Deus o tenha!

Ri baixinho e lembrei-me do dia em que fui visitá-lo. A senhora com quem eu agora converso ainda era bastante jovem. Lembro do semblante dela quando entrei no quarto do hospital em que ele estava há dias em coma. Tirei-o do sofrimento como uma amiga.

Agora, a velha me serve um pouco da bebida quente e me conta vários momentos especiais que passou ao lado do amor de sua vida, embalados pelo doce aroma vindo da xícara. Ela diz que aquilo a faz ficar longe da morte, que lhe traz vida. Mal sabia ela que chegara sua vez. Julgava-se mais madura, porém... pobre criatura... para mim ainda era ingênua como uma criança. Não entendeu que a única coisa certa dessa vida sou eu. Ia doer um pouco..., mas logo passaria tudo e ela finalmente poderia desfrutar do descanso eterno.

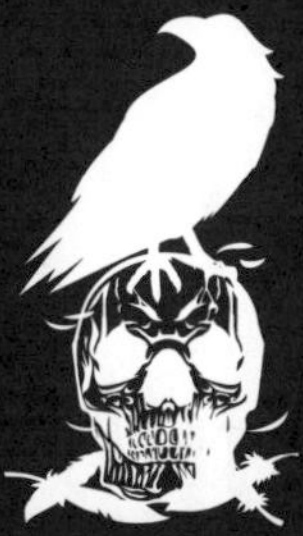

A Breve Vida de John e a Segunda Presença

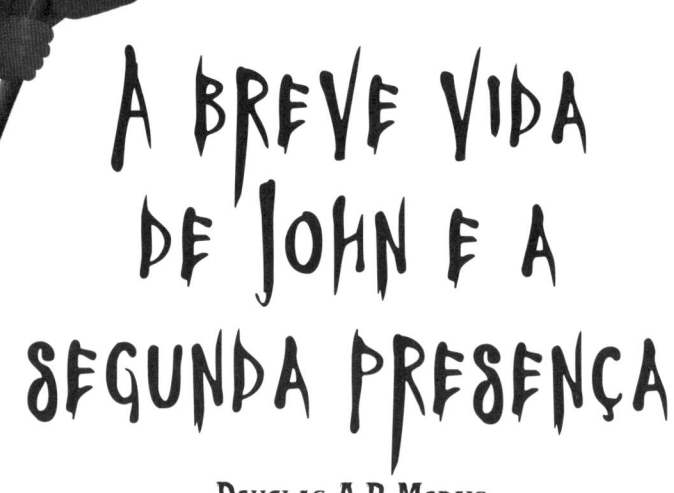

— Douglas A.P. Morais —

Será que existe algo que seja mais agonizante que um rato roendo a parede do seu quarto pelo lado de fora? E, todas as noites, você ouvir os dentinhos afiados tirando mais uma lasca de madeira, enquanto espera o dia em que ele abrirá um pequeno buraco e ficará parado, te observando, com aqueles olhinhos escuros e brilhantes?

Nada mais me surpreende ao observar a vida de John. Ele está sempre deitado em meio às cobertas, emboladas e escuras de sujeira. Sempre cansado e com sono. Já não importa o motivo para a TV do quarto estar ligada. Ela praticamente nunca desliga. E pode estar sintonizada em qualquer canal. John não assiste mais à televisão. Ele apenas fita o vazio dos pixels, talvez observe a antena velha empoeirada, ou o som robótico da falha de sinal interferindo no repórter, que noticia alguma tragédia indefinida.

Minha presença tem pesado sobre a vida dele aos poucos. Consegui ganhar corpo e absorver mais energia ao longo dos anos. Atingi sua vida de diversas maneiras. O campo amoroso foi o trabalho mais difícil: a cada discussão, sua ex-mulher o perdoava, tinha pena dele, ou se sentia perdida, sem ter para onde ir. Não me sinto culpada por fazer meu trabalho, a senhora Valéria foi uma mulher forte. Os atos infundados e incontroláveis de John não tinham nada a ver comigo, pelo menos não em todos os quesitos, e, sempre que ele precisou, ela esteve por perto, mas, afinal, todo mundo tem seus limites. Sim, eu sei bem...

Com o emprego também foi um processo lento, mas meu foco era infalível: fazer ele acordar mais tarde ou simplesmente desistir de ir trabalhar por qualquer motivo. Isso foi o suficiente para que sua carreira de oito anos como gerente de uma loja de carros desmoronasse aos poucos. É difícil explicar como me alimento de energias negativas, mas seria cômico se eu dissesse que preciso disso para sobreviver, não é mesmo? Mas é algo parecido com isso, talvez...

O rato, por fim, conseguiu abrir um buraco na parte externa da parede, e então desapareceu por uns dias. Enquanto isso, John tem desistido de tudo há um tempo. Tentei avisar de várias maneiras que ele esqueceu a torneira da lavanderia ligada há três dias, mas acho que ele se acostumou com minha presença. Eu abri e fechei a porta da lavanderia duas vezes esta noite, mas ele já não se levanta da cama para olhar. Talvez o medo que costumava sentir foi substituído pela indiferença, e o próprio pavor de estar em uma casa com minha presença tenha oferecido certa companhia a ele. No fim, tornei-me refém de meus próprios atos, quase como um palhaço em um circo vazio.

Lembro-me como se fosse ontem do último dezembro. Toda a família de John estava reunida para um almoço em família: trocavam presentes em volta da árvore de Natal, comiam, conversavam e riam alto. Ele se sentia em um estado de felicidade genuína. Dançou em frente aos seus familiares e, em seguida, chamou todos para dançarem juntos.

Valéria percebia uma certa indiferença pela parte da família do marido, sentia-se isolada, não conseguia encaixar-se em uma conversa por não receber atenção suficiente para isso. Decidiu que, depois do almoço, enquanto todos estivessem se divertindo, lavaria as louças lentamente, de modo a ganhar tempo e não precisar interagir novamente. Pelo menos nesse ponto tive abertura para estar presente. Toda aquela energia da sala me afastava para longe da casa, mas a angústia de Valéria ganhou força em seu peito, e, naquele cômodo, enfim, eu pude estar presente. Como ela havia sido a primeira a notar minha presença, meses atrás, quando comentou com John que havia algo de errado na casa, preferi não tentar uma comunicação direta, então apenas a observei, sempre mantendo o controle para não me materializar, o que era difícil às vezes.

Valéria ouvia as risadas na sala, a mãe de John contava algumas piadas antigas e todos se divertiam muito, principalmente John. Ele tinha uma mecha de cabelo no lado direito que teimava em cair em seu rosto, a qual ele sempre ajeitava atrás da orelha. Quando despojadamente deixava o cabelo seguir seu curso, a esposa logo identificava que ele estava bêbado. De perfil, era um homem bonito, mas, se olhassem diretamente em seus olhos, não seria possível enxergar um brilho específico. Eram olhos fundos, cansados e com olheiras. O olhar de uma pessoa que já lutou muito pela felicidade, mas no momento só fazia questão dela em momentos fugazes, que aconteciam aleatoriamente.

A mãe de John então resolveu gritar, fazer ainda mais escândalo, e sua voz aguda parecia penetrar os ouvidos de Valéria, o que acabou provocando uma dor lancinante no lado direito de sua cabeça.

— Burrooo! – soltou a sogra de Valéria, junto a uma gargalhada estridente. Jogavam cartas, mas John nunca fora bom nisso. Suas irmãs ganhavam, mas a mãe de John ria do desastroso desempenho do filho.

— Eu te ensinei tantas vezes, aqui... aqui, moleque! Essa carta é melhor, olha para sua mão. Não sabe olhar direito?

O barulho das louças batendo na pia começou a ficar mais agudo. Ao perceber isso, John desistiu do jogo.

— Fiquem com minhas cartas – soltou um riso nervoso e ofegante, curvou-se e deixou as cartas na mesinha de centro, enquanto a mecha voltava a cair em seu rosto.

— Além de burro é covarde! Perdeu para as suas irmãs! Você é um fracasso em todas as suas escolhas, John.

Ao ouvir as palavras da mulher, Valéria arremessou um prato no chão, sabendo que agora, sem dúvidas, seria ouvida. Um dos cacos foi parar próximo de suas cunhadas, enquanto outro podia ser visto na base da escadaria que dava acesso ao andar de cima. Apesar de suas cunhadas olharem assustadas para Valéria, sua sogra esboçava um sorriso no canto da boca enquanto ainda olhava as cartas nas mãos, fingindo estudá-las.

— Saiam da minha casa! Saiam todos daqui! – ordenou a anfitriã, de repente. John, que estava próximo de Valéria, tentou conter seus gritos. Enquanto eles discutiam, eu pude me fazer presente em toda a casa, onde pairava uma deliciosa energia negativa. Enquanto eu via as mulheres se xingando e gritando umas com as outras, as emoções variavam negativamente, em um misto de raiva, desprezo, ódio e rancor. Por fim, John conseguiu convencer seus familiares a irem embora, apesar da resistência de sua mãe à ideia.

O jantar de Natal já estava arruinado. O *chester* que seria assado amanheceu no congelador, os cacos ficaram espalhados pelo chão, John dormia na cama de forma desleixada, já Valéria descontava sua aflição assistindo TV noite adentro, enquanto comia brigadeiro de panela.

Na escuridão, eu permanecia imóvel em algum canto, mas, naquela noite, não foi minha presença que a assombrou. Ela parou e olhou fixamente para a TV. Parecia ver o reflexo de algo. Então avistei, olhando em direção à cozinha, ao lado do balcão americano, uma silhueta escura, que tremulava levemente como ondas de rádio, sem forma, sem rosto, mas que perceptivelmente a observava.

— Jooohnn!! – gritou a mulher, de forma abafada, ainda com uma grande colher no canto da boca. Não obteve resposta. Então subiu as escadas em prantos. Logo em seguida, a forma desapareceu lentamente, como fumaça.

Depois desse episódio, o casamento de John já demonstrava estar arruinado. As brigas tornaram-se constantes. Acusações eram trocadas o tempo todo, e já não havia mais respeito entre eles. John acusava Valéria de não aceitar sua família e, portanto, não amá-lo e acolhê-lo como um todo; a esposa, em contrapartida, acusava-o de não valorizá-la, pois ele sempre a excluía de tudo e não corrigia sua mãe quando a ofendia.

A mãe de Valéria era uma professora de Física, uma mulher solitária e inteligente, de olhar insólito e postura educada. Quando sua saúde a afastou do trabalho, ela convidou a filha para morar com ela. Valéria uniu essa oportunidade com a agradável ideia de estar longe das brigas e da casa em que vivera com John nos últimos anos. Poderia começar uma nova vida. E, portanto, foi isso que fez, em definitivo.

A água já escorria pelo corredor em direção à cozinha, a lavanderia estava alagada, as roupas sujas – que já eram quase todas as da casa –, boiavam no meio da água. Toda a sujeira e a bagunça atraíam mais energia negativa. Sendo assim, na casa, imperava a inércia de permanecer suja, com todas as coisas fora do lugar, jogadas pelos cantos.

John percebeu que a lavanderia estava alagada quando precisou ir ao banheiro, desta vez, não teve outra opção, visto que pisou na poça de água no corredor. Alguém batia na porta de entrada insistentemente, o ar estava pesado e cheirava a mijo. Em seguida, a pessoa lá fora passou a bater na janela do quarto. John se olhava no espelho do banheiro, ponderando sobre atender ou não quem quer que estivesse do lado de fora. Então decidiu ir, lentamente, se dirigindo para a cozinha. Pisou em uma lata de Coca-Cola que estava pela metade, fazendo o resto do conteúdo vazar e se juntar à poça de água que se formava ao lado do sofá da sala.

— Quem são vocês? – ele estreitou os olhos, com dificuldade para se acostumar com a luz do sol.

— Somos da polícia – o outro homem, que batera na janela do quarto, surgiu ao lado do colega, caminhando com cuidado pelo mato alto que já quase atingia a altura de sua cintura. — Precisamos fazer umas perguntas. O senhor pode colaborar? – apresentou seu distintivo enquanto apertava um dos cantos da boca, como se cansado da rotina.

John parecia confuso. Seu olhar sem expressão fitava fixamente os policiais. Depois, voltou à atenção para o portão de entrada.

— Ele também é amigo de vocês? – perguntou, apontando para o portão.

Os policiais olharam para trás, expressando dúvida. Um deles estreitou os olhos.

— Isso é algum truque? Espero que não tente nenhuma gracinha.

— Há quanto tempo não fala com sua mãe? – indagou o outro policial.

— Não sei, alguns meses, um ano talvez... – John se esforçou para lembrar.

— Talvez a gente precise entrar para poder tratar dessa informação...

— Estou... estamos bem aqui... – respondeu John, um pouco ansioso, ainda olhando para o portão.

Um dos policiais inclinou a cabeça para observar o interior da casa. Conseguiu ver muita água acumulada, escorrendo por baixo do sofá.

— Lamento informar que sua mãe foi... foi assassinada, de uma forma um tanto quanto misteriosa. – John tentava assimilar a informação, primeiro olhando para o chão, e, em seguida, voltando a olhar para um dos policiais, como se buscasse algum refúgio. Sentia o resto das ruínas de sua vida desmoronando.

— Pelo visto o senhor desconhecia a informação.

— Mas... como? Como isso é possível? – Sua vontade de chorar foi engolida por um sentimento indefinido. Sentiu-se tonto.

— É difícil explicar, John. Mas precisamos que compareça à delegacia para colhermos seu depoimento. Lá iremos explicar melhor os detalhes. Esteja pronto para pelo menos umas cinco horas na delegacia, leve uma água, e... tente comparecer com roupas limpas.

Enquanto os policiais saíam, John observou minha presença no portão, como uma fumaça que contornava os corpos que passavam. Ele continuou observando por mais algum tempo antes de fechar a porta. Em seu rosto, um olhar de completo vazio.

A ÚLTIMA VISITA

Ele recebeu ajuda comunitária a pedido da polícia: limparam sua casa, na medida do possível. Também se consultou com um médico especialista que o diagnosticou com depressão. Recebeu alguns medicamentos fortes para ficar em casa em recuperação. Descobriu algumas informações importantes sobre a casa que sua mãe deixou para ele, como quem morou nela anteriormente. Eu fui feliz nessa casa, confesso que minha vida teve altos e baixos, mas quando parecia que as coisas estavam sob controle, fui assassinado aqui, da mesma forma que a mãe de John: por um homem que matava apenas por prazer. Por isso sempre suspeitei que o espírito da Morte fosse uma lenda. Os poucos espíritos com os quais tive contato diziam que ela aparece quando escolhe a alma que quer ceifar, e que consequências externas não exercem interferência para ela. Mas a verdade é que ela sempre está presente, de várias formas, observando e à espreita. Tive o desprazer de vê-la novamente esta noite.

Ela era uma mancha negra no chão do quarto de John, e permaneceu como um buraco dimensional até o anoitecer. Ele não conseguia dormir há dois dias, estava profundamente imerso na cama. Mal conseguia mexer os olhos. Quando ela surgiu de dentro do chão, a alma de John parecia sair de seu corpo. A boca do homem se manteve aberta como a de um peixe fora d'água, e seus olhos, fixos, mostravam que ele estava em choque, paralisado. A energia daquela presença drenava toda a minha energia. Não era como uma energia negativa desencadeada por algo humano. Ela era densa. Sua estatura alcançava o teto. Era corpulenta. A foice em sua mão parecia ser feita de ossos, e seu corpo era composto de uma matéria escura que eu desconhecia.

Pude ver o espírito da Morte estender a mão sobre a face de John. O quarto agora era frio como em uma nevasca, as cortinas da janela flutuavam ao vento, mas as folhagens das árvores não as acompanhavam. Então a boca de John se abriu ainda mais e pude ver uma massa cinzenta, que parecia estar ali fisicamente, sair de sua boca e contornar a mão da criatura. Eu não ousava me aproximar. Foi quando ouvi a voz dela, recitando um tipo de reza em uma língua antiga e desconhecida. O som era poderoso como o de um trovão, porém seco, como um galho se quebrando. Sua forma se estendeu e cobriu o corpo de John como uma manta negra, até que, entrando, se fundiu à cama e desapareceu, deixando a ponta da foice para fora, enquanto parecia descer em um buraco para o inferno. Já no buraco da parede, o rato estreitava seus olhos brilhantes por entre a madeira, observando-me. Desta vez, porém, seus olhos eram vermelhos como sangue.

Anos se passaram, e dezenas de famílias visitaram a casa e foram tentadas a alugá-la por um baixo preço. Poucas de fato se convenciam a ficar. Algumas sabiam do trágico acontecido, outras pareciam se sentir desconfortáveis. O momento que mais me marcou foi com um casal que falava pouco, a mulher usava uma camisa branca de gola com botões, saia xadrez preta e vermelha. O homem usava um mocassim preto, uma calça cinza e um paletó marrom. A garotinha não tinha mais do que sete anos e estava com um vestido azul claro, seus cabelos castanhos e escorridos. A mulher parecia estar com torcicolo: mantinha o cotovelo apoiado em uma das mãos e a outra segurando o pescoço, mas ainda assim observava o comportamento estranho da filha. O homem entrou em uma conversa sobre outros imóveis com o corretor. Não gosto de me lembrar de quando a menina olhou para o andar de cima, fixou os olhos em mim e sorriu. Apontando com o dedo, falou, em uma voz doce.

— Olha mamãe, titio!

Naquele momento eu percebi que adquirira uma forma física ao longo do tempo. Se era minha forma em vida, nunca saberia.

E então uma sombra escura surgiu das costas da mulher, tornando-se mais alta do que ela, alcançando a altura da porta. Logo em seguida, correu rapidamente pelo chão e entrou em um dos cômodos, sem que ninguém a visse.

A mulher expressou um ar de incredulidade para a filha, estreitou os olhos em minha direção e paralisou por alguns segundos. Com um olhar penetrante e frio como o gelo, voltou a fitar a menina, respondendo:

— Não se preocupe querida, logo todos partiremos daqui...

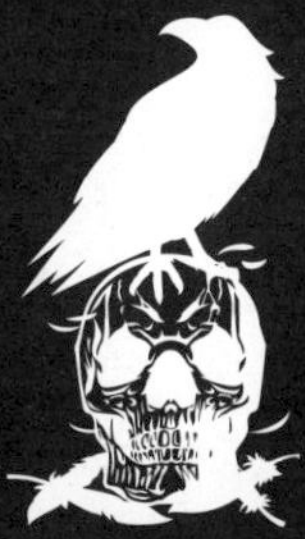

Feliz Natal, Ana!

— César Amorim —

As luzes de Natal enchiam as ruas com uma falsa impressão de felicidade. Parecia que todas aquelas pessoas caminhando de canto a canto da cidade não tinham mais nenhum problema na vida, a não ser escolher qual presente dariam a um fulaninho do trabalho no batido e injusto amigo oculto, ou então encher de bolinhas coloridas uma árvore de Natal mofada que ficaria mais enfeitada que uma vitrine de promoções em um shopping de quinta categoria. Mas não seria ela quem iria mudar aquilo, tanto que também se via metida em um insuportável congestionamento no fim de mais um estafante dia de trabalho, só para chegar cedo em casa e ornamentar a tão cafona árvore de Natal. Ah, e claro, depositar também sob os pés do ornamento os presentinhos que comprara para seus sobrinhos.

— Bem... – pensava, tamborilando os dedos no volante escorregadio à sua frente. — *Se não pode vencê-los, junte-se a eles.*

O ser humano é mesmo um ser patético, refletia, olhando para o carro ao lado, onde um casal discutia, enquanto a mulher rasgava um embrulho imenso de presente e atirava para o banco de trás a fim de acalmar uma criança chorona. *Esses imbecis se odeiam e mais tarde estarão fazendo biquinho um para o outro, diante de uma família enorme e comilona, que achará linda a quantidade de beijos que eles e seu filho trocarão.*

— Ah, Ana, Ana, vai ver é assim mesmo, e vai ver que é por esse seu excesso de realismo que ainda continua sozinha – falou alto, conseguindo finalmente engatar uma terceira no seu fusquinha 1983.

Ela não era feia, tampouco bonita, mas sabia que possuía certas qualidades que fariam um homem morrer de amores por ela. Infelizmente, tais qualidades só poderiam ser percebidas em uma segunda etapa, após o seu físico pouco desejável conseguisse chamar a atenção de alguém do sexo oposto. Vivia fazendo promessas para si mesma, iludindo-se a respeito de atitudes que jamais tomaria: *Amanhã vou iniciar uma mudança radical na minha vida, vou à academia para fazer todo e qualquer tipo de exercício que faça de mim a mais gostosa das mulheres.* Mentiras. Duras mentiras. Piores mentiras. Inúteis mentiras. *Mentir para si não é mentir, é se conhecer muito, é saber que, no fundo, você não passa de uma idiota que pode enganar a mais idiota de todas: você* – pensou, espantada com a própria lucidez. Sua psicóloga ficaria orgulhosa.

Seu devaneio foi interrompido assim que virou a esquina. Algo muito estranho, para dizer o mínimo, chamou a sua atenção. Uma sombra descomunal pairava sobre os carros na rua e ia se deslocando de um por um, com uma silhueta que lembrava a de uma enorme águia negra. Ana tentou descobrir de onde vinha a sombra, mas ela se movia rapidamente, não dando tempo para que pudesse decifrá-la. Foi quando a tal "coisa" veio em sua direção, chegando cada vez mais perto. *Que porra é essa?* – estranhou, com uma ponta de receio. Mas não foi possível distinguir a imagem do que era aquilo, apenas sentiu o baque da figura negra sobre o teto do seu carro. Assustada, mas curiosa, em um ímpeto, Ana saltou do automóvel, ignorando as buzinas dos motoristas estressados atrás de si. Olhou o teto de seu fusquinha e... nada! Não havia nada ali em cima. A sombra, fosse o que fosse, sumira.

— Quando eu digo que esse trabalho está me deixando maluca, ninguém acredita.

Já ia voltando para o carro, quando uma cena na calçada chamou sua atenção e lhe revoltou instantaneamente. Não pensou duas vezes: abandonou o seu carro com tamanha fúria e rapidez que sequer se deu o trabalho de fechar a porta. Seus passos eram largos e pesados, acelerados conforme se aproximava do alvo de sua ira.

— Ei, o que pensa que está fazendo? – berrou, sem sentir seus lábios se moverem, e segurou o homem pelo pescoço com uma força desconhecida.

O miserável estava bêbado e esmurrava sem piedade uma menina de uns 15 anos e um bebê que ela tentava proteger em vão. Foi essa a imagem que Ana teve do seu carro. Não sabia de onde tirara tanta raiva para parar e fazer o que fazia.

— Tira a mão de mim, sua filha da puta! – xingou o homem, lançando a mão enorme para o ar e atingindo Ana em cheio no rosto. Ela desabou no ato, mas ele foi junto: não houve como se desvencilhar das unhas pontiagudas que ela lhe fincara na nuca.

Agora ele estava sobre Ana, que se debatia com uma sensação de ódio, dor e repulsa. Quando seu joelho acertou em cheio os testículos do sujeito, ela o tirou de cima de si, e foi direto até a jovem petrificada encostada à parede de concreto, rabiscada por pichadores sem talento. A criança em seus braços também permanecia imóvel, com os olhinhos arregalados encarando a fraca luminosidade do poste sob o qual se encontravam.

— Vocês estão bem? – indagou Ana, tocando no rosto inexpressivo da jovem.

— Não machuque ele. Deixe ele em paz! – grunhiu a garota, para o espanto de Ana.

Como se não quisesse ouvir o que ouvira, Ana tratou de dar toda a atenção à criança, que permanecia inerte, agora encarando-a. Ela chegou perto do menino, que parecia ter pouco menos de um ano, e se encantou com os pequeninos olhos de um azul estonteante, que pareciam querer iluminar o mundo.

— Você é lindo, sabia? – e sorriu, sem saber bem por quê.

Não havia dor naquele olhar, nem medo, apenas o vazio, um vazio tocante, que dizia muito mais do que qualquer palavra que aquela criaturinha viesse a falar dali em diante.

— Venham, vou tirar vocês daqui – decidiu, pegando o braço da garota e tentando erguê-la.

— Você é surda? Deixe a gente em paz! – urrou a menina, livrando-se das mãos de Ana.

— Há um corte imenso em sua testa, e essa criança precisa... – foi só o que conseguiu pronunciar, pois acabara de receber uma violenta pancada nas costas, na altura do pulmão.

— Não se meta com minha gente, sua puta!

Ana caiu e se segurou nos dois braços para não se chocar com o chão de uma vez. Aquilo não fazia sentido. Que loucura era aquela? Enquanto caía se deu conta de uma coisa: ninguém aparecera, ninguém viera ao seu socorro. Teve, então, a consciência de olhar em volta. O que viu a deixou absolutamente transtornada. Ninguém os observava. Os carros passavam, as pessoas passavam, mas nem um único olhar era dirigido a eles. Teve a repentina impressão de que tudo aquilo era irreal. Parecia que entrara em uma bolha. E então veio a dor. A pancada agora fora em seu rim, um chute violento. Seus braços não a suportaram mais, desabaram junto com seu corpo. Era real. Meu Deus, o que seria aquilo?

Seu rosto estava no chão e seus olhos fitavam o garotinho no colo da jovem. Ele ainda a encarava. Que olhar era aquele? Ela não tinha forças para pensar em nada. Se arrependera mortalmente da atitude impulsiva que tivera.

— Quem é ela? Diga, quem é ela? – perguntava o homem, estrangulando a jovem que o defendera.

— Não sei, papai, não sei. Só não machuque nosso filho, por favor!

— Olhe pra essa criança amaldiçoada – falou o homem, entre dentes, para a menina. — O que está olhando, seu pequeno diabo? Está com pena dela? Pois veja o que seu pai faz com quem se mete com ele – esbravejou para a criança, que olhava Ana estendida no chão.

No momento exato em que ia desferir um golpe com a ponta do sapato, ouviu algo que o fez tremer.

— Não faça mais isso, papai. Deixe a moça em paz.

Aquelas palavras saíram da boca daquela criaturinha, repetindo o que ocorrera no dia de seu nascimento, nove meses antes!

— O que disse? – chocou-se o homem mais uma vez. Então não fora ilusão o que presenciara há alguns meses! O moleque falara!

Não houve resposta.

Ana também ouvira e vira quando os pequenos lábios pronunciaram cada palavra com a autoridade de um adulto. De onde ela estava só conseguia ver os lindos olhos azuis do menino, que ainda encaravam os seus, e foi através deles que julgou ver o que levaria toda a vida para compreender.

— O que foi que você falou, seu maldito? – gritou o homem, erguendo o braço e dirigindo-o para o rosto da criança.

O movimento foi rápido, e mais rápido ainda foi o que veio a seguir.

— Ele disse para deixar a moça em paz – falou uma voz gutural atrás dele, uma voz que soou como um trovão. — O tempo de vocês terminou. Ana vai cuidar do MEU filho agora.

Essa voz sabe o meu nome!?, pensou, estarrecida.

De repente, em questão de segundos, a luz do poste deixou de iluminá-los. A sombra que Ana havia visto do carro envolveu o homem e a jovem que segurava o bebê. Ana, pelo canto do olho, distinguiu algo que se assemelhava a uma imensa foice ser erguida. O reflexo dos faróis dos carros na lâmina mortal atingiu diretamente a retina de Ana, que piscou para afastar o incômodo. O corte no pescoço do homem foi rápido e certeiro, fazendo a cabeça dele despencar de cima dos ombros e rolar até perto de Ana, que pôde, pela primeira vez, olhar bem fundo nos olhos dele, já arregalados de pavor. Ela gritou, mas o som não saiu. Seu corpo estava paralisado, como se tivesse sido posto num freezer. Seu pânico era absoluto.

Tudo piorou quando o som de carne sendo cortada se fez ouvir mais uma vez e a cabeça da jovem também rolou para onde estava Ana. Uma mão, com o que pareciam ser garras pontiagudas, recolheu as duas cabeças pelos cabelos e saiu do campo de visão de Ana, que buscou o olhar do garotinho, numa tentativa inútil de apaziguar o terror no seu peito.

Os olhos do menino não estavam mais com ela, encaravam a tal coisa. A criança esboçava um enorme sorriso e seus olhos azuis agora olhavam novamente para a luz no alto, que voltou a brilhar como nunca através deles. Ana o observava e, tirando do fundo da alma uma coragem que inexistia, tentou erguer a cabeça para ver o rosto do seu algoz. Afinal, ela tinha certeza de que seria a próxima.

Não foi, no entanto.

Antes de desmaiar, ela vislumbrou, através dos olhos do menino, o ser gigante vestindo uma túnica negra, que lembrava uma mortalha, e um par de asas enormes, que saíam de suas costas.

Em choque, Ana se viu perguntando:

— O que é você?

Antes de alçar voo e se perder na noite escura, a Morte se revelou.

— Eu sou o inevitável!

A lufada de ar, provocada pela batida das asas descomunais, mergulhou Ana na completa escuridão.

MELODIA PARA UMA NOITE SINISTRA

— Cátia Porto —

C hovia e ventava bastante naquela noite.

Em meio à tempestade, o jovem Léo tentava se deslocar entre os arbustos que escondiam o casarão antigo e abandonado dos Matias. Com uma lanterna velha na mão esquerda e usando a direita para retirar os galhos molhados do caminho, o rapaz ia, aos poucos, vencendo a resistência da natureza.

Grossos pingos de chuva açoitavam-lhe o rosto e encharcavam suas roupas e sapatos, tornando a caminhada ainda mais difícil. Trovões cortavam o ar pesado da noite e pareciam cada vez mais violentos e assustadores à medida que ele avançava. Em algum momento, teve a impressão de que algo estranho tentava impedi-lo de chegar ao local desejado. Mas Léo estava determinado a desvendar um mistério, e nada conseguiria detê-lo.

Além da luz da lanterna, ele também era guiado pela estranha claridade vinda do segundo andar do imponente sobrado de janelas altas. Embora já estivesse desabitado há alguns anos, era certamente o prédio mais bonito daquele pequeno paraíso perdido no meio da Mata Atlântica, há pouco mais de cem quilômetros da capital do Rio de Janeiro.

Atrás da casa ficava o pomar e, descendo por uma trilha suave, chegava-se a uma magnífica cachoeira, cujas águas cristalinas escorriam para o rio que cortava a propriedade. Mais adiante, entre as pedras altas e escorregadias, havia, escondida pela vegetação, a entrada de uma caverna, que rasgava, sem piedade, as entranhas do Morro do Céu. Descendo um pouco o rio, estava a aldeia indígena que, dizem, há muito tempo já cuidava daquelas terras – antes mesmo dos primeiros colonizadores aparecerem por aqui.

Quando Léo finalmente conseguiu chegar aos degraus que levavam à varanda com assoalho de madeira, já meio apodrecido pelo tempo, as tábuas rangeram sob seus pés. *Droga*, pensou. Não queria que nada denunciasse sua chegada, para que pegasse em flagrante a molecada usando o lugar para bagunça, coisa que havia se tornado um hábito entre um grupo de adolescentes – alguns até seus colegas de classe. Divertiam-se com desafios e apostas tolas e ousadas. Por exemplo: quem dentre eles possuía coragem o bastante para passar uma noite inteirinha, sozinho ou acompanhado, numa casa abandonada, no cemitério ou na mata escura.

É claro que os moleques tinham invadido o casarão, Léo concluiu, bastante contrariado. Ultimamente, vinha escutando barulhos estranhos durante a madrugada. Suspeitou, a princípio, que fossem os micos ou gambás indo até o pomar para comer bananas amadurecidas nos cachos. Ou outro animal silvestre qualquer, o que era muito comum na região. Por isso, não se preocupou em comentar o assunto com seus pais, os caseiros. Mas agora, com o pai e o irmão mais novo viajando, ele e a mãe ficaram com a responsabilidade de tomar conta da propriedade. E nunca poderia imaginar que aqueles caras fossem tão audaciosos, afinal, todos sabiam que o Léo morava ali ao lado! Além do mais, o portão tinha cadeado, as portas e as janelas viviam bem trancadas. *Como os safados conseguiram entrar no sobrado?*

Ao se aproximar da entrada da casa, ele percebeu, atônito, que a pesada porta de madeira estava apenas encostada e, apesar das dobradiças enferrujadas, ainda se movia levemente, quando as rajadas de vento vinham com mais força. A fechadura parecia intacta. Entrou devagar e constatou que tudo estava quase às escuras. Apenas uma claridade vacilante, provavelmente de uma fogueira, vinha por baixo da porta de um dos quartos no segundo andar e iluminava precariamente a escada. *Ah, mas se estiverem usando os móveis de madeira para fazer fogo, esses garotos vão se dar mal! Ah, se vão!* Léo bufou, zangado, pensando no prejuízo que a brincadeira inconsequente poderia trazer aos donos da casa. Sentia medo da reação do pai: "Olhe bem o que seus amigos fizeram aqui!". Sentiu um súbito tremor percorrer o seu corpo, o sangue quente já subindo à cabeça. Apesar de jovem e magro, era alto e forte. Nunca foi de briga; muito pelo contrário, sempre tentava manter certa distância de pessoas e situações conflituosas. Porém, naquele momento, precisou respirar fundo para tentar controlar a raiva e a vontade de sair gritando pela casa.

Enquanto subia, degrau por degrau, ouvia os ruídos vindos do segundo andar. À medida que se aproximava, uma voz rouca enchia o ar num tom constante como o de uma reza, e destacava-se dos demais sons. No entanto, não identificou a voz como sendo de qualquer um dos colegas. Parou um pouco e tentou entender o que estava sendo dito. Não conseguiu decifrar uma palavra sequer do que aparentava ser uma outra língua. Os clarões avermelhados que vinham pelas frestas da porta cresciam e diminuíam, como se a fogueira fosse alimentada por algum material inflamável. Pela primeira vez, ficou apreensivo. Se antes estava seguro de que tudo aquilo fazia parte de um jogo, agora já não tinha mais tanta certeza, pois havia ali elementos extravagantes demais, até mesmo para a criatividade dos garotos que conhecia bem.

Ele desligou a luz da velha lanterna e terminou de subir a escada com cuidado. Seu coração batia depressa, enquanto avançava lentamente pelo corredor, aproximando-se da porta do quarto, que estava apenas encostada. Percebeu que a estranha voz se tornava um pouco trêmula, ainda naquele idioma desconhecido. Além disso, Léo tinha a impressão de que uma espécie de cântico era entoada mais ao longe e por muitas vozes. Era algo que lhe soava, de certa forma, familiar. *De onde conheço esse ritmo?* Não conseguia lembrar-se.

Sentiu medo, pensou em sair logo dali e buscar ajuda. Talvez chamar o seu amigo Lucas ou até mesmo a polícia. Sabia que era a atitude mais prudente a ser tomada naquele momento, mas, consumido por uma imensa curiosidade, que muitas vezes serve apenas para atrapalhar o uso da razão, não recuou. Queria saber o que estava acontecendo e ver quem estava no cômodo. *Mas e se forem ladrões ou assassinos? E se estiverem armados?* Sentiu um desagradável frio no estômago.

Durante alguns instantes, Léo hesitou ao lado da porta, arrependido por não ter avisado à mãe aonde iria. *Por que fiz essa besteira?* Certamente ela não o deixaria ir até lá sozinho. *Se eu conseguisse apenas olhar pela frestinha da porta antes de ir embora..., mas, cadê a coragem???* Já estava se preparando para voltar e chamar a polícia. Porém, mal acabara de considerar essa hipótese, ouviu gritos vindos do interior do único cômodo iluminado da casa. A voz rouca tornara-se suplicante. Num sobressalto, ele supôs que, talvez, alguém estivesse sendo vítima de tortura ou, mesmo de um ritual macabro, não sabia bem o que pensar. Gelou por dentro. Sentiu-se tonto e com náuseas. Suas mãos ficaram trêmulas a ponto de quase deixar que a lanterna caísse no chão e um suor frio umedeceu ainda mais suas roupas, já molhadas pela chuva.

Em seguida, seguiu-se um silêncio tão profundo que Léo quase podia ouvir as batidas fortes do próprio coração. E, de repente, outro grito, ensurdecedor e agonizante. *Alguém morrendo!*, concluiu, tomado pelo desespero. Ele viu que não podia mais esperar. E, sem pensar nos riscos, em um impulso, invadiu o cômodo, empurrando com um chute a porta entreaberta.

O que ele encontrou lá dentro deixou-o tão surpreso quanto assustado. Ao contrário do que imaginava, não havia nenhum ser humano em perigo no quarto. Pelo menos, não havia nada parecido com uma pessoa de carne e osso. Apenas uma figura muito esguia e bizarra, completamente envolvida num manto longo e tão escuro quanto a noite, bem ao lado da fogueira. Ela se contorcia, como se estivesse sentindo dor, mas virou-se rapidamente para Léo assim que o rapaz entrou. Pareceu também estar assustada. Ficaram sozinhos ali, frente a frente, por alguns instantes. Somente Léo e aquela coisa.

Após o susto inicial, a criatura abaixou-se depressa e, da fogueira que iluminava o ambiente, retirou uma tocha. Em seguida, partiu para cima do rapaz, que estava totalmente desarmado e despreparado para o combate. Léo foi andando para trás, devagar. De repente, duas luzes vermelhas, provavelmente os olhos do estranho ser, brilharam intensamente por baixo do manto grosso. O rapaz ficou hipnotizado, sem conseguir desviar o olhar do par de luzes avermelhadas, que se confundiam com o próprio fogo da tocha que a criatura empunhava de forma ameaçadora entre os dedos extremamente compridos e esguios.

Definitivamente, aquela invasão foi uma péssima ideia, e Léo estava apavorado, sem saber como conseguiria sair dali. Suas pernas bambas não respondiam ao desejo de correr, de fugir o mais rápido possível. Sua voz também havia sumido e o grito por socorro ficou preso na garganta. A única coisa que conseguia fazer no momento era ouvir a música lá fora, cada vez mais alta e, aparentemente mais próxima, incomodando bastante a criatura.

Então, de repente, lembrou-se de onde conhecia aquela melodia. Fazia pouco tempo, numa noite sem lua, foi com Lucas à aldeia e lá assistiram, escondidos, a um ritual secreto para enfraquecer e afugentar os maus espíritos que escondiam-se na mata à espera de sua presa, geralmente, um jovem. Não chegaram a descobrir o que acontecia com a vítima. Ele e o amigo trataram de sair dali depressa, antes que fossem pegos naquele atrevimento. Mas, agora, lembrava-se bem do ritmo constante entoado na cerimônia, embora não soubesse o significado das palavras. Aliás, tudo o que sabiam sobre o ritual lhes fora contado por colegas que, por sua vez, ouviram de outras pessoas.

Foi a primeira e única vez que cederam ao impulso de participar de um desafio imposto pelo grupo de garotos conhecidos pela ousadia irresponsável. Além do mais, na ocasião, foram tomados por uma inexplicável curiosidade sobre os mistérios que faziam parte das tradições dos habitantes da aldeia, embora o próprio Léo e também Lucas dissessem não acreditar, de forma alguma, em qualquer lenda que lhes fosse apresentada. Na opinião deles, tudo não passava de histórias fantasiosas. Mas, bem lá no fundo, de verdade, ficaram tão impressionados com a experiência, e com tanto medo de serem descobertos, que nunca mais quiseram participar de outro desafio ou aposta.

A coisa veio em sua direção, contorcendo-se em espasmos medonhos, ainda mais violentos com a proximidade e o ritmo mais intenso da música. Era uma visão apavorante. Léo sabia que só aqueles que estavam lá fora poderiam libertá-lo da criatura. Mas temia que não chegassem a tempo. Sem conseguir dar um passo e sem saber o que fazer, ele ainda pensou que podia sinalizar a urgência de ajuda, talvez piscando a luz da lanterna, porém ela não funcionou. Resolveu, então, erguê-la acima de sua cabeça como uma arma, mas, antes que pudesse descê-la sobre o inimigo, sentiu-se extremamente fraco e sem ar, como se algo lhe comprimisse o peito. Desequilibrou-se e rolou escada abaixo, só parando no meio da sala, estirado no chão frio e úmido, tomado pela dor e pelo medo. Tinha imensa dificuldade para respirar e os músculos estavam praticamente paralisados. *Não posso acabar assim... sou tão jovem ainda!* Consciente do perigo que corria, no entanto, sabia que não podia desistir. Lutava, usando o único recurso que lhe restava: a vontade de viver. Precisava, desesperadamente, acreditar que tudo terminaria bem, mesmo sentindo cada vez mais frágil a vida que pulsava em suas veias.

Léo fechou os olhos por alguns instantes e, sem forças, tentou concentrar a atenção na melodia, já bem mais alta e, algumas vezes, intercalada por gritos. Pareceu-lhe haver correria lá fora e imaginou que tinham pressa para encontrá-lo. *Estão quase aqui! Quase!* Tentou sorrir, tomado por uma onda de esperança. Já *já* vão entrar pela porta... é só aguentar mais um pouquinho! Mas, ao abrir os olhos novamente, viu que a estranha figura já havia descido os degraus da escada e, cambaleante, aproximava-se dele.

Depois disso, mais nada...

A ÚLTIMA VISITA

— Alexandre Brandão —

E stou deitado na cama do hospital, com aquela roupa verde que deixa a bunda de fora. Na mesinha ao lado da cama está o prontuário: Edson Vargas / 52 anos / Câncer de pulmão. Pensei em completar: pálido, fodido e careca. Mas já bastava a terrível condescendência com que as enfermeiras me tratavam sem isso. *Não é que aqueles cigarros me custaram alguns anos?*

Se eu pudesse resumir a vida no hospital em duas palavras seriam: entediante e terrível. O dia se arrastava: minutos pareciam horas, horas pareciam dias. A comida é uma merda, mas esse foi um problema inicial; agora eu já não sinto mais gosto de nada. E ainda tem as malditas crises de tosse. Eu tossia de uma forma que nem as melhores propagandas contra o cigarro poderiam imaginar.

Mas tem gente em situação pior. Eu pelo menos estava num dos quartos mais altos, com uma bela vista do sol nascendo e se pondo. É lindo. Um céu azul, com tons de rosa e amarelo surgindo ou desaparecendo. As noites também são lindas. Consigo ver um mar de estrelas se estendendo até onde a visão alcança.

Recebo poucas visitas, geralmente minha filha. Nas duas primeiras semanas, até aparecia um ou outro amigo, mas eles estão velhos como eu e, a partir de certa idade, as novidades baseiam-se em: "ficou sabendo que fulano morreu?" *Logo eles iam poder falar sobre mim.*

Cochilei. Um senhor todo vestido de preto me encara, sentado na poltrona ao lado da cama. Sua pele é pálida, como se nunca tivesse visto o sol, e lotada de rugas. Os braços e pernas lembram mais um esqueleto que um ser vivo. Se estivesse de noite eu gritaria, mas naquela tarde ensolarada, ele parece inofensivo.

— Boa tarde – ele diz. Sua boca é larga e os lábios são finos, quase invisíveis. — Tudo bem?

— Tudo uma merda – respondo, sorrindo, mas um pouco assustado.

Ele ri, mostrando os dentes amarelos. Devia fumar mais do que eu. Um leve desejo por cigarro brota em algum lugar dentro de mim.

— Você não está no quarto errado? – pergunto.

— Não – ele inclina o pescoço esguio para o papel com meus dados e sorri outra vez. — Não, senhor Vargas.

— Trabalha no hospital?

— Não. – O sorriso não deixa seu rosto. Parece a caricatura de uma caveira.

— Posso pedir para se retirar, então?

Ele sacode a cabeça olhando diretamente nos meus olhos.

— Passei pela porta, te vi aqui sozinho e pensei em... em conversar um pouco. Esses momentos costumam ser muito cruéis. Uma boa conversa costuma alegrar.

— Hum. Conversar, é?

— Sim, afinal o senhor...

— Pode me chamar de Edson. – Apesar de cadavérico e assustador, tem algo nele que me deixa confortável. — Posso saber seu nome?

Ele ri.

— Qual deles? – Quase não escuto a voz saindo de seus lábios finos e secos, ele encara algo na parede que eu não consigo ver. Os olhos se voltam para mim. — Pode me chamar de Samuel.

— Então, Samuel, quer conversar sobre o quê?

— Sobre você.

— Sobre mim?

— Por que não?

— Porque... – Eu começo a achar que encontrei um maluco, mas a essa altura... — Que se foda.

— Sim. – Aqueles olhos negros profundos me devoram. — Acho que estou aqui mais para escutar do que falar.

— Melhor ainda. Quer ouvir qual parte da minha vida?

O velho tira um livro preto do bolso com as mãos finas e eu não consigo conter uma gargalhada. Ele parece um daqueles crentes que gostam de sair espalhando a palavra do Senhor por aí. Era só o que me faltava.

— Por que a gente não começa com uma lembrança ruim? – ele sugere. — Me diga a pior coisa que já aconteceu em sua vida.

Isso tira o sorriso do meu rosto, pois há algo peculiar naquela voz, naquele velho. Algo me guia, me forçando a falar. Parece impossível resistir. Ele é familiar, não sei por quê; como se, de algum modo, eu o conhecesse. Nada mais parece engraçado.

— Tem tantas, talvez a notícia do câncer ou... – Faço uma pausa e sinto um buraco no meu peito, bem debaixo das células que a doença devorava. — Não sei...

Mas é mentira, eu sei e, quando percebo, as palavras já estão saindo da minha boca.

— Foi há tanto tempo... – Murmuro, mais para mim do que para ele.

— Continue.

— Eu era criança. Não, já era praticamente adolescente. – Samuel me escuta, sua atenção transforma minha cama em um divã mórbido.

Chovia. Eu estava em casa, deitado em minha cama esperando o tempo passar, e ele não passava...

Fiquei em silêncio.

— Para ser bem sincero, é um momento estúpido e ridículo.

— E que momentos dessa idade não são ingênuos, estúpidos ou ridículos? – ele diz. Seu sorriso deixa a face cadavérica ainda mais pálida – como se isso fosse possível – e os olhos ainda mais negros. Em seu rosto eu consigo ver, por alguns segundos, expressões impossíveis de encontrar num rosto humano. Isso me assusta. Assusta pra caralho. — Mas não é exatamente seu caso, não é mesmo?

— Não. – Eu o encaro. — Não exatamente.

Chovia. A chuva era boa porque combinava bem com a tristeza – as duas se encaixam tão bem quanto peças de um quebra-cabeça. Eu estava triste para caralho e, na penumbra do meu quarto, a vida parecia muito vazia.

Algumas horas antes, naquele dia, eu saí mais cedo da escola, não lembro muito bem por quê. A cidade era pequena e eu fui direto para casa, por isso eu não estava com ela. Minha mãe trabalhava numa loja de roupas e, no horário de almoço, ia para a porta da minha escola me esperar. Não havia celular naquela época, e eu sempre penso que seria tudo diferente se tivesse. Eu só precisava mandar uma mensagem e pronto.

Mas não mandei mensagem alguma. E não avisei. Eu saí da escola e fui direto para casa. Minha mãe saiu do serviço e nunca chegou para o almoço, porque no caminho ela encontrou com um Opala. O carro bateu com tanta força que a atirou num córrego. O motorista disse que perdeu o freio, mas depois descobriram que ele estava bêbado e furou o sinal. No cruzamento ele perdeu o controle e subiu na calçada no instante em que a mamãe andava por ali.

— Ela deve ter passado pela escola me procurando. Esse tempo, sabe, sempre fica na minha cabeça. Esse tempo que ela parou em frente ao portão do colégio e procurou por mim provavelmente foi o que a matou.

Os olhos negros do velho me fuzilam.

— Não – Samuel diz. — Esse tempo não fez diferença alguma.

— Você não pode ter certeza – acho que digo essas palavras quase para mim mesmo, mas talvez esteja gritando. A realidade parece um fino tecido se rompendo. — Ninguém pode.

Ele se limita a sorrir. Eu suspiro e bebo água, pensando em dizer alguma coisa. O medidor de batimentos apita, disparado. *Pi, pi, pi, pi.* Fecho os olhos.

Ao abri-los, rio, porque o quarto está vazio e é noite. O tempo escorreu pelos meus dedos e Samuel não está mais ali – *talvez nunca tenha estado, é só sua cabeça doente terminando de morrer.* Do lado de fora, chove. As gotas escorrem pela janela e eu vejo os pingos refletidos nas luzes dos postes. Fecho os olhos, possuído pelo som doce da chuva, e caio num sono profundo.

— Pai – ouço a voz da minha filha. — Pai? Tudo bem?

A luz do dia entra pela janela, o céu é de um azul límpido e calmo – nem sinal da chuva. Ela cutuca meu ombro, os olhos verdes iguais aos da mãe, esgazeados em cima de mim.

— Oi querida, tudo bem.

— A enfermeira disse que seus batimentos dispararam ontem. Você tá bem?

— Sim, eu... – Penso sobre os batimentos cardíacos terem disparado e sinto um alívio. Minha cabeça não me abandonou ao ponto de criar fantasias. — Eu estou bem.

— Tem certeza?

— Não se preocupe, querida. O velho aqui é mais forte do que você pensa.

— Não quero te perder. Não quero.

Eu acho que contra isso não há muita solução, mas tento mentir da melhor maneira possível. Acho que ela também tenta fingir que é verdade da melhor maneira possível, tirando o celular do bolso e falando sobre como meu neto está crescendo. *Já é um homenzinho*, comenta. Conta sobre seu dia e como o seu chefe é insuportável, e eu só consigo defini-lo como um grande filho da puta.

— Meu coração aperta de te deixar sozinho aqui.

— Falando nisso, ontem recebi uma visita – abro meu melhor sorriso.

— De quem?

— Samuel – Penso em como completar e não sei muito bem. — Um senhor estranho.

— Quem é ele?

— Não sei, apenas conversamos. Eu cochilei e ele foi embora.

— Ah, que bom. – Mas ela não parecia achar bom. — De toda forma, vou tentar aparecer mais do que uma vez por dia.

— Não se preo...

Lúcia ergue a mão num gesto de *pare!*, e eu obedeço.

— Eu vou! – Ela olha as horas e arregala os olhos. — Mas agora preciso ir, pai. Desculpa. Ainda volto aqui hoje.

— Tudo bem.

Assim ela se despede, com um abraço e um beijo.

Encaro as paredes por um tempo. Presto atenção no chiado estranho do meu peito enquanto respiro – é um som horrível.

— Boa noite, Edson. Como vai?

Abro os olhos. Nem percebi que tinha dormido.

— Samuel? – Digo, surpreso. — Que bom que veio. Estou melhor.

A ÚLTIMA VISITA

Ele tira o livro negro do bolso e me encara com a mesma curiosidade de ontem. Os olhos escuros indecifráveis lembram as profundezas do oceano.

— Vim conversar de novo. – Ele sorri. — Queria uma lembrança boa hoje!

— Porra, lembranças boas são tantas! – Fecho os olhos. — Preciso pensar.

O silêncio nos envolve. Encaro as paredes brancas do hospital e procuro em meus pensamentos. Bem distante, eu escuto o aparelho cardíaco apitar. Samuel não fala nada – parece nem respirar.

— É claro – murmuro. — Tão simples. – Sinto uma lágrima escorrer pela minha bochecha. — Era uma noite fria, a lua brilhava solitária lá no alto. Naquela noite, Teresa aceitou sair comigo pela primeira vez, e eu mal conseguia parar de tremer.

Samuel ri, eu também.

Andamos pelo parque abraçados e, só por estar ao lado dela, eu me sentia o homem mais feliz do mundo. O melhor de tudo é que ela parecia estar tão alegre quanto eu.

— É um belo momento, Edson – diz Samuel.

— Não acabou.

Fomos para a fila da roda gigante, estava muito frio e nossa respiração fazia fumaça sair de nossos narizes. A fila não andava e quase desistimos.

Dentro do quarto, as lágrimas molham meu rosto. Mas eu não estava mais dentro do quarto, acho que até conseguia sentir o cheiro de pipoca e churros.

Estava junto dela, subindo no brinquedo, iluminados pelo luar e sentados lado a lado, com a brisa soprando nossos cabelos. A roda gigante parou e nós ficamos lá em cima, só os dois e mais nada. Nos beijamos e, naquele pequeno instante, o mundo era só nosso.

— Só nós dois e mais nada – falo, mas ele não está mais ali. Eu estou falando sozinho no quarto, acompanhado somente pelo som do aparelho. *Pi. Pi. Pi.*

Durmo.

— Pai.

Acordo com o sol batendo em meus olhos.

— *Oi filha* – eu digo.

— Pai? – Sua voz é tensa.

— *Estou aqui, filha* – respondo, mas percebo que o som da minha voz morre na minha garganta. — *Estou aqui.* – Nenhum som sai.

— PAI? – As lágrimas escorrem por seu rosto.

Na entrada do quarto, vejo Samuel sorrindo. Sinto um calafrio. Uma enfermeira passa pela porta, tão rápido quanto suas pernas permitem, e atravessa Samuel – ele desaparece por um segundo, como fumaça, e então reaparece no mesmo lugar. Ela hesita, talvez sentindo o mesmo calafrio que senti.

— *Já descobriu, não é verdade?* – A Morte fala.

— *Sim* – eu respondi. — *Acho que soube desde o início.*

— *Não sou de disfarçar muito bem.*

— *Posso fazer uma última pergunta?*

Ela assente.

— *Você estava lá, não estava?* – O sorriso cresce no rosto da Morte. — *Quando mamãe morreu.*

A Morte assente outra vez.

— *Então não mudaria nada mesmo, certo? Se eu avisasse?* – Não sei se meu corpo corresponde aos meus sentimentos. Se correspondesse, eu estaria com olhos de cachorro pedindo comida.

— *Nada.* – Ela tira um Marlboro do bolso e acende. — *Nadinha.* – Sopra a fumaça para o alto. — *Quando chega sua vez, eu apareço e você vem.* – E estende a mão ossuda na minha direção. — *Vamos?*

Eu hesito, penso em minha mãe vendo aqueles mesmos dedos finos. Estico minha mão e sinto o toque frio.

A escuridão me cerca, como se eu, de repente, entrasse em um túnel cuja saída é muito distante. Só que, bem lá no fundo, eu enxergo algumas luzes – elas são coloridas – e sinto o cheiro de pipoca. Olho uma última vez para trás e espero que minha filha tenha recebido o beijo que joguei para ela. Eu e a Morte caminhamos em direção ao parque.

CAMINHO DE VOLTA

— GUILHERME PECH —

O velho Juca se despediu dos companheiros do bar às dez, e acertou a conta. O boteco da esquina era uma espécie de limbo – diziam as esposas de seus frequentadores –, e um lugar onde os velhos se reuniam para rir dos anos miseráveis e desprezíveis que ainda lhes restavam até o caminho inevitável para a cirrose, o hospital e o túmulo.

— Só mais uma, Juca?! A saideira – disse um dos homens, erguendo o copo de cerveja.

Juca sorriu, mas apontou para o relógio. Já era hora de partir. Ele geralmente deixava o boteco perto das nove. A estrada ficava cada vez mais escura com o afundar da noite, e mais perigosa. Juca morava na Quadra D, estrada de chão batido com iluminação precária. Não gostava daquele trajeto, mas fazia um esforço pela vontade de encontrar sua fiel, prazerosa e gostosa amante. Ele gostava de bebê-la bem gelada, *mortalmente* gelada, chocante no paladar, a espuma efervescendo na língua.

Sem perceber, sua amada retribuía-lhe com alguns quilinhos a mais, concentrados em uma barriga arredondada, e veias roxas salientes nas pernas. Poderia ser o sinal de uma grandiosa trombose se formando. Sem contar, é claro, que ele estava inchado. Todo inchado. Sua ex-esposa dizia que ele parecia um porco cerrado. Ele ria e abria mais uma latinha.

Juca deu às costas ao boteco e seguiu caminho, com uma latinha de cerveja fechada na mão; ora dando uns tropiques no meio-fio, ora ziguezagueando pela calçada. A distância do bar até sua casa era de uns dois quilômetros. Logo em seguida, entrou na estrada de chão batido. Naquele trecho, a trilha era mais estreita e escura. O mato ali era rebelde e desordenado.

De quando em quando, um ou outro poste solitário projetava uma iluminação doente, como ilhas de luz espalhadas pelo mar ameaçador de trevas noturnas. Em algum fio de rede elétrica, uma coruja observava Juca, movendo a cabeça conforme o velho andava. Ele baixou o olhar depressa e fez o sinal da cruz três vezes depois que a viu.

Juca percebeu uma movimentação no cascalho em algum ponto ao redor de si. Lembrou-se dos cachorros de rua, que vagueavam pelo mato, desnutridos e famintos, em busca de um pedaço de carne. Pensou também em assaltantes que atacam idosos no caminho de volta para casa. Abriu a latinha e virou-a em sua boca, ouvindo o som do *gut-gut*. Retirou-a de perto imediatamente.

Já não estava nada gelada. O encanto passa quando a temperatura aumenta. Virou o restante do líquido no chão e atirou a lata num cesto de lixo. Ao redor de si, a movimentação parava e continuava. Parava e continuava. Depois parava por uns instantes. Em seguida, recomeçava. O velho Juca admitiu para si mesmo que poderia estar sendo seguido. Mas também levou em conta que seu ouvido já não era o mesmo de 30 anos atrás.

Era um ruído ligeiro no cascalho, assemelhando-se ao peso de passos partindo gravetos e folhas secas. Ele olhou ao redor por um rápido momento, arregalando os olhos para ter a certeza de que fez todo o esforço possível para ver de qual direção provinha o ruído suspeito na escuridão. Mas não era possível distinguir.

Pensou que não sabia mais lutar. Havia praticado boxe aos vinte anos, travando lutas bobas com vizinhos no ringue do ginásio. Hoje, náufrago do sofá, ele mal podia acelerar o passo sem sentir falta de ar, e precisava de comprimidos até para se excitar.

O som continuava. Era rápido, ritmado, e se tornava mais próximo à medida que Juca avançava. Acelerou o passo, na medida em que seu coração aguentasse sem disparar. Foi indo aos trancos e barrancos, de um lado a outro, a torto e a direito, até tropeçar em um pedregulho e esfolar os cotovelos na terra vermelha. Sentiu uma respiração curiosa no seu cotovelo, superficialmente ralado, e uma ou duas lambidas.

Juca se agitou, assustado. O cão rosnou para ele, mas foi embora após parecer ter visto qualquer coisa desagradável por ali, no escuro. Juca se pôs de pé, agradeceu a Deus por ter sido apenas um cachorro que lambeu seu cotovelo, e resmungou uns palavrões pelo ardor que sentia.

Mesmo assim, seguiu seu rumo com mais alívio. Lamentou-se por ter imaginado tanta besteira, mas não admitiu sentir medo nem por um momento. Enlameou os pés num trecho úmido, barroso; seus passos afundavam com lentidão. E então, voltou a ouvir os ruídos no cascalho, em algum ponto ao seu redor.

Um bêbado nunca admite que está embriagado, talvez nem para si mesmo. Mas Juca queria pensar que estava bêbado. Que todos aqueles sons e sensações que se intensificaram eram sonhos demoníacos estimulados pelo álcool. E que aquela figura imóvel entre arbustos, há uns trinta passos diante de si, revelada pela luz débil da lua, era mais uma das tantas criaturas desconhecidas da noite. Ele deu às costas, com receio, em um estranho misto de medo e desconfiança.

Porém, os sons não pararam de acompanhá-lo. Em nenhum momento.

Juca percebeu que estava suando frio. Ele precisava desinfetar a ferida nos cotovelos o quanto antes.

Avistou a porta de sua casa. Perto dali, no jardim, havia um buraco do tamanho de uma pessoa e uma pá fincada. Prontinha. O velho Juca evitou olhar, passando reto. Deixou os calçados sujos do lado de fora para entrar na casa. Ligou a luz do corredor principal, abriu a porta do armário do banheiro e sacou o antisséptico. Logo depois, abriu a geladeira. Abriu, em seguida, um sorriso: sorte sua, ainda havia outra – mas era a última.

Acomodou-se na poltrona, espreguiçando o corpo volumoso na penumbra silenciosa, interrompida apenas pelo ruído do ventilador a girar sobre sua cabeça. Pela luz mórbida que a janela derramava, pequenos pontos pretos se mexiam: bichos da noite. Uma mariposa-negra se destacou, pousando no braço de Juca. Ele engoliu em seco. Seu olhar parou em um canto da sala, na feição sorridente e imóvel de uma caveira encapuzada, fitando-o sem olhos, fazendo-o enxergar o filme de seus anos diante de si.

— Já vi que você está aí, sua maldita. Demorou para me achar. Agora, espera. Esta é a minha saideira.

Rompeu o lacre da latinha, *mortalmente* gelada, e começou a beber.

Amanhecer

— Célio Marques —

O dia amanheceu monótono, um insípido exemplo de perda de tempo. Pensar era o forte de Cláudio, mas na sua condição atual, não poderia se esquivar de relembrar, sorrir e chorar a cada pensamento, mesmo que quisesse. Estava com 23 anos, não era casado e não tinha filhos.

Conviver com a doença que surgira parecia uma tarefa impossível, mas, com o tempo, foi superando o medo do fim e agora tinha curiosidade. Ficava imaginando o momento em que chegaria o blecaute, o apagar definitivo das luzes. Às vezes, imaginava o que as outras pessoas estariam pensando. Sentindo pena ou simplesmente desdenhando daquela condição miserável. Aprendeu a não se importar. Fazia três anos que estava no hospital. Devia isso ao pai, militar reformado que lhe garantiu esse atendimento privilegiado por causa do plano de saúde.

A doença gerava uma espécie de degeneração dos tecidos nervosos, levando o enfermo ao estado vegetal, sem estímulos exteriores que pudessem acionar reações espontâneas. Era como estar morto, sem estar necessariamente morto.

Essa era uma condição que o amedrontava.

Lágrimas não saíam dos seus olhos, e, quando se lembrava da mãe, queria sorrir e chorar. Ele abria os olhos, mas enxergava sem que os mecanismos do olho se tornassem evidentes – olho de peixe morto.

Ele tinha irmãos adotivos. Luana e Fabrício. Quando os conheceu, eram adolescentes, mas agora Luana teria 20 anos e Fabrício, 19. O pai os trouxe com a madrasta depois da morte de sua mãe, mas, fazendo as contas e relativizando o envolvimento, a harmonia e os modos particulares do casal, ele pode concluir que aquele encontro não era casual, tampouco recente, mas um relacionamento paralelo.

Ele não digeriu com facilidade a escolha do pai, mas aceitou, por causa da civilidade ensinada pela mãe. Os irmãos eram distantes, e não havia muito para se conectarem. Na época da descoberta da doença, Cláudio iria estudar fora, mas os planos foram adiados até que se recuperasse. Isso não aconteceu, e seu quadro só se agravou. Agora ele ouvia e observava as pessoas ao seu redor, mas não interagia. Mudo e estático.

Perdeu o senso de individualidade e a vergonha do recato pequeno burguês.

As enfermeiras que cuidavam dele eram um caso à parte nas observações antropológicas que faria um dia, se sobrevivesse. Milena era uma loira oxigenada, que tinha gostos peculiares, e olhava por baixo da roupa de hospital para admirar o membro de Cláudio, mas não o tocava. Sandra era morena, e seu olhar sério e compenetrado escondia uma alma que transbordava desejo e lascívia. Ela fazia a festa com Cláudio, e chegou a vangloriar-se com o médico sobre as qualidades sexuais do doente, que não haviam desaparecido com o coma sináptico. Cláudio assistia a essa palestra e a todo o espetáculo que Sandra proporcionava. Pelo menos não enfiavam nada nele.

Por isso já não queria morrer.

Apagar e desaparecer da realidade.

Quando dormia, parecia estar acordado; quando estava acordado, parecia que sonhava. Quase não diferenciava um estado do outro. Razão e vigília. Assistia uma ave que visitava sua janela com precisão suíça toda manhã, bicando o vidro impaciente, querendo entrar, ou sabe-se lá o que mais desejava. Se pudesse, teria se levantado da cama e aberto a janela.

Engraçado era que nunca fora amante da aurora, possuía hábitos notívagos e não se lembrava do último amanhecer que tinha assistido. Queria ter visto mais o Sol nascendo, o calor e a energia amarela alimentando sua alma como a do Superman. Mas ele não voaria. A viagem que se aproximava a cada dia seria um mergulho no escuro.

Afinal, não nos preparamos todos para esse mergulho?

Se sobrevivesse, aproveitaria a vida sem amarras e arrependimentos, respiraria profundamente para experimentar os sabores e dissabores da existência fugaz. Cada segundo se soma ao segundo seguinte e forma minutos, horas, dias, meses, anos, décadas, gerações, séculos, milênios... O tempo não existe, mas é uma mera questão de perspectiva física, não uma constante real. A celebrada consciência é uma sequência randômica de casualidades químicas, sinapses neurônicas que convergem em um vórtice de encontros e desencontros, estimuladas por impressões táteis, olfativas, visuais e acústicas. A vida segue esse raciocínio. E nossa existência é uma exceção ao caos, mas, ainda assim, caos e desencontro.

Perdeu o medo do sobrenatural.

Não havia diabo, e não existia Deus. Fechava as pálpebras e contemplava o Eigengrau.

Queria expressar esses pensamentos, mas sem poder escrever ou falar, ficava complicado realizar essa tarefa. Essa era sua maior angústia. Na medida em que enfraquecia fisicamente, tornava-se um halterofilista racional. A clareza do fim desvelava os enganos, buscando as verdades escondidas pelo fino e enganoso véu do medo, revelando a brilhante verdade que, para alguns, é fria e cruel.

Nada de caldeirões ferventes como suplício para os pecadores ou paraíso para os masoquistas, e nada de campos elísios assexuados e blasés para os virtuosos. Cláudio não gostava de pensar na palavra, mas o tempo do medo já tinha passado.

Morte.

Ele caminhava rápido para o fim. O médico, ou melhor, os médicos, pois já havia passado por uma dezena deles, mostravam um quadro cada vez pior. O dia ou a noite da viagem final estava chegando. Foi por acaso que Cláudio começou a se apegar ao pássaro branco que lhe visitava. Quando o bicho aparecia, ele se sentia disposto, até alegre, apesar da condição miserável. Estaria afável se pudesse comunicar ao mundo seu estado de espírito. Quando o pássaro não vinha, sentia-se mal, o corpo enfraquecia e era dominado por um medo incipiente.

Aconteceu em uma noite de chuva, depois do banho diário e do asseio, quando a enfermeira Sandra lavava pacientemente cada reentrância do seu corpo. Cláudio estava hospedado em um apartamento no hospital particular contratado pelo pai. Ficava sozinho no apartamento, que era confortável, com uma grande janela de vidro com persianas. Naquela noite, por causa de um problema interno, Cláudio foi transferido para um corredor onde os apartamentos não possuíam porta.

Os monitores vitais de Cláudio foram transportados, e o enfermo foi colocado na cama, com os travesseiros posicionados de forma que pudesse enxergar o corredor e as três camas com os outros doentes.

A chuva caía continuamente, e as luzes apagadas criavam sombras no corredor, sombras que se moviam, obedecendo às fontes que as alimentavam do exterior, como o farol dos carros ou a luz dos postes filtrada pelas árvores ao redor do prédio.

Foi sem aviso que ele começou a ouvir um miado baixo. O som vinha do corredor, mas não havia nenhum sinal de patas. Observou o ambiente. O gato finalmente apareceu, ronronando e com o caminhar lento dos felinos. O bicho parou no corredor, entre Cláudio e os outros doentes, sem decidir para onde ir. O ronronar do bichano começou a ganhar intensidade sonora, mas o tamanho do gato não correspondia ao som que Cláudio ouvia. O coração do paciente começou a acelerar. Sem poder se mexer, manteve os olhos abertos e fixos no gato.

Um dos doentes, o primeiro da direita, moveu-se na cama. O gato virou a cabeça para ele, mas não se moveu naquela direção, continuando parado no corredor. Os sensores conectados ao paciente começaram a enviar sinais para os monitores, e um sinal sonoro iniciou seu ciclo, a cada segundo mais potente. O gato continuava impassível. Agora os sinais eram evidentemente de perigo.

Sons vindos do corredor passaram a ser ouvidos e duas pessoas apareceram. Eram os enfermeiros da UTI. Com rapidez, iniciaram os protocolos, avaliando a melhor opção a ser tomada. Não viram o gato, que se escondeu fora do campo de visão de Cláudio. Pouco tempo depois, chegou o médico de plantão.

— Ele estava bem – disse um enfermeiro magro.

— Não entendo – completou outro enfermeiro, mais robusto.

O médico lia o prontuário.

— *Flatline* por causa desconhecida, talvez um edema tenha se formado e entrado na circulação, é uma possibilidade. Bem, vocês ensacam e retiram ele daqui.

— Tudo bem – respondeu o segundo enfermeiro.

Os enfermeiros fizeram conforme foram orientados, e seguiram conversando, buscando entender o acontecido. Tudo estava sendo monitorado, e de repente, aquele colapso. Para eles, perder um paciente na UTI não era um apontamento dos mais significantes em seus relatórios. Os outros dois pacientes não se mexiam nas camas, narcotizados e sem apresentar alterações em seus monitores. Um dos enfermeiros anotou a hora e assinalou alguns papéis em uma prancheta. Verificou os monitores de Cláudio, que estava com os olhos fechados, porém atento ao que se passava em seu redor.

Ouviu quando levaram o falecido: o som abafado de quando o cadáver foi envolvido pelo plástico do saco de despojos. Poderia ser ele ali dentro.

As luzes foram apagadas novamente, restaram as de emergência, iluminando o corredor. A escuridão não causava medo. Ele estava acostumado, e o silêncio era uma constante. Pensou no gato e concluiu que tinha, por algum motivo, amplificado o ronronar do bichano. Queria dormir, mas não conseguia. Por sorte, os enfermeiros não mexeram na sua posição, e ele continuava a poder enxergar todo o ambiente que o cercava. As pálpebras caíam e o sono logo chegaria.

Sono. Os franceses dizem que é uma pequena morte.

Cláudio mergulhou em um sono profundo em minutos. Os monitores mostravam gráficos eletrônicos que indicavam ondas Delta de alta amplitude. Um mostrador piscava a palavra REM. Cláudio sonhava. Pirâmides. Deuses. Um corredor escuro e um som vindo do vazio. Passou pelo corredor e se viu cercado de sarcófagos. Queria abri-los. Dessa vez, o som era alto e claro. O gato miava e ronronava, enquanto a grande câmara reverberava. Ele não via o gato, mas podia sentir batidas e ecos distantes. Aproximou-se de um dos sarcófagos. As batidas vinham de dentro. Ele queria abrir o sarcófago. As batidas estavam a cada momento mais fortes; o medo, maior. Um sinal estridente soou na câmara.

Quando acordou, estava inquieto. Quase não sonhava, mas aquele sonho o tinha deixado alerta, pensando nos elementos que o compunham. Vozes o alertaram e ele prestou atenção na saída da sala onde estava. No corredor, havia uma movimentação.

— Dois de uma vez, porra, esta noite tá foda! - falou um dos enfermeiros.

— O doutor Munhoz avaliou os equipamentos, estão em perfeita ordem, o problema foi dos pacientes – comentou o colega. — Pode ser um aspecto não informado da doença.

— Acha melhor ficar monitorando esse aí? - perguntou o enfermeiro esguio, referindo-se a Cláudio.

— Três mortes na UTI? Já chega, eu fico monitorando.

O enfermeiro então se sentou no sofá de apoio, após verificar os mostradores e monitores de Cláudio. Pareceu satisfeito. Cláudio forçou as pálpebras só quando ouviu o ronco do enfermeiro. O sujeito se esparramara no sofá.

Três mortes.

O gato estava levando os doentes.

Cláudio sabia o que o gato representava.

Calma.

O ronronar do gato começou a tomar o corredor, com o volume acústico que não correspondia ao pequeno animal. Uma sombra fantástica e monstruosa foi se formando na parede branca, e ele sabia que aquela sombra representava a essência da criatura, e não seu tamanho de carne e osso. Os parâmetros nos monitores começaram a aumentar, o sinal sonoro iniciou, e logo o enfermeiro acordaria.

O gato observava Cláudio com interesse, mas esse interesse era a atenção dada às presas antes do fim. Prestando atenção, ele até podia ver os adornos estranhos que o gato trazia. Como joias que brilhavam no escuro.

Seus sinais vitais começaram a flutuar e uma sensação de mergulho que vinha aos poucos começou a incomodá-lo. Parecia vertigem, algo que ele ouvira as enfermeiras relatarem como a vertigem do apagão. Respirou cadenciadamente, controlando o enjoo.

Agora era sua pulsação.

O monitor mostrava um aumento preocupante da pressão sistólica. O gato deu um pulo e subiu no seu peito. E o corpo do pequeno animal pendulava com a cabecinha reta, cujos olhos não perdiam os olhos de Cláudio. Os sinais sonoros vindos dos aparelhos enchiam a sala, mas o enfermeiro de plantão não acordava. Cláudio ouviu quando o monitor cardíaco apontou a temida *flatline*. A linha da morte.

Cláudio mergulhou. Caiu na escuridão, cada segundo mais veloz. Via raios e vórtices de matéria que emanavam vapores e uma estranha luz azul, imagens que passavam sem se formar, e, no entanto, marcantes em sua grandeza. Sua consciência ia se desfazendo em agonia, percebia pensamentos afásicos distantes, sem conexão com nada. E, de repente: a certeza do fim – o frio e a escuridão do nada, sem pensamento.

O raio branco coruscante rasgou a realidade. Agora a sensação era de arremesso, de subida vertiginosa. Começou a sentir-se fisicamente outra vez. O corpo respondia, suor escorria pelo pescoço. Abriu as pálpebras e viu o enfermeiro corpulento mexer nos aparelhos. Os monitores começaram a brilhar, emitindo uma luz verde. O enfermeiro olhou para os monitores e então para Cláudio.

— Ei cara! Você está vivo!

Cláudio esboçou uma careta e mexeu os lábios.

— Tem um gato por aqui...

A voz era rouca e quase inaudível.

— Rapaz! Hoje é noite de milagres.

— Espante o gato...

— Fica frio camarada, enxotei esse bichano esquisito daqui.

— Que bom...

— Rapaz, os aparelhos desligaram, só pode ser isso.

O outro enfermeiro voltou, esbaforido. Olhou para o colega e sorriu.

— Pensei que iam ser quatro hoje.

— Camarada aí acordou – indicou.

Cláudio acenou com a mão direita.

— Bem-vindo de volta.

— Quase perdemos nosso amigo.

— Sério?

— Foi por pouco, não sei o que aconteceu, caí no sono.

— E tu ouviste os avisos?

— Nada. Foi esse pássaro aí fora, bicou a janela até eu acordar, acordei e deu para auxiliar o cara.

Cláudio acompanhava a conversa e mirava o pássaro branco, parado na beirada da janela, observando a sala. Ergueu com dificuldade o braço direito e acenou. O pássaro bicou a janela e voou.

O sol surgia no horizonte e Cláudio pensou:

Como é lindo o amanhecer.

A Mulher que Enxergava a Morte

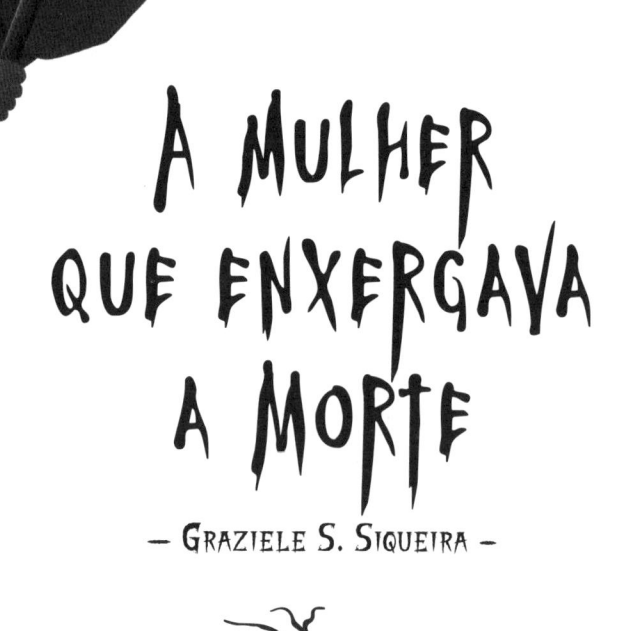

— Graziele S. Siqueira —

Lucimar, apelidada carinhosamente de Luci pelos amigos, era filha única de uma mãe solteira. A pobre garota vivia com um fardo terrível: ela conseguia me ver. Não entendia ao certo o que via: quando virava o rosto, me divisava por uns dois segundos, mas quando parava para analisar, já não conseguia me ver.

Se ela soubesse que as pessoas que estavam por perto quando ela me via morriam em menos de 24 horas, perceberia a coincidência e saberia que via a Morte.

Na noite em que ia morrer, percebeu que havia algo de errado, seu coração começara a bater mais rápido a cada minuto que se passava. Não era a primeira vez que ficava com medo de dormir – tinha os seus motivos, sabia que algo ruim estava por vir.

Luci lutou até o último segundo para não dormir, mas, com o tempo, o sono falou mais alto. Eu me aproximei para ver o que se passava pela sua cabeça enquanto dormia, queria saber o motivo que fazia a pobre coitada ter medo de cair no sono.

O sonho começou tranquilo. Luci estava tranquila sentada em um campo florido, lendo um livro. Não era possível ver a capa, mas ela sabia que aquela era a história da sua vida: uma autobiografia que nunca chegou a escrever.

O vento começou a soprar forte, carregando as folhas das árvores. O céu começou a nublar e o livro que estava em sua mão de repente já não estava mais lá. Era como se nunca tivesse existido, como se sua história não tivesse existido.

Levantou-se assustada, olhando ao redor, sem saber o que fazer. Ela parecia até estar bem, apesar da mudança repentina que ocorreu ao seu redor, mas tudo mudou quando ela olhou em minha direção. Seus olhos quase saltaram do rosto, sua expressão mudou drasticamente, o lugar ficou mais escuro e o vento fazia um barulho ensurdecedor.

Luci ficou paralisada por um tempo até que conseguiu correr sem rumo para longe de mim. Mas aquilo era inútil, não importava o quanto ela corresse, para onde ela fosse, eu já estava lá.

Não estava mais correndo em um campo aberto: o sonho tinha mudado, agora estava em um restaurante com sua amiga Alice. A amiga perguntou o porquê de ela estar tão agitada, mas Luci já não se lembrava do motivo. Teve alguns minutos de paz até me ver observando-as através da janela do restaurante.

Correu para dentro de um corredor escuro, cheio de portas que não davam para lugar nenhum. Quando olhou para trás, me viu no começo do corredor e, antes que pudesse dar mais um passo, caiu em um buraco.

Abriu os olhos e percebeu que estava dentro de um caixão. Ela já tinha percebido que aquilo era um sonho, porém, quando encostava a mão na madeira do caixão, sentia perfeitamente a superfície.

Luci gritava e batia no caixão sem cessar. Sentia o barulho do coração como se ele estivesse saltando pela boca. Conseguiu acordar por causa do susto, mas não conseguia se mexer.

Ela estava com os olhos abertos e me via o tempo todo. Subi em cima dela e apertei o seu pescoço, dava para sentir sua pulsação alcançando seu limite. Estava chegando a hora dela dar o último suspiro. De repente, as batidas começaram a enfraquecer lentamente.

Eu não tinha força o suficiente para enforcá-la, a vida dela estava nas suas mãos e ela lutou, colocando na cabeça que aquilo não era real.

Eu saí do cômodo e ela voltou a se mexer, respirando ofegante, muito assustada.

Voltei outro dia, para ver se conseguia levar aquela infeliz. Sentei-me na beirada da cama e observei ela me olhando assustada.

O seu coração sempre batia muito forte, mas nunca a ponto de parar. Não importava quão assustadora era a aparência em que eu me mostrava, ela resistia, conseguia se acalmar aos poucos, e, a cada nova visita de minha parte, o efeito da minha presença funcionava menos. Até que eu tive uma ideia ousada.

Luci tinha pavor de aranhas, principalmente das pequenas. Isso vinha de um trauma da infância. Certa vez, ao tentar calçar uma bota velha da sua mãe que estava no fundo do guarda-roupa, deparou-se com várias aranhas saindo de lá, subindo por sua perna. A pequena Lucimar entrou em pânico. Correu. Gritou. Chorou ao máximo por várias horas, mesmo depois que sua mãe já havia matado todas as aranhas com um inseticida, ela ainda esperneava, muito assustada. Alguns ovos que não tinham sido chocados ficaram grudados na bota, que logo em seguida foi jogada fora pela sua mãe.

Com os anos, ela se esqueceu desse acontecimento – era muito nova quando ocorreu –, porém, aquilo a deixou com um trauma terrível de aranhas. Chegava a evitar ficar perto de paredes por causa da possibilidade remota de deparar-se com aranhas a uma curta distância.

Ela sabia que a caranguejeira não possui um veneno capaz de causar a morte, então não se assustava da mesma forma que se assustava com as pequenas.

No meio da noite, quando acordou, Luci não conseguia se mexer por causa da paralisia, sua mão formigava, mas ela não olhou. Tinha desenvolvido a habilidade de não abrir os olhos quando acordava incapaz de se mover.

O que os olhos não veem o coração não sente. O velho ditado popular parecia ter sido criado para ela de tão perfeito que se encaixava.

Tive que mexer uns pauzinhos para que aquilo desse certo. Fiz com que ela ouvisse um barulho de algo caindo no chão. Quando foi olhar de onde tinha vindo aquele som, ela me viu, mas só se assustou quando olhou para o seu braço e se deparou com milhares de aranhas percorrendo todo o seu membro superior esquerdo. Aquilo foi demais para a pobre criatura que vivia com aracnofobia. Tentou gritar, mas o som não saiu da sua boca, seu peito subia e descia sem parar, seguindo o ritmo do seu coração. Ela finalmente tinha infartado.

Porém, para a minha infelicidade, o marido dela acordou e a levou às pressas para o hospital mais próximo de sua casa. Eu sequer tinha reparado no tempo que já se passara. Lucimar não era mais uma adolescente problemática; era uma mulher, já havia se casado com Afonso e tinha um filho chamado José.

Como sempre, ela lutou por sua vida. Dessa vez, aceitei melhor a minha derrota e deixei ela em paz por um bom tempo. Até que um dia eu voltei, mas não foi por ela. Pelo seu marido, que estava morrendo com câncer de pulmão.

Além da família dele já ter uma predisposição genética, ele fora fumante durante a maior parte da vida. Os tratamentos não adiantaram e ele já estava nas últimas, deixei que tivesse uma pequena melhora antes de morrer para que pudesse se despedir do filho e da mulher.

Naquele momento ela me viu, e tudo fez sentido. Luci percebeu quem eu realmente era. Ela se lembrou que também tinha me visto, por alguns segundos, um pouco antes de sua mãe morrer. Lembrou-se também de sua amiga Alice, que morrera atropelada por um carro vermelho pouco depois de Luci ter me visto perto dela.

Ela entrou em choque, mas rapidamente se recuperou. Abraçou o marido e ficou nesse abraço por um longo tempo. Às vezes, ela olhava para mim, e eu sei que ela sentia medo, mas não era por ela. Lucimar se segurou por um bom tempo para não chorar, não queria que Afonso se preocupasse.

Aquela angústia durou por um longo tempo. Era um fardo ter a minha presença por perto, mas ela nunca ia deixar de estar presente nas últimas horas de vida do seu marido.

Ele morreu nos braços dela. Morreu feliz, sem um arrependimento sequer. Luci chorou todas as lágrimas que havia represado, precisou ser sedada pelos médicos para se acalmar. Sempre havia sido uma pessoa sensível.

Na saída do hospital, ela passou por uma pequena aranha que andava pelo chão. Não se assustou, tampouco esmagou a aranha para se proteger. Apenas passou reto, mostrando-se indiferente à pequena criatura.

Na noite desse mesmo dia, eu apareci no canto de seu quarto. Ela me olhava com os olhos mortos de cansaço, sentada em cima da cama totalmente paralisada, não porque não conseguia se mexer, mas por não ter força o suficiente naquele momento.

Precisava descansar porque, no dia seguinte, deveria, logo cedo, ir ao velório, e logo em seguida ao enterro do seu marido. Mas ela não conseguiu dormir. E não foi por causa da minha presença, e sim em razão do luto. Fiquei a noite inteira lhe fazendo companhia, e apareci mais algumas vezes no quarto dela, sem a intenção de levá-la comigo, e sim porque tínhamos algum tipo de ligação que foi criada ao longo do tempo.

O coração dela não se alterava mais ao me ver. Eu havia me transformado em algo tão indiferente quanto a aranha no chão do dia em que saiu do hospital após a morte de Afonso. Como já não se importava com o fato de eu ser real ou coisa da sua cabeça, aquilo não lhe fazia diferença, pois sabia que a minha presença ali, afinal, também não fazia diferença alguma.

Luci chegou ao seu limite uma vez, por causa das dívidas que o marido tinha deixado e da depressão que a acompanhava há um bom tempo. Eu me aproximei dela e entendi a mão. Ela me agarrou, mas não para que eu a guiasse para algum lugar melhor. Ela tinha agarrado um pouco mais em cima, como se estivesse me impedindo de me aproximar. Era seu jeito de dizer, sem emitir qualquer palavra, que lutaria para viver um pouco mais.

Já tinha dois netos, uma menina e um menino, e queria acompanhar um pouco mais o crescimento deles. Deixei que isso acontecesse porque não adiantava começar aquilo tudo de novo, Lucimar era teimosa a ponto de lutar por mais um século se quisesse.

Em dezembro de 2022, aos 77 anos, Lucimar me avistou perto do seu filho e da família dele. Ela soube na hora que algo aconteceria com eles, e que provavelmente seria na viagem que fariam para Porto Seguro no dia seguinte. Tentou convencê-los a não ir, mas eles não deram atenção para o que ela falava. Devido à idade avançada, julgaram que ela estava "ficando gagá".

Então ela fez a única coisa que podia para que eles não viajassem. Durante a noite, quando me viu, conversou comigo pela primeira vez, pedindo-me para que eu a levasse.

Perguntei se ela tinha certeza daquilo. Após vários anos lutando tanto para não morrer, ela se sacrificaria dessa forma? Questionei sua decisão dizendo que sua morte não seria garantia de que eles viveriam. Mas, para a minha surpresa, ela quis morrer mesmo assim. Antes que eu a levasse, Luci comentou que se eles morressem não sobraria mais nada neste mundo com que ela se importasse.

Eu fiz o que ela queria, e o que eu queria há muito tempo, mas, pela primeira vez, não me senti satisfeita após o ocorrido. O plano dela deu certo. O filho e sua família não chegaram a viajar, foram para o velório e só no outro dia ficaram sabendo do acidente horrível que aconteceu na BR 381, perto de Governador Valadares. Imediatamente ele soube que a sua mãe tinha tido algum tipo de premonição e que estava certa, mas nunca soube do sacrifício que ela fizera por eles.

CAMPO DOS LOBOS

— Alexandre Pereira —

1917

Corri. Eu, o grande lobo, o devorador, corri até não suportar, até imbuir músculos, veias, ter os ossos brasis.

"Onde eu estou?"

Estou na linha que divide o mundo. Uma linha dentro da Europa. Os jornais celebram manhãs de ataque total – planícies cobertas de carne – no terreno baixo, até onde escorre o sangue do campo e enchem-se lagoas rubras e putrefatas – corri até aqui. Eu, o grande lobo, o devorador.

O cheiro, o perfume. Uma vida inteira de cuidados. Desregrada agora, outorgada por perda recente – não mais seguraria minha mão defronte aos ventos que desceram, estação após estação, carregando tais fragrâncias; perenes buquês de mortíferos olores.

Vim de Ardèche, por Paris, visitei Montmartre. Desci dos vagões à Leste e deixei a ferrovia para trás. Caminhei por dias, seguindo apenas o eflúvio de sangue, e, diante das portas do inferno, descansei. Noite de lua, noite de lobo.

— Você...

— Quem é?

Silêncio. O silêncio da culpa.

— Sim...

— É você, não é?

— Sim...

A morte que vive em mim. Sumo da transmutação que se seguiria. Sua voz, o instinto da fera aflorando dentro do meu espírito...

— Não.

— Não? – gritei — Quem é você?

— Eu sou o que sempre existiu. Desde o princípio...

— Qual é o seu nome?

— ... sss.

— O que é você?

— Eu sou a permanência.

— Você é a morte?

— Eu sou a roda.

— Tenho que partir...

— Não.

— Não, o quê?

Corri. Sua adorante pútrida guiando-me. Pelo fim de tarde, com a grande lua deixando o horizonte acinzentado, debrucei-me e corri como *la bête*. Era o fim de tudo; o cavalo amarelo do Apocalipse marchando entre-mundos – o animal dentro de mim liberto!

Pelo cheiro. Pelo cheiro encontrei o primeiro corpo. Estava distante, claramente um ferido que desertou para não ter o membro amputado. Sua perna estava resumida ao osso. Faltava-lhe o pé. Correra para longe sulcando o terreno em passos desesperançados – pude me saciar – outro miserável, há pouco ainda uma criança, um recruta direto da escola.

Caído de bruços, descansava o rosto encravado na terra. Provavelmente caído ali antes ou durante a última nevasca. Sua *Lebel* carregada, acompanhando-o como último amigo.

Escureceu. Traços evanescentes para Leste.

Me ergui, extasiado, do cadáver. Sentia-me poderoso.

— Por que está aqui?

— Por uma promessa...

— Uma promessa?

— Silêncio!

Uma vala fronteava formas no campo nu. Fornalhas de cozer os uniformes dos mortos para servir aos recém alistados. Depois, fornos e sacas de farinha apodrecidos pelo descongelamento. Armas e munição esquecidas no debandar, esquecidas a fim de proverem dos mortos – para que intentassem pelos seus... Não encontrei desfalecidos, o próprio demônio podia tê-los arrebatado...

Na sombra da grande majestade, resignei-me, depois descobri que não havia mortos porque estavam enterrados todos juntos na crescente – passo após passo – colina de cadáveres, batalhões enterrados sobre batalhões.

— Coma.

A lua, altaneira, desmistificou seus vãos durante minha aproximação. Túneis! Cidades militares inteiras perdidas na lama.

O segundo corpo que abri, e comi das vísceras de fora para dentro de suas paredes, me fez recordar dos *junkers* da Crimeia; encontrei seu corpo saindo da parede; parte do tronco escapando na conta dos artilheiros. Não era oficial, mas sua carne denunciava uma bela vida abastada...

Os túneis espremiam-me. Por vezes, acreditei que ficaria preso.

— Já fui um boticário respeitado.

— O que aconteceu?

— A morte. A morte aconteceu.

Uma simples porta de champrões separava o caos maculado e o hospital. Hospital de abantesmas, sombras e vultos. Não havia corpos, só pedaços. Braços, pernas, tripas. Lá na frente, um belo rastro de sangue contrário ao vento – finalmente podendo senti-lo no rosto... uma estrada para além das paredes de terra, caminho alento ao diabo.

Os bálsamos da morte perfuravam-me, queria correr, disparar. Salivava descontroladamente – voltando para o sereno, olhava em uma única direção: dezenas de corpos amontoados, banhados de sangue –, além da nuvem de moscas, além da turba de ratos que avançava para mordiscá-los.

— Uma armadilha...

Um véu de estacas antecipava-se das grades e arames. Suas formas eram turvas aos meus olhos – cruzes estacadas. Um altar para São Cristóvão denunciava, eram defesas contra lobisomens.

— Se as pessoas têm medo pelas ruas... Tochas!

Um silvo. Dois. Foguetes então cuspiram donaire de chamas e fogos; a noite fora rompida pelo alvo da luminescência; o som da metralha ouvida meio segundo antes do risco da bala – fogo que brotava da escuridão e fervia rodopiante; dentes tilintantes.

Minha pele queimou. Não sei quantas vezes fui alvejado. Caía e levantava-me. Assim, ouvi a artilharia ao longe, seus estampidos, urros, cravares. Repousou então, em assovios, ao meu redor, verdadeira mixórdia de tons encarnados. Flagelo, falhanço. Estava morto e estava vivo.

Um lobo no campo.

Ouvi o apito e o urro dos homens ao deixarem as trincheiras. Avançaram sobre mim em baionetas! Usavam uniformes diferentes uns dos outros. Virei o corpo dolorido e arrastei-me para a fuligem. Quando chegaram, lancei-me para dentro dos túneis. E, na escuridão, disparei um gatilho de corda, abrindo válvulas de combustível, acionando pederneiras – o inferno diante da face –, chamas! Chamas que só cessaram com os exércitos implodindo a colina de mortos sobre a minha vontade.

— Coma.

Tive o sangue negro de um moribundo pingando em meus lábios. Tive carne rija putrefata ao despertar enterrado vivo! Fui arrastado pelo meu instinto. Depois caminhei e escalei a colina por dentro. Com um sem-número de túmulos violados, abrira-se verdadeira galeria pelo ventre do montante.

O inimigo.

Agarrado a corpos úmidos e esverdeados, alcancei o cume e encontrei o inimigo. Soldados, rifles. Tive baionetas em meu peito e voltei para a escuridão. Acuado, saltei e desci pelo lado que restava da colina. Em minha boca, meia parte de um daqueles tantos. Em minhas costas, verdadeira chuva de disparos – me escapando só depois de alcançar a linha de árvores mortas. Pelo cinza da guerra, pelo caminho da podridão, enxergando borboletas enegrecidas...

— Por que está aqui?

— Por uma promessa.

Corri. Eu, o grande lobo, o devorador, corri até não suportar, até imbuir músculos, veias, ter os ossos brasis.

Adentrei o bosque e comi. Comi e regenerei meu corpo de animal. Meu pelo caiu e outro nasceu. Meus dentes caíram e outros cresceram. Diante da lua, uivei para o vento, para o silêncio, para a estrela que se tornara minha filha.

— Tocada pela febre?

— Sim.

— Qual era o seu nome?

— Charlotte.

Uma luz. Duas. Rilharam os motores ligando em longo trovejo; o gosto da fumaça... nuvens opacas afrontando a luz da lua cheia. O chão tremia.

São Cristóvão...

Um estrondo, depois outro. Bolas de fogo zuniram, choraram. Entre as grades do traçado, entre labaredas e troncos retorcidos, tornei-me um condenado dentro do exílio do bosque. Lanternas! Lanternas! Como olhos, como sentinelas.

Vermes. Tanques Little Willie moveram o horizonte além do bosque como vermes. Vi blindados A7V. Todos em uma só direção – feras do mundo que me aguardavam, soturnas.

Subi pelas árvores e desvelei pela distância. Os monstros de ferro rugindo – derrubavam árvores de uma só vez, ceifando-as pelas esteiras, cortando-as pela metade pelo cuspe do chumbo.

Mas caí.

Meu corpo entornou-se sobre o teto das bestas. Demorou, mas me levantei e saltei. Saltei por cima das máquinas, uma por vez – acreditei na minha salvação –, depois, alvejado, caí uma segunda vez e não pude mais levantar. A fumaça do exército mecânico cobrira todo aquele mundo. Apagara inteiramente a luz da noite. Escondera minhas estrelas. E eu, eu voltara a ser apenas mais um homem. Mais um macaco brigando por um galho mais alto...

Caíram sobre mim os senhores da guerra – lançando-me em cratera fétida; simplesmente apedrejado com pedras banhadas em água benta.

— Não...

— Vá embora!

— Posso dar um basta.

— Eu fiz uma promessa.

— Eu sou a Morte...

— Silêncio!

— Se as pessoas têm medo pelas ruas... Tochas!

Lançaram meu corpo em uma pilha de mortos e encharcaram com diesel. Atearam fogo e esperaram arder. Festejaram, beberam do forte vinho e amaldiçoaram o canto dos lobos perdidos na distância.

— ... sss.

Reis cegos deixaram de olhar dentro das chamas. Não notaram que a lua me transmutara. Não viram alimentar-me dos mortos dentro da pira. Corpos carbonizados, ossos fumegos.

Queria eu, por um instante, deitar *la belle mort* pelas crateras do campo. Comer de seus ventres, enterrá-los em um grande mausoléu, tendo suas máquinas de ferro como lápides.

Busquei adiante e enxerguei um espelho. Seguia e retrocedia.

— Onde eu estou?

Caído nas cinzas, despertei, mas não estava sozinho, a emanação da morte, perenal, como companheira. O vento gelado escoltando verdadeiro miasma – precisava alimentar-me uma última vez antes do amanhecer...

Segui ao largo entrando e saindo das pústulas. Para o Sul, passos por terra maligna, terra de ninguém. O grande descampado, o grande cemitério. Defrontei seus mortos e me sentei para comer. Abri suas cabeças e comi até a altura dos olhos.

— Gás!

— Sim.

Fui envolto em uma espessa nuvem amarela. Não sentia, agora, cheiro algum. Olhava para a lua, sabia que logo a alvorada desenharia pelo céu.

Corri. Amanhecer raro, lúgubre, atroz.

— Qual foi a sua promessa?

— Prometi que nunca mais mataria outro homem.

— Eu sou a Morte.

— Eu sou o grande lobo, o devorador.

A Coroa e sua Coroa de Flores

— Káthia Gregório —

"Come tudo, senão a assombração vai te pegar!", dizia minha mãe. Eu, desde menino, sempre tive medo das coisas que não podia ver. Naquela época, ainda não se falava em crenças limitantes. Lembro-me que muitos adultos (não todos), costumavam assustar as crianças com coisas que, eles próprios, jamais conseguiriam provar que existiam de fato. Analisando a minha vida e a de meus amigos próximos, talvez muitos de nossos insucessos pessoais procederam daquelas chantagens insensatas feitas em um passado bem distante.

Percebo que as crianças de hoje são muito mais espertas que as de ontem. Porém, nos dias atuais, não raro, tristemente presencio alguns pais lidando com suas proles de maneira truculenta e quase sempre com muita impaciência. E, não satisfeitos, ainda abordam seus filhos com palavras ou termos pejorativos capazes de abrir feridas profundas. E como resultado, temos pessoas com depressão e com baixa autoestima. Caso esses indivíduos não sejam tratados ainda na infância, quando adultos, recorrerão à uma ajuda psicológica cujo tratamento dificilmente será a curto prazo, quiçá, nem mesmo a médio. E mesmo que fosse longo, ainda assim valeria a pena tratar-se.

Ainda quando criança, lembro-me de uma passagem muito intrigante: ouvi um certo alguém dizer que: "Quando a morte não acha a pessoa que ela deveria levar, ela pega o primeiro que aparecer à sua frente".

Certa vez, por volta dos dez anos, eu e mais alguns amigos entramos em uma casa abandonada. Enquanto os demais exploravam os quartos vazios, eu observava curiosamente cada detalhe daquela morta sala de jantar. Fiquei imaginando como ela teria sido em seus dias de vida. Ao ouvir o grito de um deles: "Esta casa está mal-assombrada!", saímos todos, às pressas, antes mesmo da frase ter sido concluída.

Eu não queria ser motivo de chacota, por isso, nada comentei sobre a sensação que tive: de ter sido seguido durante aquela entrada fortuita.

O tempo passou, meus amigos e eu crescemos e quase todos continuamos, ainda por um bom tempo, morando no mesmo bairro até nos formarmos. Quando conseguimos nossos primeiros empregos, cada um tomou seu próprio rumo. Contudo, o encontro para nosso bate-papo era sagrado.

Eu me formei em jornalismo e mantive a escrita apenas como passatempo. Mais tarde, acabei me apaixonando pela literatura, tornando-me um escritor de fato. Como sou movido a desafios, fui incentivado a escrever sobre algo que sempre evitara comentar desde meus tempos de criança, porém, não tinha ideia de por onde começar minha dissertação.

Àquela altura, já me julgava ateu. E, como eu não acreditava em nada, falar sobre a vida após a morte poderia ser o início de uma discussão sem fim e que, na minha opinião, não levaria a lugar nenhum.

Determinado, teimoso e convicto daquilo em que acreditava, acabei me rendendo e resolvi me inteirar um pouco sobre o assunto. Comecei minhas pesquisas através de levantamentos acerca dos sobreviventes – pessoas que foram dadas como mortas – e que voltaram do estado de coma, relatando o que haviam experimentado quando estiveram do "outro lado". Eu acredito que a vida é uma só. Essa coisa de que o espírito sai de um corpo e depois volta a reencarnar em outro, para mim, é algo de filme de ficção. Depois, li alguns livros da Doutrina Espírita, assisti a filmes baseados nesse contexto, conversei com algumas pessoas aqui e ali; sempre com meu bloco de anotações em mãos, fazia bastantes observações pertinentes sobre o assunto.

A bem da verdade, eu já começara a gostar de ouvir os depoimentos e as opiniões contrárias às minhas. As nossas discussões eram muito produtivas. Já não estava mais tão focado em escrever sobre aquele tema quando percebi que dali poderia surgir um nicho para um trabalho de ficção científica, talvez... E foi então que decidi trazer aquela pauta para ser discutida entre meus amigos de infância.

O nosso grupo era bem eclético: tinha os ateus, os evangélicos, os estudantes da Doutrina Espírita, os católicos, entre outras crenças e religiões. Apesar de nossas diferenças, tínhamos um acordo mútuo: o compromisso de estarmos presentes nos funerais daqueles que partiam.

— Mas como pode alguém não acreditar em reencarnação? O que dizer daquelas crianças com menos de dez anos de idade que tocam piano maravilhosamente bem? – questionou Jorginho, o primeiro a conquistar o tão sonhado carro próprio.

— E as outras, ainda tão pequenas e sem noção sobre artes, que pintam quadros surpreendentes em tinta a óleo? Como podem? – Perguntou Darílio.

Jorginho, concordando com a arguição de Darílio, fez mais uma observação:

— Por que muitos têm uma vida maravilhosa, enquanto outros vivem em total sofrimento?

Acácio, bem como eu, não acreditávamos em vida após a morte. Aquela coisa de que os espíritos estão presentes durante o nascimento e durante a passagem final não nos convencia.

A gente já tinha encerrado aquele encontro quando um deles – não importa quem foi – relatou uma história sobre um caso de possessão demoníaca sofrida por um conhecido de um parente seu, que, durante o tempo em que ficou em transe, conseguia atravessar paredes.

— Mas se você não acredita que existe a possibilidade de um espírito retornar, como quer que nós acreditemos em alguém capaz atravessar paredes? – indignado, Darílio argumentou, quase reiniciando o debate.

Ainda estávamos no calor daquela discussão, quando eu, dando-me por satisfeito, comecei a me despedir de todos, forçando o fim daquele encontro.

Eu e mais três pegaríamos carona com Jorginho, enquanto os outros retornariam de transporte público.

Muito agradecido, aceitei de bom grado aquela carona, assim colocaria em ordem meus apontamentos ainda naquela noite. Aquele debate, aparentemente, não conseguiu me fazer mudar de opinião sobre o assunto. Permaneci com minha crença de que não existe vida após a morte. Mas devo admitir que achei muito interessantes todos aqueles pontos de vista.

Ao entrar em meu apartamento, ainda bastante reflexivo, sentei-me no sofá e tentei rever minhas anotações. Não posso negar que voltei um pouco estranho daquele encontro.

Será que devo me aprofundar mais nesse assunto? Será que fui intransigente em minhas opiniões?, indagava-me.

Decidi não pensar mais naquilo naquele dia, então prendi a caneta, pela tampa, na última folha com minhas anotações, coloquei o bloco em cima da mesa do centro, levantei-me e fui para o banho. Mas antes, fiz um rápido alongamento para os braços, movimentei a cabeça de um lado para o outro, para cima, para baixo e, quando fiz um movimento circular, senti uma tontura.

Ainda meio cambaleante, entrei no box, abri apenas a torneira de água fria e deixei que aqueles fortes pingos massageassem minhas costas. Já estava lá há um bom tempo, porém não o suficiente para tirar aquela sensação de corpo sujo. Precisei sair às pressas, tão logo ouvi o recém-deixado recado em minha secretária eletrônica:

"Jorginho sofreu um acidente de carro. Ele e mais uma pessoa morreram no local. Ainda não temos notícias sobre os outros. É quase certo que os dois serão enterrados no mesmo lugar – Cemitério da Paz Eterna.

O enterro de Jorginho está confirmado para às 13h. O outro deverá ocorrer mais tarde, a depender da agilidade da família com as documentações", disse uma voz feminina.

Desesperadamente, ainda com minhas mãos na cabeça, corri em direção ao aparelho eletrônico, tentando chegar antes do desligar daquele telefonema. Mas a pessoa foi breve na transmissão do recado, desligando logo em seguida, sem ao menos se identificar.

Se eu fora o primeiro a ser deixado em casa e Josivaldo, o segundo, então o acidente pode ter acontecido entre o trajeto de meu apartamento e o da casa dele, ou será que ocorreu durante o trajeto da casa de Josivaldo e do destino final, bairro onde moram Darílio, Eulálio e Jorginho?

Aquela triste notícia me fez perder o sono e a fome. Angustiado, andei de um lado para o outro pensando o que eu poderia fazer para ajudar naquele momento. Não tinha muita intimidade com as famílias deles, mas eu precisava fazer alguma coisa. Então, decidi escrever algumas palavras para discursar durante o sepultamento de meus amigos. Porém, nem isso fui capaz de fazer. Talvez eu não conseguisse me expressar diante daquelas pessoas que eu mal conhecia.

Mesmo assim, forcei-me a escrever um pequeno texto no intuito de pedir que um outro amigo o lesse, mas, ainda assim, não consegui iniciar uma única frase. Sequer consegui segurar a caneta, que de repente parecia pesar tanto quanto pesavam meus prejulgamentos em relação à crença de Jorginho – aquela de que os espíritos sempre retornam aos mundos de provas e expiações. Ou quiçá meu bloqueio poderia ser tão somente devido à falta de intimidade com a família do falecido.

Quem sabe durante o velório eu não conseguiria rascunhar alguma coisa?

Cheguei bem cedo ao cemitério. Ainda antes do velório de Jorginho. Sobre o do outro amigo, que também seria enterrado ali, nenhuma outra informação me fora passada. Mas, segundo aquele recado, seria naquele dia também.

Confesso que eu nunca tinha visto um fluxo tão intenso de caixões. Era um entra e sai, um sai e entra. E todos seriam enterrados no Dia das Bruxas, 31 de outubro – o famoso Halloween –, os corpos dos dias anteriores e os daquele dia também; a depender da hora da morte e da liberação pelo Instituto Médico Legal, é claro.

Pensando bem, não haveria data mais propícia para aquele evento, pensei comigo. Não conhecia ninguém do primeiro velório, entretanto, escolhi um lugar de onde eu poderia ver a todos. Creio que ninguém se importou de eu estar sentado ali, mesmo não sendo parte da família e, muito menos, amigo da falecida. Ajeitei-me no banco de alvenaria, disposto a escrever algumas linhas.

Desde o momento em que cheguei, acredito que nenhuma capela tenha estado vazia. Nessa em que já me sentei há horas, todos os velórios anteriores estavam lotados. E o do meu amigo não foi diferente. Somente quando o corpo dele chegou eu pude ver o quão Jorginho era querido. Algumas pessoas eu conhecia apenas de vista. Eu precisava descobrir quem havia deixado aquele recado em minha secretária eletrônica, e também estava aflito para saber sobre os outros, bem como mais informações sobre o acidente. Não que isso fosse resolver alguma coisa naquele momento. Talvez fosse apenas saciar uma curiosidade assombrada...

— Nossa! Que calor, Gonzaga! A sensação térmica de hoje deve ser de 50° C. Parece que estamos, literalmente, no inferno; borbulhando no caldeirão do diabo. Será um dia dificílimo de suportar: no calor das emoções, no calor das sensações e no clamor das orações.

— Magalhães, você está poético hoje, hein?! Ah, mas isso você tira de letra! Nunca te vi reclamando do calor. E nem poderíamos, né?!

— Gonzaga, eu sempre gostei do calor. Não da luz solar. Tenho fotofobia.

— Sei. Conheço bem a sua "irritofobia". Cadê esse padre, pastor, benzedor, rezador, que nunca chega? Eu não sabia que o Jorginho, além de ser católico, lia sobre outras crenças. Eu quase podia jurar que ele era ateu. Você sabia que ele não era? Viu o monte de gente que está do lado de fora querendo entrar? Virgem Maria Santíssima!

— Você sempre parte do pressuposto de que todos são ateus como você era, né?! Nada como o tempo, nada como a leitura e o conhecimento. Você acha mesmo que aquele bando de gente lá fora gostaria de estar aqui dentro?! Aquele sentado lá não é o amigo escritor? Veja! É o Pereira – o coração de rocha – quem está do lado dele. As pessoas o chamam de durão porque ele sabe segurar as emoções como ninguém. Nunca chorou em velórios. Talvez nem no da própria mãe.

— Como as pessoas são descrentes umas das outras! Quem imaginaria que Heleno seguiria nesse ofício? Se nem mesmo sua família levava fé, quanto mais seus amigos próximos. Magalhães, você reparou que ele está sentado ali há horas? E escrevendo o quê, eu não sei!

— Talvez tenha encontrado uma inspiração. A morte não deixa de ser um bom assunto, mesmo para ele que se diz ateu. Você viu? De vez em quando, ele olha para cá. Ou será que é impressão minha, Gonzaga?

"A quem possa interessar... Vejo rapazes, bem-apessoados, aguardando a chegada dos amigos para um último adeus. Alguns deles simulam estarem incomodados com a quentura ambiente desta capela. Se não fosse pelo dia de hoje, eu diria que, até agora, nessa sala de lamentos, as roupas escolhidas por três deles são as mais convenientes e as mais convincentes ao mesmo tempo: na cor preta, dos pés à cabeça, tal qual no século XIX, em respeito às famílias.

É um entra e sai de defunto nesse cemitério... enquanto um corpo está sendo velado, outro já se encontra posicionado para entrar no recinto. E, respeitando a fila, todos os recém-chegados, ainda dentro dos carros das funerárias, aguardam a vaga que será liberada, mas tão somente quando os mortos à frente forem para as bancadas das respectivas capelas, logo após a saída dos cortejos dos corpos velados anteriormente. Talvez seja a única vez em que a ordem é respeitada; sem os famosos furadores de fila. Merecem muitas palmas e uma salva delas também. Aquelas coloridas e estas entusiásticas.

Quero deixar registrado em minhas anotações, que nem todos creem em algo, bem como nem todos são descrentes de tudo. De onde estou, posso ver e ouvir com bastante clareza. Durante o tempo em que estive aqui, percebi algumas diferenças nos funerais. Também observei que alguns rostos aqui presentes chegaram a despertar nos familiares dos falecidos uma curiosidade quase doentia; trazendo desconforto a alguns, constrangimentos a outros, ou até mesmo causando brigas seríssimas. Que lástima!

Contudo, em respeito àqueles que choram, os amigos dos mortos nada contam aos seus parentes, principalmente aos seus cônjuges. Na maioria das vezes, são fisionomias para lá de conhecidas de seus fiéis seguidores durante suas passagens em vida. Fazendo um cálculo rápido, após a descida dos caixões, após as rosas, após as coroas de flores e após a pás de cal, pelo menos cinquenta por cento de todos os segredos estarão lacrados dentro daquelas tumbas.

E por falar em coroa de flores... eis aí um tema pertinente: seu significado, sua origem e seus tipos. Talvez seja o último presente dos vivos para os mortos. Esse assunto poderia render muitas hipóteses.

Como cheguei muito cedo, estou aqui desde o primeiro corpo velado, posso dizer que todas as coroas de flores que passaram por aqui, assim como eu, ocupamos um lugar privilegiado; um ponto estratégico, de onde podemos a todos observar, menos sentir: suas lágrimas verdadeiras doadas àqueles que partiram, seus comportamentos diante da morte, as roupas que estavam trajando naquela última despedida, seus olhares curiosos, inconformados, arrependidos e rancorosos, bem como suas emoções exageradas.

Quando o corpo do amigo – o último a ser velado naquele dia – adentrou a capela, o Cemitério da Paz Eterna já se encontrava quase totalmente vazio.

Tão logo a tampa do caixão fora aberta, em respeito àquele último falecido, fiquei muito comovido pelo colega que partira. Àquela altura, já me sentia conhecido de todos que por ali passaram. Então decidi pausar minhas observações durante os próximos minutos, para fazer um prolongado silêncio e prestar minhas sinceras condolências não escritas.

Após colocarem o segundo caixão com o corpo do outro amigo sob a bancada, e tão logo fora aberto, eu – Heleno – jamais pensei que me desesperaria ao ver aquele rosto, para lá de conhecido, dentro daquela urna. "Não pode ser! Não pode ser verdade!" – eu disse, levando minha mão à boca em sinal de consternação, ao mesmo tempo em que eu me aproximava e me afastava daquele caixão.

"Por quê? Eu estou vivo. Por quê?" – perguntava-me, indignado com aquela morte. Chorei e gritei ao mesmo tempo. Depois, comecei a rir descontroladamente de nervosismo. Achei que tudo aquilo não passava de uma brincadeira, afinal, estávamos todos juntos no dia anterior.

Revoltado, agarrei-me àquele caixão modesto e quis fazer com que o corpo, cujo rosto parecia tão sereno, acordasse. Depois, pensativo, sentei-me no banco frio de alvenaria, apoiei os cotovelos nas coxas das pernas, enquanto as mãos seguravam minha cabeça.

— Amigo, eu percebi que você tentava escrever algumas palavras para este momento. Acho que toda a sua intenção foi em vão, pois não vejo uma única anotação. Estive ao seu lado o tempo todo. Mas tenho que confessar uma coisa: o improviso sempre sai melhor que algo ensaiado – disse-me Pereira, nome que acabei descobrindo mais tarde.

A sensação do toque da mão de Pereira sobre meu ombro não foi o único susto que tive em toda a minha vida. O que me deixou aterrorizado foi a pergunta feita sem muito rodeio: – Agora você acredita em vida após a morte? Olhe a sua volta, Heleno! Veja para onde as pessoas estão olhando. Todos morreram naquele acidente de trânsito, inclusive você.

Inconformado e querendo mostrar que eu ainda estava vivo, tentei arrancar a coroa de flores de seu suporte.

Eu lutei. Lutei muito para aceitar minha nova condição. Enquanto Pereira pensava que eu já tinha me acalmado, num ato de fúria, avancei mais uma vez em direção àquela ornamentação, porém, sem sucesso novamente. Foi quando, ao me sentir bastante enfraquecido, dei-me por vencido, permitindo-me cair ao chão.

— É isso aqui que você quer?! – perguntou-me Pereira.

Não sei como, mas ele fez o que eu não consegui: retirar a coroa de flores de seu suporte. Com ela, bateu três vezes, de leve, em minha cabeça, depois a jogou para longe.

Eu só sei dizer que, os poucos vivos ali presentes, não souberam explicar como, de repente, aquela ornamentação fora retirada do tripé e arremessada contra a parede daquela sala de lamentação. De pronto fecharam a tampa do meu caixão e, por conseguinte, encerraram meu velório antes do tempo.

Porém, antes que eu deixasse aquele recinto, algum corajoso pegou aquela coroa de flores do chão – agora não tão bonita quanto antes, e que tampouco fora dedicada a mim – e a repousou em cima de meu caixão.

Durante o meu próprio cortejo, Pereira e eu caminhávamos junto aos meus poucos amigos e familiares em direção à minha sepultura, que já me esperava aberta. Curioso, perguntei a ele para quem seriam aquelas últimas palavras de amor contidas dentro daquela homenagem em forma de coração.

Ele me disse que aquela coroa de flores fora encomendada pela não tão amada esposa, que havia jurado amor eterno ao marido, porém, naquele fatídico dia, ela descobriu que seu falecido esposo – companheiro de várias bodas de vida em comum – tinha uma outra família.

— É a morte desatando o laço que unia os dois corpos e a viúva, o que mantinha os sentimentos – respondeu-me Pereira. — A viúva, ao abandonar a coroa de flores, tão logo a tampa do caixão fora fechada, desfez-se da compaixão que ainda nutria pelo falecido marido e sequer quis acompanhar o cortejo de seu corpo, pois percebeu que não valeria a pena forçar seus velhos joelhos. Nenhum pouco constrangida, tomou a direção contrária, deixando o cemitério silenciosamente – concluiu Pereira.

"Após alguns minutos em silêncio prestando minhas sinceras condolências não escritas, fui despertado pelos gritos do amigo escritor. Estou triste por ele, mas, ao mesmo tempo, feliz por mim, pois servirei ao meu propósito finalmente. E graças a alguém que me considerou ainda útil e me reergueu do chão.

Todas as minhas amigas chegaram, foram posicionadas estrategicamente ao lado de seus homenageados, feito eu. Porém, todas partiram em seus cortejos em direção às suas moradas eternas.

Após uma mágoa *post mortem*, restou eu – a coroa rejeitada – não a dos joelhos desgastados pela ação do tempo.

Ver a chegada e a partida das belas coroas de flores causavam-me a mesma tristeza que sentiam os vivos em relação aos corpos de seus entes queridos antes de partirem para suas moradas eternas.

Agora, sigo por uma das ruelas desta Cidade de pés juntos – que ainda preserva seus paralelepípedos – trepidando de alegria em cima do ataúde de Heleno nesse final de dia tão intenso e tão sereno quanto o espírito dele neste momento.

E antes que a última pá de cal seja jogada sobre mim, sobre as rosas e sobre seu caixão, acredito que Heleno concordaria com o título deste conto."

O Violinista da Praça dos Imigrantes

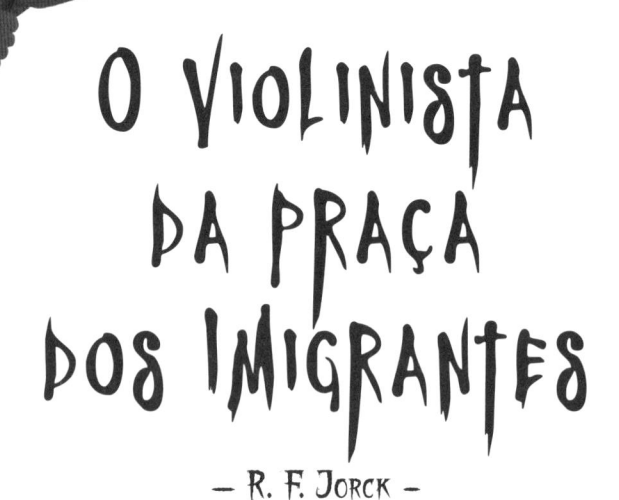

— R. F. Jorck —

Lembro-me de maneira profunda e vívida do momento em que me encontrei à beira de um estado melancólico de soturna nostalgia, um sentimento que acreditei estar enterrado há anos em meu subconsciente.

O impulsor de tal estado de espírito era um homem singular que usava roupas velhas e surradas, como seu chapéu panamá no qual, apesar de possuir uma tonalidade mais escura, era possível observar as manchas em conjunto com os desgastes do tempo, esses ainda mais nítidos em seu casaco, suas calças e seu cachecol puído. Contudo, não foi esse o motivo pelo qual esse estranho sujeito chamou a minha atenção.

Uma melodia tão triste quanto assombrosa foi o que me despertou de minha imutável rotina matinal em direção ao trabalho. Uma canção causada pela fricção da crina de cavalo do arco com as cordas do violino que me transportaram para uma memória longínqua, de um dia onde eu estava sentado junto de meu pai na sacada da varanda de sua casa, cada um com uma lata de cerveja na mão, enquanto o escutava falar sobre o seu tempo de trabalho na indústria. A única coisa que eu conseguia focar naquele momento eram as rugas que apareciam cada vez mais em sua face e o quão grisalho seu cabelo havia se tornado, ao mesmo tempo que pensava na força que o tempo tem sobre tudo e todos e como não temos controle algum sobre ele, estamos fadados apenas a respeitá-lo e nos adaptar a ele.

Confesso também que o céu nublado, cada vez mais escuro naquele início de manhã, com um presságio de tempestade, em conjunto com o excêntrico homem sobre a cabeça da estátua do fundador de nossa cidade enquanto tocava seu violino ajudou a criar uma atmosfera de desolada aflição.

O que mais me afetou, no entanto, foi o fato de que a última vez que tive essa memória de meu pai havia sido enquanto velava o seu corpo na capela da paróquia de São Bernardo, igreja a qual boa parte da minha família e eu frequentávamos, mas isso já fazia mais de sete anos, talvez tenha sido esse o motivo pelo qual essa música me desnorteou tanto.

O semáforo estava prestes a abrir e eu precisava voltar para minha realidade e dirigir para o meu trabalho. Contudo, antes de seguir em frente decidi dar uma última olhada no violinista, apenas para me certificar de que ele não era um fruto de minha mente, dada a singularidade da presença do indivíduo em si. Foi quando me deparei com uma cena que ficaria marcada em minha mente até a minha ruína de forma perturbadora.

O violinista havia parado de tocar, colocou o arco na mesma mão que segurava o violino e com a outra procurou algo dentro de seu casaco batido, até que finalmente retirou uma rosa com pétalas tão negras quanto uma noite sem estrelas nem reflexo da Lua, e entregou essa flor para uma mulher que estava abaixo, em pé, ao lado da estátua.

Apesar da distância entre meu carro e a praça, consegui perceber que aquela mulher era a dona Zélia, prima de minha mãe. Não consegui observar ou refletir muito mais além disso porque o carro atrás de mim buzinava para me fazer perceber que o sinal já estava aberto, o que me obrigou a seguir em frente. Ainda assim, antes de chegar à empresa onde eu trabalhava, pensei na possibilidade de que o tal violinista poderia ser um tipo de charlatão aplicando um golpe. Que tipo de pessoa presenteia um estranho com uma rosa? Ainda mais na situação dele, vestido daquela forma. Confesso que foi preconceituoso de minha parte supor esse tipo de coisa, mas, mesmo assim, decidi que depois do trabalho ligaria para minha mãe perguntando o número do telefone de sua prima, apenas por prevenção.

O fim do dia chegou e junto dele o fim do meu expediente de serviço, consegui chegar em casa o mais rápido possível e a primeira coisa que fiz depois de trancar a porta foi me dirigir até o telefone e ligar para minha mãe. Quando ela atendeu, ficou surpresa ao descobrir que era eu do outro lado da linha, mas não demorei muito para informar o motivo da chamada, ainda estava preocupado com o que havia visto mais cedo. Bastou eu mencionar o nome de sua prima para o telefone ficar mudo por longos e preocupantes segundos, ao ponto de eu achar que a ligação havia caído, até que ouvi uma resposta do outro lado: ela disse que estava prestes a me ligar para avisar que sua prima Zélia havia sofrido de um infarto fulminante no início da tarde e me pedir para levá-la ao velório que aconteceria no dia seguinte, na mesma capela que meu pai tinha sido velado.

Assim que soube do óbito, liguei para meu empregador solicitando um dia de folga para que pudesse acompanhar o enterro com minha mãe, como ainda tinha um saldo disponível no banco de horas consegui ser liberado.

Na manhã seguinte, estava com minha mãe indo em direção à capela e decidi escolher um caminho que passasse pela praça dos Imigrantes, onde havia visto o músico. Algo dentro de mim dizia que ele tinha alguma relação com essa morte, por mais que não conseguisse explicar o motivo. Acreditava na possibilidade de existir uma aura sobrenatural e mórbida em volta daquela personalidade esquisita.

Em frente à praça, comentei com minha mãe sobre a presença do violinista que, como já esperado, tocava sua melodia sentado sobre a cabeça da estátua. Ao contrário do que eu esperava, porém, minha mãe me revelou que não o enxergava. Insatisfeito com sua resposta, direcionei a atenção dela para a estátua na tentativa de impedir qualquer mal-entendido. Foi quando percebi que não apenas ela, mas a maioria das pessoas que passavam em torno da estátua sequer notava a existência do homem com seu violino.

Afirmando novamente que não avistava o violinista nem qualquer tipo de musicista na praça, minha mãe acrescentou o sermão de que eu passava muito tempo no trabalho, a ponto de fazer anos que não saía com ninguém e, por isso, começava a vislumbrar coisas que não existiam. Conforme tentava explicar para ela que tinha tomado a decisão de focar unicamente em minha carreira no momento e que isso não tinha relação alguma com o esquisito na estátua, percebi que sua atenção em mim havia se esvaído.

Seu novo objeto de interesse encontrava-se também na praça, um homem que acreditei estar beirando os 80 anos, vestia um terno cor de creme que acompanhava uma barba bem-feita e um penteado galanteador; Benício Rocha de Queirós, até seu nome parecia ter saído de uma novela. Segundo minha mãe, ele era o radialista que apresentava o programa favorito dela todo final de tarde, o programa em si tocava músicas de sua época de juventude e durante o intervalo dessas músicas ele recitava poemas que também remetiam àquela época.

Ela comentou também que se a ocasião de eles estarem ali fosse outra, ela gostaria de pedir um autógrafo do apresentador. Pelo menos foi isso que eu acreditei ter escutado sem muita atenção, uma vez que nesse momento avistei novamente o violinista parar de tocar para entregar uma rosa de pétalas negras, porém era o radialista quem a recebia dessa vez. Como da última vez, uma buzina chamou minha atenção para o semáforo e tive que continuar meu caminho.

Já passava das 16h quando chegamos na casa de minha mãe depois do enterro. Ela estava abalada depois de prestar as últimas homenagens e de entender que sua prima realmente havia partido, então decidiu se isolar em seu quarto. Na tentativa de consolá-la, levei o seu rádio até o pequeno balcão ao lado de sua cama, sintonizei na estação em que o

Benício apresentaria seu programa e esperamos o jornal que o antecedia acabar. Depois de noticiar diversos acontecimentos da cidade, ainda durante o jornal, fomos surpreendidos com a notícia de que havia poucos minutos, a emissora tinha recebido a notícia de que o locutor que apresentaria o programa seguinte fora baleado durante um assalto, próximo ao horário do almoço, e que, infelizmente, não havia sobrevivido no caminho para o hospital. Por conta disso, o programa seria cancelado por tempo indeterminado.

Passaram-se longos minutos sem que uma palavra fosse pronunciada dentro daquele quarto. Minha mãe, por ter recebido uma notícia que devastou ainda mais o seu dia, de forma indescritível; e de minha parte, por constatar que o músico vigarista realmente estava envolvido nisso de alguma forma.

Algumas horas depois, comuniquei que eu precisava ir para casa e que não conseguiria mais um dia de folga para ficar com ela, uma mentira que contei porque precisava de tempo para digerir tudo que havia presenciado nos últimos dois dias. Me despedi, peguei o meu carro e fui para casa.

No meio do caminho, avistei um telefone público em uma esquina e aquilo me conduziu à ideia de realizar uma denúncia anônima para as autoridades, para que pudessem investigar o violinista na praça. Para evitar um possível constrangimento semelhante ao que ocorreu mais cedo, em que aparentemente algumas pessoas não conseguem enxergar o tal artista, descrevi apenas suas vestimentas, sem fazer menção sobre a estátua ou o violino, assim como informei que o suspeito estava envolvido com comércio de drogas na praça, porque precisava de um motivo plausível para que ele fosse abordado, além do fato de que ninguém acreditaria na minha versão da história – nem mesmo eu, se outra pessoa me contasse.

O outro dia finalmente chegou e, como já fazia parte da minha rotina, passei em frente à praça para verificar se a minha denúncia havia resultado em alguma coisa. Para a minha surpresa, encontrei dois policiais perambulando por lá à procura do acusado. Como eu temia, vi os guardas contornarem a estátua enquanto o violinista fazia vibrar as cordas do instrumento com uma música tenebrosa, sem ser notado ou ouvido.

Sem encontrar coisa alguma, os policiais se direcionaram para o outro lado da rua. Foi durante esse instante que observei se aproximar da estátua uma garota que usava uma touca roxa e não deveria ter mais do que 10 anos, avistei também seus pais indo ao seu encontro enquanto ela tentava, de forma desesperada, alcançar algo acima dela. Logo percebi que esse algo era a rosa negra que foi oferecida a ela.

Ao presenciar aquilo não pensei duas vezes em estacionar o carro para socorrer a menina, porém, no tempo que levei para encontrar uma vaga em outra quadra e voltar para a praça, tanto a menina com seus pais quanto o violinista haviam sumido. Fui ao encontro dos policiais e questionei se algum deles presenciou a cena que descrevi sobre a garota e o músico, mas, como eu já esperava, apesar do fundo de esperança, ambos os oficiais informaram que não haviam visto nada.

Derrotado e amargurado, voltei para o meu carro e fui para o trabalho. A ansiedade aumentava a cada hora que passava. A cada momento, a imagem do rosto daquela criança me assombrava com um semblante fúnebre enquanto seu corpo era velado. Não exagero em dizer que nos dias seguintes me tornei obcecado pelos jornais locais, buscava com um sentimento ambíguo encontrar uma reportagem, uma nota sequer que informasse o falecimento da garota. Não era algo que eu desejasse, mas era algo que em meu âmago eu sabia que aconteceria uma hora ou outra.

Para o meu feliz equívoco, não encontrei nada relacionado à menina nas páginas folheadas dos jornais. Coincidentemente, não havia escutado ou avistado mais o violinista naqueles dias que se passaram, o que me deu a esperança de poder novamente respirar aliviado sem ter a preocupação de ele, mais uma vez, se tornar o profeta da morte de alguém, principalmente daquela menina.

Durante um desses dias tranquilos, na parte da manhã, recebi a visita de um membro da paróquia de São Bernardo. O motivo de sua visita era trazer duas cópias do jornal comunitário das igrejas da cidade. Pediu também que eu entregasse uma edição para minha mãe, a quem percebi naquele momento ter abandonado completamente por causa de toda essa história envolvendo o músico e sua rosa preta...

Decidi que a visitaria naquele mesmo dia depois do trabalho para lhe fazer companhia e pedir desculpas pela minha ausência. Agradeci a visita de meu colega de paróquia e fui para meu quarto me vestir para o trabalho. Antes de sair, passei pela sala onde havia deixado os jornais caírem sobre a mesa de centro. Uma das cópias caiu aberta na página do obituário da comunidade, pelo que dizia o título em negrito na parte superior da página. Logo abaixo, a foto de um rosto infantil, o rosto que eu tinha agradecido a Deus por não ter contemplado naqueles dias que se passaram. Era a garota da praça, não havia dúvidas. Sem conseguir conter as lágrimas que escorriam de meus olhos, peguei cuidadosamente o jornal, como se segurasse a própria criança e li a nota escrita logo abaixo de sua foto. Isabella Ribeiro era o nome dela e estava em uma luta constante contra a leucemia durante os últimos dois anos. *Por isso usava a touca naquele dia*, pensei. A situação de sua saúde parecia estável nos últimos meses, contudo, sua imunidade teve um drástico declínio nos últimos dias e faleceu um dia antes daquela publicação.

No caminho para o trabalho, já perto da praça, quase sofro um acidente com meu carro, não apenas por estar inteiramente abalado pela notícia da garota, mas também porque os semáforos daquela região estavam descontrolados devido à uma instabilidade de energia na área. Avistei que um grupo de guardas de trânsito estavam no controle do tráfego. Todavia, sempre tinha um ou outro motorista que acelerava de forma excessiva quando liberado. Muitos desses aproveitadores eram detidos pelos guardas, porém, não eram todos.

Em meio a toda aquela confusão do trânsito junto a meu estado mental e emocional, demorei a perceber a chegada – de forma invasiva em meus ouvidos – da melodia lúgubre e depressiva vinda do violino, uma que eu conhecia muito bem. Me virei de forma repentina para a estátua e lá estava ele, anunciando mais uma tragédia com seu abominável instrumento.

Sem hesitar, saí rapidamente de meu carro, em proveito do fato de que estava parado na fila à espera de ser liberado pelo guarda. Ouvi em meu percurso incontáveis insultos direcionados à minha pessoa, mas não me importava com aquilo. Não iria mais aceitar o fato de que diversas brutalidades aconteciam sem que ninguém tomasse alguma atitude, mesmo que não houvesse alguém com o conhecimento da sombria verdade que o musicista escondia, mesmo que apenas eu e outras poucas pessoas pudessem vê-lo, eu acabaria com aquilo. Ainda não fazia ideia de como, mas não podia mais ficar apenas como espectador.

Já a uma distância moderada do obscuro instrumentista, percebi que o motivo de me aproximar dele havia mudado, continuava com o objetivo de impedi-lo de continuar com seus crimes, mas não era isso que fazia minhas pernas seguirem em sua direção, era a música. Por mais que a canção fosse a mesma que já ouvi incontáveis vezes, havia agora algo diferente nela, algo hipnotizante que tomava o controle total de meu corpo. Comecei a suar frio nesse momento. Tentava, de forma fracassada, recuperar o comando, o medo se apossava das minhas faculdades mentais a cada passo que avançava.

Parado em frente à estátua, cheguei ao entendimento de que não queria mais aquilo. Eu sei que havia prometido para mim mesmo que vingaria a morte da pequena Isabella e de todos os outros, mas agora eu só pensava em correr daquela praça e ir para os braços de minha querida mãe, onde eu sei que seria recebido com amor e afeto. Entretanto, a melodia tinha parado e conseguia ouvir claramente o som do indivíduo remexendo seu casaco acima de minha cabeça, enquanto eu era impedido fisicamente de olhar para cima.

Apenas quando vislumbrei a rosa negra defronte ao meu rosto consegui de forma lenta e covarde inclinar minha cabeça. Em contrapartida, meu braço esquerdo se erguia de forma apressada para alcançar a flor, sem meu consentimento. Somente quando senti os espinhos da rosa perfurarem a palma de minha mão, pude vislumbrar em sua totalidade o rosto daquela aberração.

Com a chapéu erguido e o cachecol pendurado abaixo de seu queixo, percebi que a criatura possuía um semblante cadavérico: nenhuma carne, nenhum músculo ou nervo restava de sua constituição, apenas ossos que esboçavam um gélido sorriso desprovido de qualquer emoção.

No lugar onde seus olhos deveriam estar, consegui observar apenas duas cavidades abissais, com sombras tão intensas que pareciam absorver a pouca vitalidade que eu ainda possuía.

Em completo horror, me afastei do violinista que voltou a tocar sua macabra melodia. Em momento algum ousei tirar os olhos daquela nefasta figura. Era tarde demais quando percebi que havia chegado ao limite da calçada e agora me encontrava caindo de costas para a rua. Até então, as únicas coisas que havia sentido eram os espinhos da flor que agora faziam sangrar minha mão devido à força com que a apertava e, principalmente, a música, que me envolvia em seu abraço moribundo. Além da canção em si, os últimos ruídos que invadiram minha consciência foram o som incessante de uma buzina seguida de uma aguda frenagem antes do meu derradeiro fim.

A Avó Morta

— Lu Candido —

Senka estava dormindo quando ouviu a voz eufônica perto de seu ouvido. "Levante-se, Senka. Você precisa vir agora." Obediente, levantou-se e foi até a pequena sala de estar. Não havia luz alguma, mas podia ver com nitidez. No assoalho de madeira, sua avó Morana repousava numa mortalha preta coberta por crisântemos brancos e amarelos. Morana abriu os olhos verde-escuro, quase cinza, e sentou-se a olhar para a neta. Sufocada pelo cheiro das flores, a menina tentou gritar, mas a voz não saía.

Sobressaltada, Senka acordou em seu quarto de um estado de semiparalisia. O sonho com a avó recém-falecida fora lúcido e a perturbara. Senka tinha, então, 10 anos. Desperta, olhou ao redor e percebeu um cheiro diferente no ar: era de crisântemos.

Fazia uma semana que Morana havia falecido. Depois de bater na porta e não ser atendida, uma vizinha entrou na casa de Morana e a encontrou sentada em uma poltrona com um livro no colo, como quem tivesse acabado de cochilar sem querer. Estava sem pulso e tão gelada quanto aquela sexta-feira de um dos invernos mais rigorosos dos últimos anos.

Morana era uma mulher religiosa. Não se sabia bem qual era sua fé depois que deixou a Igreja Católica, muitos anos atrás, não se sabia o porquê. Ninguém nunca se preocupou em perguntar. Ninguém nunca se preocupou muito com Morana.

Seu nome vinha de sua descendência eslava. Não falava muito de sua vida antes de conhecer o avô de Senka, sobre sua família nem quando e por que saíram da Croácia e foram parar num lugar com tão raros imigrantes eslavos. Fez apenas um pedido. Queria dar nome à primeira neta mulher. Ninguém se opôs, e a menina se chamou Senka.

Calada, Morana carregava no semblante marcado o peso de ter criado sete filhos sozinha. Quatro deles já não estavam mais presentes: morreram na epidemia mais mortífera da última década, um após o outro. Sua dor não era maior que sua resiliência. Logo se recuperou e seguiu.

Usava vestidos que ela mesma fazia, que iam até a metade das canelas, e meias de compressão pretas que não deixavam ver um pedacinho sequer das pernas. Era uma costureira talentosa. Criou os filhos em cima da máquina de costura, dia e noite, enquanto o marido vivia na boemia.

O cabelo já muito branco de Morana se acomodava num coque grande na parte de trás da cabeça. Dizia-se que ninguém nunca havia visto seu cabelo solto, tão comprido que quase tocava o chão, mas Senka o havia visto. Tinha 7 anos quando entrou correndo na casa da avó, numa manhã de domingo, para lhe fazer uma surpresa. Ela estava sentada em frente ao espelho da penteadeira prestes a enrolar o coque. Senka se assustou e ia sair correndo quando Morana a chamou:

— Oi, Senka! Venha aqui, sente-se.

Senka entrou devagar e se sentou na cama, logo atrás da avó. Estava assustada, não sabia que era possível um cabelo crescer tanto.

— Pode tocar – disse a avó.

Senka passou a mão no cabelo de Morana e sorriu encabulada. Era liso e macio. O medo passou. O cabelo não tocava o chão, apenas passava um pouco da cintura.

A ÚLTIMA VISITA

Quando Senka nasceu, Morana ficou feliz como seus filhos nunca haviam visto. Levava *manestra*, seu famoso ensopado de legumes e milho, e *paprenjacis*, deliciosos biscoitos de mel e pimenta, receitas croatas que ela só fazia em ocasiões muito especiais – e quando Senka pedia.

De pele muito branca e os olhos iguais aos da avó, Senka era uma menina muito magrinha e alta para sua idade. Só percebeu que seu nome era esquisito depois que entrou na escola. Os meninos, principalmente, chamavam-na de "seita", "senta", "penca". De alguma forma, ela conseguiu se blindar daquilo e defendia seu nome com orgulho. Era um pouco quieta e muito inteligente. A avó Morana a ensinou a ler quando tinha apenas 3 anos.

A menina não gostava de dormir em outra cama que não fosse a sua. Morana era a única que a convencia, sem esforço, a passar fins de semana em sua casa, ajudando a fazer *paprenjacis* ou aprendendo a fazer roupinhas com os retalhos que sobravam das clientes. Senka havia decidido que passaria as duas semanas das próximas férias de inverno com a avó.

— Tenho muitas coisas pra te contar, Senka. Você está grandinha e é uma garotinha muito esperta. Há coisas que você precisa saber.

— Você me deixa pentear seu cabelo?

— Sim, Senka! – Riu Morana. — Vou fazer melhor: vou te dar uma mecha, mas não pode contar pra ninguém.

O último dia de aula antes das férias de inverno foi o dia mais frio dos últimos sete anos. Senka foi chamada na sala de aula, seus pais foram buscá-la mais cedo: a avó Morana havia morrido. Foi a primeira vez que viu seu pai chorar.

Senka chorou convulsivamente. Entre um soluço e outro, falava que era mentira e perguntava por que a estavam enganando. Entrou no carro e encolheu-se no banco de trás como um tatu-bola, de onde saiu apenas para correr até seu quarto ao chegarem em casa.

Não queria ir ao funeral, tinha certeza de que a avó não estaria lá e estaria se preparando para recebê-la, mas os pais a obrigaram. Disseram que era importante para superar o luto. Senka foi, chorou em cima do caixão, tentou acordar a avó, foi retirada pela mãe e levada para casa. O cheiro de crisântemos e velas ficou impregnado em Senka.

Ela chorava e era consumida por uma mistura de culpa e rancor. Sentia que devia estar lá, ao lado da avó. Não era justo. E por que a avó a abandonou? Tinha tanta coisa que ela queria saber, e Morana tinha coisas a contar. Na cabeça de Senka, não fazia sentido uma partida assim.

O tempo foi passando até que chegamos àquele sonho perturbador, sete dias depois da morte da avó. Quando sentiu o cheiro de crisântemo, Senka saltou da cama e saiu gritando casa afora.

— Mãe! Mããae! Por que você comprou essas flores?

— Bom dia, filha. Que flores? Por que você está acordada? São sete horas ainda, aproveite suas férias. – Falou a mãe sentada à mesa da cozinha.

Senka procurou e não encontrou crisântemos em lugar nenhum da casa. Trancou-se no quarto apavorada. Teve vergonha de contar para a mãe. Devia ser imaginação. E, de fato, nada mais aconteceu naquele dia.

Nos dias seguintes, continuou a ter sonhos confusos, que acabavam sempre no mesmo pesadelo: a avó Morana no chão da sala, na mortalha preta, coberta de crisântemos brancos e amarelos. Senka se aproximava. A avó sentava e a olhava fixamente. Senka tentava gritar, então acordava e sentia o cheiro dos crisântemos.

O sonho foi evoluindo. Após alguns dias, Morana se levantava, olhava para a neta com semblante aflito e fazia menção de dizer algo, mas sua voz não saía. Senka não tentava gritar, apenas se sentia sufocada. Quando acordava, sentia o cheiro de crisântemos e, agora, de velas.

No sexto dia, Senka acordou e ficou deitada imóvel na cama, coberta até a cabeça, como fazia todos os dias, esperando o cheiro passar. Percebeu uma pressão no colchão e sentiu que alguém se sentara na cama. Ficou aliviada por não estar sozinha em casa.

— Bom dia, mãezi… aaaaaaah! – gritou enquanto saía de baixo das cobertas.

Não havia ninguém.

Começou a chorar desesperadamente, levantou-se e correu até a cozinha. Em cima da mesa, havia um bilhete: "Tem um prato no forno. Mamãe <3". Senka estava só.

Pegou o romance que estava lendo, *O Jardim Secreto*, e um livro de jogos de enigma. Vestiu seu casaco mais quente e as botas de inverno e foi para o quintal, onde ficou até que seus pais chegassem. Sentia muito medo, mas sabia que a avó não lhe faria mal. Podia estar tentando se comunicar, contar aquelas coisas que Senka precisava saber.

A noite chegou, e Senka decidiu não dormir para não sonhar. Ficou em seu quarto desenhando em sua escrivaninha. Mas, de súbito, começou a sentir o cheiro nauseante de crisântemos e velas.

Ouviu barulho de madeira rangendo. Moravam numa casa antiga, tudo fazia barulho. Seu quarto ficava entre a sala, onde estava deitada a avó nos sonhos, e a cozinha. Um pequeno corredor ligava os cômodos.

Sentiu a presença de outra pessoa no quarto, mas não via ninguém. Apenas sentia uma respiração que não era a sua. Estava de costas para a porta e pensou que sua mãe ou seu pai haviam entrado. Virou-se e não havia ninguém. O coração de Senka começou a bater em um ritmo vertiginoso. Voltou-se para a escrivaninha e o que viu a fez soltar um grito que poderia ser ouvido na vizinhança toda. No lugar do pássaro ao sol que Senka estava pintando, havia a silhueta de um pássaro negro. Fora desenhado com tanta força que o pastel oleoso formou um alto-relevo no papel. Caído ao lado da folha, o giz havia quase acabado.

Aterrorizada, saiu correndo pelo pequeno corredor que foi ficando cada vez maior. Senka corria e corria, mas não chegava nunca à cozinha. Era como se o corredor tivesse se transformado numa comprida estrada. Notou que algo se aproximava, tentando tocá-la. Olhou para trás e era Morana, numa túnica preta, com os cabelos soltos. Não era um sonho.

Senka chorava e tentava gritar, mas, como no sonho, algo lhe trancava a garganta. Por que seus pais não foram em seu socorro? Morana, da mesma forma repentina como apareceu, sumiu. Exausta, Senka percebeu que o corredor não tinha fim. Voltou para o quarto rendida. Enfiou-se embaixo das cobertas e começou a fazer uma oração.

— Vó, não sei se é você de verdade que tá aqui. Se for, me dá um sinal? Sou uma criança, bom, já quase não sou, mas você dizia que eu era esperta, então eu posso fazer alguma coisa pra te ajudar, se você quiser. Me desculpa por não estar com você naquele dia. Estou com muita saudade, mas não quero continuar vendo você assim, se for mesmo você. Por favor, vó, o que você quer me dizer?

Senka se acalmou até não sentir mais nenhum medo e, enfim, adormeceu.

— Senka, minha criança... não tenha medo. Preciso que você não tenha medo. Quando você sente medo, pareço assustadora. Deixe-me ficar com você. Quando você nasceu, eu lhe dei este nome, Senka. Sabe o que significa? Sombra. Você passou a ser a minha sombra, Senka. Não num sentido ruim. Durante os últimos dez anos você impediu que eu fosse aniquilada. Eu sou Morana, aquela a quem chamam de morte. A deusa do inverno. Também me chamam de senhora dos pesadelos, portadora de maus presságios. Isso não é verdade. Bom, nem sempre. Quase todos me temem, tentam me afastar. É inútil: estou em cada um de vocês desde o primeiro respiro neste mundo. Às vezes, sou chamada a cumprir grandes tarefas. Foi assim que nos encontramos, Senka. Sua sombra me protegeu de seu avô para que eu pudesse levar em segurança todas aquelas pessoas mortas pela epidemia. Estarei com você por todos os dias da sua vida e vou lembrá-la disso quando você tentar me afastar. Por três vezes, Senka, você vai procurar por mim. Vou aparecer, dar a mão a você e trazê-la de volta. Você não terá filhos. Você é a única, e a sombra deve partir com você. Vai ficar tudo bem. Mas cuidado: agora que sabe que estou aqui, você ficará mais sensível a certas coisas. Será mal compreendida e ferida. Você vai me odiar algumas vezes, mas no fim vai sempre se lembrar de quem é: você me guardou, Senka. Não perca tempo lutando contra mim: tempo é coisa rara, e não vou sair do seu lado nem por um segundo. Essa é a última vez que vamos nos ver por um longo tempo, mas vai saber que estou aqui. Temos um encontro marcado para daqui a quarenta e três anos. A partir de agora, você tem uma tarefa. Quem você quer ser, Senka, nesse tempo que lhe resta? Descubra e apenas viva. Não tenha medo. Senka, minha criança... já é hora de acordar. Olhe embaixo do seu travesseiro, deixei algo para você. Quando sentir medo, segure, feche os olhos e lembre-se dessa conversa. Você não pode contar a ninguém o que aconteceu, nem mesmo a seus pais.

Senka acordou com um sopro quente em sua face. Com medo, colocou a mão instintivamente embaixo do travesseiro e sentiu algo liso e macio. Era uma mecha do cabelo de Morana amarrada com duas fitas, uma branca e outra preta. Senka segurou com força, fechou os olhos e, quando abriu, olhou para o relógio. Ela havia dormido por 14 horas seguidas.

Fim de Jogo

— Tati Klebis —

A água se acumulava e subia num ritmo constante. Nilo estudava o ambiente à procura de um possível ponto de fuga. O aquário não parecia ter aberturas, nem no teto! Como foi parar ali?

Tocou os vidros dos quatro lados e tentou pular para alcançar a parte superior, em vão.

A água vinha de lugar nenhum. Não havia torneiras, canos. Nada! Como o maldito líquido entrava? Em poucos minutos seus joelhos foram totalmente cobertos.

Aproximou-se de um lado e lançou todo o peso do seu corpo nele. Uma, duas, três, quatro vezes. Nada! Tirou a camisa, a enrolou na mão fechada e socou o vidro com toda a sua força. Sentiu uma dor profunda retesar seu braço e a mão latejar. Usou toda a sua potência e o resultado foi uma mão fraturada, enquanto o vidro continuava intacto.

Não! Um pequeno pontinho parecia ter surgido.

Tirou o pano da mão machucada. Com dificuldade, o enrolou na outra e se preparou para mais um golpe. O medo e a lembrança do membro fraturado diminuíram o vigor do soco. Mesmo assim, ele continuou extravasando a raiva, a frustração, o medo, o desespero que sentia, até o limite da dor suplantar sua convicção.

A água tocou sua barriga. Não tinha percebido que ficara tanto tempo naquele exercício.

O pequeno ponto se ramificou e finas ranhuras despertaram nele o instinto de sobrevivência. Suas mãos estavam inutilizáveis, mas ainda tinha os cotovelos. Não conseguiria usar os pés ou as pernas. Além de já estarem completamente embaixo d'água, não tinha mobilidade suficiente para conseguir alcançar a altura necessária.

A água chegou ao seu pescoço e os golpes perderam potência. Ficava cada vez mais difícil manter os pés no chão. Conforme o líquido subia, seu corpo foi sendo levado para cima e a pequena fissura se distanciou. Mergulhou várias vezes para alcançar a rachadura, mas era difícil controlar seu corpo com as mãos tão machucadas.

Em pouco tempo, seu rosto tocou o teto e sua vida se confinou no pequeno espaço entre o líquido e o sólido, entre a água e o metal do teto. Tentou de todas as formas encontrar algum tipo de abertura ou saliência que pudesse indicar uma saída. Não havia.

Num último fôlego, encheu os pulmões de ar e deixou seu corpo ser envolvido pela água gelada como o abraço de um cadáver. Olhou para baixo, para o pequeno ponto no vidro onde bateu tantas vezes e viu a trinca aumentar de tamanho, lentamente, traçando um caminho vacilante. Nadou se apegando a essa esperança e golpeou freneticamente com os pés aquele local que prometia ser sua salvação. Seu peito começou a doer e seu corpo brigava com o cérebro pelo controle do organismo. A trinca aumentou ainda mais, espalhando-se pela extensão do vidro. Tentou aumentar a força dos golpes, mas seu corpo parecia ter desistido. Com um espasmo, o cérebro sobrepujou a vontade e a água invadiu seus pulmões. Já estava morto quando o vidro quebrou.

⁓·⊰✦⊱·⁓

— Pare! Isso é perverso! São pessoas reais no jogo? Eu nunca aceitaria tal coisa! – A descrença e a revolta transpareciam nas palavras do velho vestido de branco, sentado na poltrona em frente ao telão.

— Aceitou e assinou o contrato, Vossa... Santidade?!.

— Não! Eu fiz um acordo com um anjo do Senhor!

Aproximando-se o suficiente para que seu hálito morno tocasse a face do idoso, o jovem de cabelos coloridos falou com deleite:

— Eu sou um anjo.

O Santo Padre encarou aqueles olhos desumanos e balançou a cabeça, implorando.

— Pare, por favor. Quantos mais devem morrer?

Sentando-se na poltrona ao lado do idoso, o rapaz apoiou os cotovelos nos joelhos e espalmou as mãos no rosto, como uma criança apreciando algo.

— Você quer realmente desistir? Ainda temos tempo antes do dia terminar e você tem chance de vencer o chefão final! Só precisa que UM de seus jogadores sobreviva!

Lágrimas traçaram um caminho sinuoso na face do homem marcada pelo tempo.

— Não posso sacrificar mais inocentes!

Uma risada juvenil encheu a sala.

— Não existe mais inocência no mundo desde que Adão e Eva resolveram se rebelar e eu fui chamado! Lembra-se "do pó viestes e ao pó voltarás"? Vamos lá, não desista agora que está ficando interessante! Pense nas consequências... – Propositalmente, o rapaz deixou as palavras soltas no ar e aproveitou o efeito do que disse ao Santo Padre. Ele parecia realmente arrasado. — Pense da seguinte forma: melhor alguns poucos do que milhares, não é?

— Essa matemática não existe para Deus. TODOS somos importantes!

— Hum. – O garoto de cabelos coloridos deu de ombros. — Então, tá! Mas isso não muda nada! Vamos continuar. Você ainda tem dois jogadores. Quem será o escolhido dessa vez?

Com as mãos trêmulas, o senhor apontou para uma das imagens exibidas no telão e implorou por uma intervenção divina.

Tentou levantar e sua cabeça colidiu com algo duro. Percebeu que não conseguia se movimentar muito. Com as mãos, foi tateando, ambientando-se e a constatação de onde estava roubou seu fôlego. Sentiu algo pequeno perto de seu quadril. Pegou e manipulou até uma singela chama iluminar parcamente o lugar. A madeira clara ao seu redor apenas confirmou o que seu cérebro já deduzira. Estava num caixão. Apagou o isqueiro e começou a respirar profundamente para tentar se acalmar.

Pensa, Soph, pensa!

Acendeu mais uma vez o isqueiro e olhou atentamente para o teto próximo. Foi apalpando, forçando a madeira para tentar encontrar algum ponto que pudesse estar cedendo com a terra. *Por favor, que esse seja um caixão bem porcaria...*

A chama começou a esquentar seu dedo e o isqueiro caiu.

No silêncio quase absoluto, a respiração pesada de Sophia se destacava. Precisava tentar ouvir algum outro som, algo que desse sinal de qualquer coisa!

Um leve ranger começou a ser percebido.

Obrigada, meu Deus!

Instantes depois de agradecer, sua quase felicidade se transformou em apreensão. *Obrigada por que mesmo?* Se a madeira acima cedesse, sabe lá quanta terra desabaria sobre ela!

O gemer da madeira foi gradativamente ficando mais alto. Sophia tateou a escuridão até encontrar novamente o isqueiro e o acendeu.

O ar escapou e brincou de esconde-esconde com seus pulmões. O teto estava abaulado e muito mais próximo de seu rosto agora. Sua cabeça começou a latejar e tudo pareceu girar. Seu corpo começou a tremer involuntariamente, e o medo ameaçou dominar seus sentidos.

Calma, pelo amor de Deus!

Apertou os olhos como se isso fosse trazer algum alívio e tentou colocar os pensamentos em ordem.

Um ranger mais alto e prolongado acionou o modo pânico em Sophia. O que poderia fazer se a madeira, quer dizer, *quando* a madeira estourasse? Levou as mãos ao rosto para tapar a boca e o nariz numa tentativa de se proteger.

Já tinha visto muitos filmes sobre gente enterrada viva. Como eles saíam? Seu cérebro se recusava a pensar numa solução lógica. Por que mesmo queria que o caixão fosse fraco?

Seu último pensamento antes da parte superior do caixão estourar e a terra a engolir foi uma prece.

— Parece que hoje a sorte não está do seu lado, Vossa Eminência!

A condescendência das palavras parecia real. Mas tudo que saía da boca do rapaz de cabelos coloridos trazia malícia, o Santo Padre sabia disso. Dois de seus jogadores já tinham sido eliminados e agora só restava um. A menina. Como poderia sentenciar uma alma tão jovem daquela forma?

— O que... – a voz saiu arranhada. — O que acontece, se eu desistir?

— Deixe-me ver. – O Anjo da Morte pegou uma folha amarelada e grossa de cima da mesa e começou a ler com atenção. — Achei! Aqui ó. – Apontou para uma parte do documento e o entregou ao Santo Padre. — Como pode ver, a penalidade para sua desistência é, na falta de uma expressão melhor, avassaladoramente calamitosa. Isso é um jogo e você soube desde o início. As regras são simples: você seleciona três jogadores e pelo menos um deles tem que sobreviver a uma fase aleatória para enfrentar o chefão. Vencendo o chefão, a recompensa é sua! Caso contrário, os benefícios são meus. Simples e justo. Mas existe um tempo para isso e ele está acabando. – O jovem apontou para a ampulheta na mesa entre eles. Faltava menos de um quarto de areia nela. — Quer desistir ou terminar o jogo?

O idoso olhou para a tela uma última vez antes de fechar os olhos e assentir com a cabeça. Dizem que Deus protege as crianças.

A menina abriu os olhos e ficou encantada. O Sol brilhava no céu perfeitamente azul e sem nuvens. Uma brisa acolhedora balançava seus cachos, a grama baixa, verde e fofa, parecia feita de algodão doce e as folhas das árvores de copas altas entoavam um perfeito coral com o vento. Lilly viu uma luz brilhar em uma moita próxima e, sem pensar, correu em sua direção.

Um pequeno ser, de cabeça alongada, garras no lugar das mãos e dentes afiados, voava em círculos acima de uma flor. Quando a menina se aproximou, aquilo simplesmente cessou seu voo e, como um beija--flor, parou no ar.

— Você é uma fada? – questionou a criança, fascinada.

Em resposta, o ser brilhante apenas acenou com a mão para que a menina a seguisse.

Lilly deu um passo e parou, expressando em voz alta seus pensamentos:

— Eu não posso ir! Minha mãe vai ficar brava!

A fadinha pareceu perder o brilho e, comovida, a garota rapidamente se corrigiu.

— Mas você é uma fada, né? Vai me proteger?

Os olhinhos da menina brilharam quando a fada voltou a cintilar e bater as asas rapidamente, chamando-a com as pequenas garras e partindo em direção ao bosque.

Sem pensar, a criança seguiu o diminuto ser.

A luz do sol foi substituída pela escuridão e a grama se tornou rala e áspera. Mas aquilo não pareceu incomodar Lilly que, hipnotizada, seguia o brilho da fada escuridão adentro.

Chegando ao pé de uma imensa árvore, a fadinha parou, fez rápidos e precisos movimentos e, em seguida, tocou o tronco que se abriu. Ela indicou a passagem para a menina e gesticulou, alegremente, para que ela entrasse.

— Mas tá escuro e eu tô com medo! Quero ir embora, quero a minha mãe! – murmurou a garota, percebendo, pela primeira vez, a escuridão que a envolvia.

Perdendo a paciência, a fada parou de voar e seu corpo começou a crescer até que o gracioso ser se transformou num enorme monstro com dentes rasgando os lábios e as bochechas e enormes garras pontiagudas e bifurcadas. Seus olhos, de um vermelho líquido, fitaram a menina que agora chorava copiosamente e ordenou, numa voz assustadoramente gutural:

— Entre!

Ainda chorando, Lilly se lembrou de uma história que a mãe contava sobre um menino que conseguiu derrotar um gigante com uma pedra. Ela não tinha uma pedrinha, mas tinha sua boneca. Num ímpeto, jogou-a no monstro e correu por entre suas pernas, tentando encontrar o caminho de volta em meio a escuridão.

— Quem diria, Vossa Santidade!

O Santo Padre encarava a tela, atônito e aliviado. Realmente Deus operava milagres com as crianças. Como pudera, mesmo que por um momento, duvidar?

A porta atrás deles se abriu e a menina entrou correndo.

— Mãe?

O velho abriu os braços ao mesmo tempo que o jovem levantava. A criança encarou os dois, apreensiva.

— Cadê minha mãe?

— Você quer se juntar a ela, Lilly? – questionou o anjo.

— Sim. Quero, sim!

— Venha, vou te levar até ela.

— Dá a sua palavra de que vai entregá-la para a mãe? – inquiriu o Santo Padre.

— Duas coisas sobre mim, Santo Padre ou melhor, papa: eu não minto e sempre cumpro a minha palavra.

Ainda desconfiada, a criança se aproximou com cautela e pegou a mão estendida do rapaz.

O Anjo da Morte abraçou a criança e, com uma destreza sobrenatural, girou o pescoço dela, em seguida, largando-a como uma boneca de pano aos seus pés.

O papa pulou e, aos gritos, correu para o pequeno corpo.

— Seu mentiroso! Você a matou!

— Não, papa, eu a devolvi para a mãe... que já está morta.

— Ainda tinha o chefão!

— Ah! Eu não comentei? O chefão sou eu!

O mundo pareceu estagnar.

— E agora? – perguntou o papa, desabando no chão, desolado.

— Fim de jogo! Você volta pra sua vida, sabendo que o próximo ano será meu! O ano da Morte! Quer que eu desenhe? O número de mortes por doenças, tragédias e conflitos aumentará e você será o único responsável por cada uma dessas almas que vou conduzir! E, se confia tanto em Deus, reze para que o próximo a estar aqui tenha mais sorte!

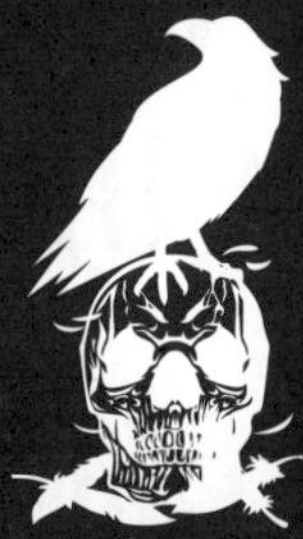

As Vidas Que Ceifei em Salem

— Alexandre Tássito —

1692 – SALEM

Eu estava chegando em uma charrete, ela era escura, com cabine e quatro cavalos. Era uma manhã de verão e estava um pouco quente, sentada no banco de trás, coloquei minha mão pela janela e deixei o vento beijar e se deliciar com a minha pele. Alguns minutos se passaram, os cavalos pararam, abri a porta, desci, posicionei-me ao lado e contemplei a vista: um vilarejo tão lindo.

Já sabia exatamente o que iria acontecer: eu ceifaria algumas vidas dali. Não estava satisfeita, mas ultimamente não estou me importando tanto, estou um pouco exausta. Quando você faz isso por muito tempo, as coisas simplesmente seguem um rumo específico e se encaixam do jeito que têm que ser, a gente só aceita e se joga.

Logo mais seria noite, faltava apenas uma hora para o clímax, eu estava aflita e muito ansiosa, curiosa talvez, e tinha que conversar com elas antes de todo o caos. Enquanto caminhava, vi muita agitação nos arredores do vilarejo, as pessoas pareciam nervosas. Na verdade, elas estavam muito nervosas. Vi um padre passar correndo com uma Bíblia em uma das mãos e um crucifixo em outra.

Depois de alguns passos caminhando em direção à casa de Jane, cheguei, bati na porta e aguardei.

— Olá! Só um instante – gritou Jane.

Escutei seus passos fortes no piso de madeira de carvalho, a porta se abriu vagarosamente, vi os cabelos negros dela, a pele translúcida, trajando um vestido branco rendado. Seu rosto era encantador.

— Boa tarde, em que posso ajudar, eu sou a Jane, e você é?

— Jully – respondi.

— Então, em que posso ajudar?

— Poderia trazer um pouco de água, acabei de chegar de viagem, estava passando aqui perto e estou morrendo de sede.

Muita ironia de minha parte usar a palavra "morrendo", sorri pelo canto da boca, levantei o rosto um pouco e continuei observando Jane, ela também me observava de forma cautelosa.

— Claro – respondeu. — Charlotte, traga água, por favor, para a senhora que está aqui fora – ordenou.

A família de Jane era grande, o marido, Samuel, eu já havia levado alguns anos antes, ele tinha morrido de tuberculose, e eu estava ali do ladinho dele quando deu o último suspiro. As crianças ainda eram pequenas, Jane e Samuel haviam tido quatro meninas: Charlotte, a mais velha, Anne, Emilly e Emma, a caçula, e havia também um garoto de nome Patrick, ele era um ano mais velho que Emma.

Eu precisava ver as feições de todos, gostava de vê-los antes da fatídica hora. Aquela hora era tão chata, tão penosa, esse momento precisava ser meu, ver um pouco de alegria, ou até me conectar com os meus trazidos, não ser apenas pela obrigação em si, só por matar. Eu tinha que sentir esse poder de decidir entre o fazer ou não fazer, ainda que eu soubesse, não sou boba, que não poderia fazer nada pra evitar, já estava decidido e hoje eu levaria cinco vidas e não vou contar quem vai conseguir escapar, vocês vão ter que esperar.

Charlotte aproximou-se da porta, esticou o braço com o copo cheio de água e, tímida, me ofereceu. Ela era uma das irmãs mais lindas, eu peguei o copo, levei aos meus lábios e bebi todo o líquido.

— Obrigada – falei.

— Não há por que – disse Charlotte. — Nossa, que vestido lindo!

— Sim, ele é, obrigada. Muita gentileza de sua parte.

Naquele exato momento, o arrependimento era latente, eu queria desistir, como poderia levá-los de forma tão trágica?

Conversei alguns minutos com elas. Estava na hora.

Escutei gritos a alguns metros dali, era uma balbúrdia entre xingamentos e mais gritos. Passos se aproximavam.

— Meninas, corram para a floresta! – gritou Jane. — Você tem que sair daqui também, fuja, corra o mais rápido que puder, eles vão achar que você está conosco.

— Não, não irão.

— Bruxas! – gritou um homem.

— Vamos queimá-las, elas têm que morrer! – gritou outro.

— Filhas do diabo.

Jane estava tão assustada, tremia, não por ela, mas por sua família. Todos eles, até onde eu sei, eram inocentes, o único erro de Jane e seu imenso coração foi ter nascido neste século. Ela era parteira e curandeira, já havia trazido todas as crianças do vilarejo à vida, já tinha ajudado outros com chás para febre, gripe...

Tudo começou quando a capela da vila foi finalizada e os padres chegaram. Pregaram contra a bruxaria que nunca existiu ali e colocaram uns contra os outros. O clima ficou pior ainda, quando Jane fez o parto da última criança e ela morreu horas depois. O Padre Thomas acusou Jane de ter sacrificado a criança para o diabo.

Eu poderia falar e falar *como o mundo é injusto, como eles são maus...* pois é, estou sendo irônica novamente, mas como eles poderiam acreditar em tanta baboseira? A família de Jane fez mais por essas terras do que qualquer outra pessoa, ela salvou tantas crianças, curou tantas outras com os chás das ervas e plantas que elas mesmos cultivavam ali no seu jardim.

Eles invadiram a casa daquela família, arrastaram Jane, Patrick e todas as meninas, com exceção de Emma, que havia fugido para a floresta pelos fundos.

— Não, por favor, somos inocentes, não fizemos nada de errado, a não ser ajudar a todos. É desta forma que vocês me agradecem, seus miseráveis? – esbravejou a matriarca da família, com lágrimas nos olhos.

— Mãe, mãe, mãe! – gritou Anne.

A imensidão de gritos continuava, enquanto todos eram levados para o centro do vilarejo, eu seguia o percurso atrás, observando tudo e todos.

Uma coisa era notável, as pessoas adoravam a crueldade, é como se dentro de cada um deles existisse um mal preso, escondido em alguma parte da sua mente ou do seu coração, enjaulado, esperando apenas a hora certa para se libertar, e essa hora havia chegado.

Vi olhos vermelhos, bocas salivando de tanto ódio, corpos tremendo de raiva. Vi também dor, muita dor, vi uma mãe desesperada porque sabia que o pior momento de toda a sua vida tinha chegado, vi filhos sem entender o que estava acontecendo e as lágrimas que caíam do rosto deles pareciam um rio com correntezas nervosas.

Chegando ao centro do vilarejo, havia seis mastros altos e muita madeira embaixo: eram fogueiras. Colocaram cada um deles em uma delas.

— Por favor, meus filhos não têm culpa, deixem eles irem, apenas eu sou culpada – suplicou Jane.

— Mãe, mãe, mãe! – gritou Charlotte, desesperada.

— Mãe, mãe, mãe! – suplicou Anne, com medo.

Emilly havia parado de chorar, estava com um olhar enrijecido, ela parecia forte, sabia que não tinha como evitar o que iria acontecer, e parecia aceitar. Olhava para os irmãos, para sua mãe e para o rosto de cada um ali presente; vizinhos, amigos de infância, todos cegos pelas palavras e manipulações do Padre Thomas.

— Vão queimar no inferno! – gritou um homem, jogando uma pedra em Jane.

O sangue jorrou de sua testa.

— Mãe, oh meu Deus! Você está sangrando, mãe – disse Patrick, em soluços cortantes.

— Pronto, agora acendam as fogueiras e deixem todos queimarem – ordenou Padre Thomas.

Ele estava sério, seus olhos brilhavam. Estava empolgado porque finalmente o seu plano estava acontecendo. Todos haviam caído na sua mentira, ele realmente acreditava que a família de Jane usufruía de magia negra. Para ele, qualquer pensamento diferente do dele era errado, blasfêmia, bruxaria.

Thomas era um lixo, um ser humano desprezível, eu poderia levá-lo no lugar dos cincos.

Aaaah! Eu iria adorar. Como iria.

Súplicas, gritos, choros, xingamentos e, finalmente, o clímax: fogo!

Era desesperadora a cena que eu estava vendo: o fogo estava consumindo os corpos, os gritos eram agonizantes, mas o pior som de se ouvir era o do fogo dilacerando a pele deles, além do cheiro insuportável.

O que uma trabalhadora não faz para garantir que o trabalho seja feito, não é? Até suportar tudo isso. Eu poderia simplesmente aparecer depois de tudo, bem depois de tudo, e arrastar suas almas dos corpos ou do que sobrou deles. Por que as mortes não podem ser mais simples? Tem que ser dessa forma? "Churrasquinho"? Por que não poderia ser uma simples parada cardíaca?

Não tem um jeito fácil pra isso. Morte é morte. Eu faço o meu trabalho. Questiono? Uhum! E como eu questiono! Adianta? Claro que não.

As pessoas começaram a se afastar, tudo estava feito, não existia mais crime ali e, segundo o padre, eles ainda iriam procurar por Emma. Mas nunca iriam achá-la! Emma fugiu o mais rápido que pôde e, com certeza, um dia ela voltará para se vingar, e eu, com toda certeza, estarei aqui para levá-los.

— Oi. Jully, não é? – disse Jane, sem saber ao certo o que havia acontecido.

— Sim, Jane – respondi.

— Seu vestido é tão lindo – disse Charlotte.

— Obrigada – respondi.

A pior parte da vida deles já havia acabado, todos estavam mortos. Agora, não existiria mais dor, mais raiva, apenas uma paz, uma infinita paz.

— Vamos – chamei-os e os cinco me seguiram.

O LEITOR DE ALMAS

— Ivaldo Medeiros —

Início este inusitado relato me apresentando. Meu nome é Cláudio Holanda de Barros, tenho 22 anos, moro com meus pais e um casal de irmãos: Alice, com 24 anos e Marcos, com 17. Moramos na cidade de Parnaíba, Piauí, já faz alguns anos, pois somos originários do Ceará. Nossa família é humilde, não possuímos muitos bens, mas o pouco que ganhamos dá para nos sustentar, sem luxo, claro. Mas não reclamamos disso, pelo contrário, até agradecemos pelo que temos.

O senhor Manoel, meu pai, trabalha de pedreiro; minha mãe, Francisca, é feirante e conta com minha irmã para ajudá-la na feira; meu irmão mais novo apenas estuda, enquanto eu, no momento, encontro-me desempregado.

Se você me perguntar, caro leitor, como é nossa convivência em família, diria que é harmônica, apesar que, de algum tempo pra cá, sinto que estou meio distante e percebo o mesmo sentimento de meus familiares comigo, não sei se pelo constrangimento da minha ociosidade em casa – devido à dificuldade em conseguir um emprego –, ou pelas minhas frequentes saídas à noite para um determinado local que, como veremos adiante, é o cerne desta questão que estou a apresentar.

Pois bem, deixemos os pormenores e vamos direto ao assunto. Se observarmos bem, chegaremos à conclusão de que alguns indivíduos acabam por possuírem manias pouco convencionais, eu diria até bem estranhas e até mesmo bizarras. Algumas são bem explícitas e outras já conseguem se manter ocultas, isso por uma série de motivos, acredito eu. Pode-se perceber que alguns falam sozinhos, como se estivessem acompanhados de um interlocutor, chegando até a gesticular durante o monólogo; outros recolhem objetos na rua e levam para casa; já outros colecionam itens bem incomuns, e atentem que essas não são das manias mais estranhas.

Bem, faço toda esta introdução para confessar, através destas poucas linhas, que também possuo um desses estranhos passatempos, e para que me entenda bem, vou iniciar dizendo que sempre fui uma criatura fascinada pela leitura. Aprendi a ler um pouco tarde, aos 12 ou 13 anos, já que iniciamos no trabalho desde criança, ajudando nossos pais na labuta diária na zona rural de nossa terra natal. Desde que aprendi a ler, não parei mais; lia desde fachadas de lojas, receitas de medicamentos até chegar aos livros propriamente ditos. Então, você me pergunta: "mas o que tem de estranho nisto?". Pois bem, com o tempo e o hábito, fui procurando novas fontes de leitura e, certa vez, num Dia de Finados, fomos eu e toda a família visitar o túmulo de minha bisavó e, chegando lá, logo atentei para as palavras que se encontravam no seu epitáfio: "Aqui jaz a senhora Filomena da Silva Holanda, esposa dedicada e mãe exemplar que devotou sua vida ao seio familiar". Aquelas palavras me chamaram a atenção, apesar de serem poucas, revelavam indícios de alguém que não tive a oportunidade de conhecer.

Então, desde esse dia, criei um certo fascínio e prazer em ler o que estava escrito nas lápides daqueles que já não se encontravam mais entre nós. Isso me encanta porque ao mesmo tempo que me proporciona, de certa forma, uma visita ao passado, também passei a conhecer um pouco daqueles sujeitos que deixaram suas pegadas, suas marcas neste mundo através de suas vivências. E acredito, caro leitor, que você deve estar pensando: "Tais epitáfios nem sempre correspondem com a descrição dos finados que ali jazem silenciosos, já que foram escritos por olhares e impressões de outras pessoas". A maioria dos livros que li também não, mas não deixavam de ter um elemento também subjetivo. O fato é que não me importava muito com essa observação e passei ao hábito de ler tais escritos.

Iniciei na minha literatura fúnebre, se é que posso chamar assim, durante o dia, indo algumas vezes pela manhã, e outras, à tarde. Cada vez mais me fascinavam tais textos e, de alguma forma, atraíam-me para aquele espaço habitado por fragmentos vivenciais de uma multidão invisível. Depois de algum tempo, acabei por encontrar alguns obstáculos, porque apesar do local de descanso dos mortos ser um dos lugares pouco frequentados da cidade, uma vez ou outra aparecia alguém, seja para uma visita de sétimo dia, seja para manutenção dos túmulos ou mesmo uma simples visita para a recordação da pessoa estimada, o que para mim era um pouco complicado, porque sempre teria que disfarçar ou justificar o que estava fazendo ali, já que não poderia relatar o real motivo de minha presença frequente em um cemitério. Com o passar dos dias, uma ideia me veio à mente: mudar o turno de minhas visitas para a noite, já que o movimento de visitantes, com certeza, seria menor e, mesmo que aparecesse alguém, a pouca luz noturna poderia me ocultar, e foi o que fiz.

Com o passar de minhas idas à noite, percebi que o local, vez ou outra, também recebia visitas, com público e motivações diferenciados do período diurno, é verdade, mas pelo menos me sentia mais à vontade, já que me encontrava protegido por locais que apresentavam pouca luz, assim não despertaria suspeita alguma sobre minha atividade.

Então, saía à noite de casa com o único instrumento necessário para minha aventura, uma pequena lanterna que, por alguns instantes, iluminaria o passado daquelas personagens através das poucas palavras que eram lidas e refletidas por este que vos fala. Havia todos os tipos de cidadãos, já que o local era bem democrático, portanto, encontravam-se ali idosos, jovens, crianças, homens e mulheres com uma diversidade de etnia, sexualidade e condição social. Certa vez, ao focar com minha lanterna li: "Aqui jaz José Carlos de Sousa que, com apenas 6 anos de idade, nos deixou precocemente e com muita vida pela frente". Essa tal frase, assim como todas as outras, levou-me a uma reflexão, às vezes existencial, às vezes imaginando como era aquela pessoa, ou seja, fazia a leitura e em seguida já me perdia em devaneios e um turbilhão de pensamentos sobre a pessoa citada no epitáfio em questão.

Certa vez, escondido entre os túmulos, percebi um casal entrando no cemitério. Já era tarde e minha excêntrica mania fazia com que não percebesse o passar das horas. Os jovens entraram e ficaram a conversar encostados em uma lápide, com uma garrafa de bebida, aparentemente alcoólica. Continuei a observá-los, na tentativa de entender o motivo da escolha do recinto para tal conversa. Perceba que, além de fazer uma leitura sobre os mortos, agora me aventurava na tentativa de interpretar também os vivos. Mas minha preferência continuava sendo os que se foram. O porquê eu não sei exatamente.

No feriado do Dia de Finados eu poderia andar à vontade, já que todos estavam ali para se aproximar dos túmulos e visitar seus entes queridos que, como se costuma dizer, *passaram desta para melhor*. No meio da multidão de visitantes, eu me camuflava a ponto de me sentir totalmente invisível, onde poderia fazer algumas leituras e reflexões pelo menos nas lápides que não estavam ocupadas com os parentes a cultuar ou a recordar o habitante da sepultura.

Os dias foram se passando e cada vez mais fui alimentando a minha mania, que se apresentava cada vez mais compulsiva. Eu já passava mais tempo no cemitério do que na minha própria casa. Não sei como minha família ainda não havia reclamado. Às vezes, eu mesmo me espantava com o tempo dedicado a tal tarefa, e já passava a me questionar de onde vinha o apego a este local estranho para leituras, assim como o desejo por frases que foram dedicadas aos mortos. Será que a psicanálise, a sociologia ou outra ciência qualquer explica? O que eu sentia é que, no fundo, deveria haver uma explicação.

De tanto usufruir dessa tarefa excêntrica, seja de dia ou nas madrugadas, a quantidade de túmulos foram diminuindo – já que li muitos e restavam poucos –, o que me levava a pensar no que faria quando terminasse de ler todos os epitáfios. Faria uma releitura, procuraria outro cemitério? Não sei. Mas uma bela noite, já passando da meia-noite, e com uma atmosfera mais fria e silenciosa a que estava acostumado, saí a procurar no meio das lápides alguma que não havia lido ainda, já que a tarefa de as encontrar ficava cada vez mais árdua e demorada. Não utilizei de nenhum método para isso, de modo que escolhia sempre aleatoriamente uma aqui, outra ali, sem me preocupar com a organização dos túmulos visitados. Porém, nessa noite em especial, logo encontrei uma lápide que, com toda certeza, não havia passado, pelo menos não lembrava e não sei porque ela me parecia se destacar totalmente no meio das demais.

Eu me agachei lentamente, com uma certa expectativa e, ao ler as primeiras palavras, fui tomado por um pavor que nunca sentira até então. Uma onda congelante foi percorrendo meu corpo aos poucos, travando meus músculos e um nó seco na garganta me impediu de pronunciar algumas palavras, e uma chuva de pensamentos tamborilava em minha mente, onde algumas palavras soltas flutuavam – engano, pesadelo, coincidência, loucura – e, por um instante, baixei o semblante tentando me recuperar, organizar o juízo. Levantei a face e reli bem devagar o conteúdo da lápide à minha frente: "Cláudio Holanda de Barros, filho amado, amante da literatura, que nos deixou precocemente aos 22 anos".

Minha visão ficou turva e um leque de memórias enclausuradas nos calabouços da negação agora se libertavam e vinham iluminar minhas dúvidas, e um sentimento de pertencimento agora tomava conta de minha alma integralmente, deixando algumas palavras escaparem, flutuando como flocos de neve no inverno europeu. Agora sim estava realmente em casa, mas a tranquilidade de um suspiro leve e solto foi quebrada por uma onda de calafrios, provocada pelos passos incógnitos e lentos da presença do ser que se aproxima, e alguns segundos de terror e de angústia extrema deram lugar a uma sensação reconfortante, de alívio, de leveza, ao reconhecer a face daquela que me guiará para o outro mundo.

Terror em Campos do Jordão

— Dennise Di Fonseca —

A cordei com a claridade de um dia nublado. Estava sobre um colchão de palha velho e puído. A luz entrava por uma janela grande abaloada, que se estendia a uns vinte centímetros do chão, até uns seis metros de altura, em uma sala de estar ampla e vazia. A janela estava com um vidro quebrado na parte superior, tudo estava em estado de abandono.

Como vim parar neste lugar? Não me lembro... Sentada sobre o colchão, passo meus olhos ao redor: uma lareira, à direita, com restos de lenha queimada, nenhum móvel no local. O chão de madeira estava muito empoeirado e cheio de folhas de árvores que, provavelmente, entraram por aquela janela quebrada.

Uma escada de mármore enorme levava quem tivesse coragem ao andar superior, saindo do meio daquela enorme sala vazia. Eu me levantei, estava meio tonta e muito confusa. Passei a mão pela testa, olhei e constatei ser sangue seco. Logo que meus olhos se acostumaram ao lugar, achei a porta, que deveria ser a entrada daquela casa. Andei até ela, senti minhas pernas pesadas e cansadas. Virei a maçaneta e ela abriu. Lá fora, embora o dia nublado, a luz ardia em meus olhos.

Caminhei por um jardim malcuidado e abandonado há muito tempo. As lajotas sob meus pés estavam cobertas de musgo, dos rejuntes brotavam ervas daninhas. Mais à frente, um lago, coberto por minúsculas flores amarelas, a água turva e escura. Olhei para a fachada da casa atrás de mim, tinha uma arquitetura europeia, mas o calor sufocante, que antecede um temporal, denunciava que eu não estava em nenhum lugar da Europa. Pelo menos era o que se passava em minha cabeça. Embora eu não lembrasse de alguma vez ter ido à Europa.

Comecei a ouvir uma respiração pesada. Estava com dificuldade de entender: era minha respiração ou de outra pessoa? Prendi a respiração, no intuito de descobrir. O ruído continuou. Fui me guiando pelo som arfante. O som vinha de uma mata que se estendia ao lado esquerdo do lago, acompanhando o caminho que, outrora, levava ao portão de entrada da propriedade. Um portão alto, de grades brancas, já desgastado. Eu me aproximei devagar, passo a passo. O capim alto fazia um barulho que me denunciava, eu não estava gostando, mas continuei me aproximando devagar. Ao chegar perto das árvores, que eu lembrava serem araucárias – não sei bem como veio esse nome em minha mente – o mato ia se rareando, dando lugar a uma vegetação seca, vários pinhões caídos no chão. Fui caminhando, ainda ouvindo aquele som de respiração ofegante.

O som parou abruptamente. Olhei em volta, em meio às árvores, não havia nada nem ninguém. Mais à frente, havia uma pequena elevação no terreno. Fui caminhando até o local, subi o morro com dificuldade, embora não tivesse nem um metro de altura. Atrás do monte de terra, algo me alarmou: havia uma cova aberta! Sim, dessas que a gente enterra os caixões! Eu me aproximei devagar, com medo do que podia achar lá.

O susto foi grande: havia uma senhora caída lá dentro! Devia ter uns 80 anos. Por instinto, ou o que for o nome disso, eu praticamente me joguei na cova, meio escorregando, meio pulando... tomei o pulso da mulher, estava fraco, mas ainda estava lá... A respiração dela não estava forte como eu estava ouvindo, mas também estava lá...

— Senhora! – chamei repetidas vezes, apoiando a cabeça da desconhecida sobre minhas pernas, ajoelhada ao chão. Olhei para a perna dela, estava visivelmente quebrada.

Continuava chamando a senhora, tentando reanimá-la, ao mesmo tempo que pensava como tiraria aquela mulher daquele buraco, sendo que ela era bem maior que eu. Finalmente, ela atendeu aos meus chamados e abriu os olhos. A face de terror que ela esboçou me assustou tanto que pensei que eu estava com uma imagem realmente aterrorizante.

— Acalme-se! – pedia a ela, que foi se acalmando devagar. – Como a senhora veio parar neste buraco? Eu vou ajudá-la, só se mantenha calma.

Ela não me respondia, só pedia pelo amor de Deus que a ajudasse. Tentei levantá-la do chão, sem sucesso. Ela era muito robusta e eu não conseguia. Suas fíbula e tíbia, do lado esquerdo, faziam um ângulo estranho. Era uma fratura interna muito feia, não poderia levantá-la sem ser da forma correta. Parei de tentar.

— Eu não consigo levantar a senhora... sua perna está machucada, preciso de ajuda, vou procurar alguém – disse à senhora que mudou seu semblante de susto à tristeza.

— Você não vai voltar – afirmou, olhando para mim.

— Claro que vou voltar, senhora! – disse, já a acomodando sobre minha jaqueta dobrada, colocada debaixo de sua cabeça.

Subi da cova com dificuldade e, arranjando forças, não sei de onde, corri em disparada para o portão. Estava fechado. Havia uma corrente enorme e um cadeado. Fechado por fora. *Quem me trouxe aqui? Quem me trancou aqui? Será que essa pessoa também machucou aquela pobre senhora?* Afastei de mim esses pensamentos confusos, agora tinha que dar um jeito de sair dali e procurar ajuda. Uma fratura nessa idade pode ser muito perigosa!

Pular o portão? Melhor pular a grade, que delimitava a propriedade, um pouco mais baixa que o portão imponente, de lanças pontiagudas no topo. Não que a grade também não tivesse lanças. *A jaqueta!* Eu me lembrei! Podia jogar a jaqueta sobre as lanças para proteger um pouco, mas deixei lá com a senhora... subi com dificuldade, acho que não era acostumada a pular grades, não me lembro... passei as pernas para o lado de fora e pulei, largando o corpo, mas segurando no topo. Que arrependimento... bati com tudo a barriga na grade. Urrei de dor, mas não tinha tempo para isso... tinha um caminho de terra que levava ao portão, seguiria por ele para ver se chegava a algum lugar.

Caminhei por um bom tempo, até que avistei uma estrada asfaltada. Olhei para trás, lá estava a imponente casa, pintada de rosa salmão. Vi a janela enorme que tomava todo o pé direito. De longe, não parecia tão abandonada. Peguei o caminho da estrada asfaltada, nenhum sinal de casas, nem para a direita nem para a esquerda. Tinha que tomar uma direção, escolhi a direita. Fui caminhando o mais rápido que conseguia.

Depois de andar por meia hora, cheguei a um conjunto de casas no mesmo estilo europeu, porém, mais simples e menores que aquela da qual eu havia acabado de pular a grade. No local, tinha até um restaurante e estava com a porta aberta. Corri para lá. O garçom veio ao meu encontro:

— Ainda não abrim... Meu Deus! O que aconteceu com você? – disse, saindo da formalidade para uma preocupação genuína. — Dona Adelaide! – gritou ele para o interior do estabelecimento enquanto puxava a cadeira de uma mesa e me direcionava, com as mãos em meus ombros, para que eu me sentasse.

Uma mulher de idade, de uns 60 anos, veio correndo em minha direção, estava bem-vestida e maquiada. *Deve ser a dona do restaurante,* pensei eu.

— Ô meu Deus, o que aconteceu com você, menina? Charles, vá buscar água para ela, corra! – disse a senhora, enquanto passava um lenço sobre minha testa, que saía sujo de terra e sangue seco.

O garçom correu até mim com um copo de água, enquanto eu tentava falar o que estava acontecendo.

— Eu acordei em uma mansão de janela grande, abandonada, há uns poucos quilômetros daqui. Achei uma senhora caída em um buraco, ela está ferida e precisa de ajuda. – A mulher fazia sinal com as mãos para eu parar de falar e me acalmar.

— Que mansão? – perguntou ela, com um olhar assustado.

— A de cor salmão, com uma janela enorme, com um pé direito alto... – tentava explicar de onde eu tinha vindo.

— E essa mansão tinha um lago escuro na frente? – perguntou a senhora, com a voz embargada.

— Sim, e um portão branco fechado a cadeado – acrescentei.

— E como era essa senhora? Como estava vestida? – perguntou ela, puxando uma cadeira e se sentando à minha frente, enquanto eu tomava rapidamente o copo de água.

Eu puxei pela memória, não tinha prestado muita atenção.

— Huumm... Ela tinha os cabelos brancos, na altura do pescoço, preso dos lados, com presilhas. Estava com um vestido verde claro e tinha uma correntinha de ouro no pescoço. Mas, o que importa como ela é? Vamos lá salvá-la! – Eu me levantava da cadeira, quando ela segurou com força o meu braço e me impediu.

— Não precisamos correr, não há ninguém para salvar.

— Como assim? Eu a deixei lá, esperando por ajuda!

— Ela já morreu há 20 anos. Ela é minha mãe.

Senti algo gelado percorrer a minha espinha enquanto ela falava. A mulher continuou:

— Ela morava sozinha, notei que não me ligava há mais de dois dias. Fui até lá, a casa estava aberta, mas ela não estava em lugar algum. Meus vizinhos e eu procuramos por todos os lugares, chamamos a polícia e nada de acharmos minha mãe. Até que, após duas semanas, chegou o jardineiro dela, dizendo que tinha ficado doente, mas estava voltando para continuar o serviço. Ele havia começado a abrir um veio na mata para drenar água do lago, para regar as hortênsias e outras flores do jardim de minha mãe. Quando ele falou isso, um sinal de alerta se acendeu em mim. Corremos para onde ele estava escavando e lá estava ela... havia caído no buraco e quebrado a perna. Morreu por conta do ferimento ou da fome, não sabemos...

— Isso é impossível! Eu toquei nela! Eu até coloquei minha jaqueta debaixo da cabeça dela! – Enquanto falava, a mulher olhou para mim com o olhar assustado.

— Sim, misteriosamente, havia uma jaqueta debaixo da cabeça dela. Chegamos a pensar que alguém esteve lá para ajudá-la, mas não voltou...

De repente, a lembrança veio à minha mente e tudo fez sentido... Há 20 anos eu tinha entrado naquela casa... Há 20 anos, eu ia roubar o que pudesse daquela casa que parecia estar vazia, mas ouvi alguém assim que pulei a grade... segui o som... achei aquela senhora e saí para procurar ajuda. Na entrada da estrada, algo me acertou... um carro... alguém dirigindo rapidamente... ele nem parou...

Há 20 anos, eu tento salvar aquela mulher...

Há 20 anos, eu morri...

A Hora da Ceifa

— Anna Riemer —

A AMIGA DE ANNA

As pessoas, normalmente, têm medo de mim, o que é uma tolice. Não castigo, não maltrato, tampouco recompenso, apenas colho. Gosto de comparar a vida a uma planta. Tudo começa com uma semente, brota como uma frágil muda, cresce, frutifica, muitas vezes acolhe com sua sombra, às vezes atrapalha com raízes fujonas da terra..., mas, para toda planta, seja uma pequena hortaliça ou frondosa árvore, chega a hora da ceifa.

Cada pessoa será ceifada, no momento certo. Nem antes, nem depois. Embora, quando fui chamada à existência, o plano original do Criador era que existisse somente o final natural, sem finais violentos, ninguém arrancaria ninguém de sua existência. Tudo saiu diferente, pois no mundo a grande variante é o fator humano.

Contudo, a vida tem seu equilíbrio e tenho um grande papel nisso. Eventualmente, eu escolho parcerias para me auxiliar a exercer minhas funções. Não, eu não me associo a assassinos. Eu chamo boas pessoas para ajudar os ceifados em seu momento de colheita.

Ainda lembro quando cruzei meus caminhos pela primeira vez com Anna. Era pequena ainda. Ela não me viu nem me ouviu, mas sabia que eu estava naquele navio que se agitava de um lado ao outro na tempestade.

Anna estava com muito medo. Naquele dia, busquei alguns. O destino de seus corpos não era virar pó no campo santo, mas seguir o ciclo da vida através das criaturas do mar, afinal, *nada se perde, tudo se transforma*.

Enquanto eu passava pelos porões recolhendo os maduros, ela me seguia com o olhar, me procurando sem me ver. Ela simplesmente sabia onde eu estava. Naquele momento, reconheci uma parceira para a colheita. E desde então, muitas vezes, fomos parceiras. Anna mostrou-se muito fiel e cuidadosa com os colhidos e aliviou o coração de muitos deles.

Recolher com parcerias é muito mais leve. Tenho muitos parceiros e parceiras, mas, nem sempre, conseguimos executar nossa tarefa em conjunto. Quando isso acontece, minha colheita torna-se muito difícil, pois é muito triste morrer sozinho. Os colhidos ficam confusos, revoltados e com muito mais medo que o normal. Se alguma dessas situações acontece, demoram mais para enxergar os caminhos a seguir, ficam cegos para a luz e acabam vagando sem entender nada, ao ponto de se esquecerem de quem foram, o que gostavam ou quem amaram. São apenas desespero. Ainda bem que ainda existem pessoas que rezam. A reza é um ato de amor para os vivos e para os colhidos.

Hoje, Anna vai me ajudar, ou melhor, vai ajudar um amigo. Ainda bem que ela já vem chegando na estrada...

Anna

POW!!

Um tiro, pensou a benzedeira. *Será que é gente caçando ou mais um suicídio?* Após um silêncio sepulcral, a mulher tentando apurar mais sons, seguiu seus pensamentos. *As pessoas têm procurado mais alimento no mato durante essa seca. A mesma seca que tem levado ao desespero os colonos endividados... fugimos da miséria na Europa para morrer de fome aqui, no meio do mato, que nem bicho.*

Anna era benzedeira, tinha a reza aprendida da avó e o conhecimento das ervas na convivência com alguns caboclos da terra. Nesse torrão de terra, não existia médico, não tinha parteira, hospital, até padres faltavam para os católicos.

Para os protestantes, a saída era preparar alguém até chegar um pastor da Alemanha. Quem sabia um pouco mais era professor e já fazia a feita de rezador, o que por um lado era até bom, julgava ela, pois, em outra circunstância, mais arrumada ela seria malvista e poderia ser desencorajada de ir ao culto e participar da Ceia. Aqui, nesta terra perdida (talvez esquecida por Deus), até o pastor era leniente e a buscava para atendimentos.

Ela seguiu seus afazeres. Catou suas ervas no campo, preparou xaropes, amassou pão, cortou lenha... De repente, um grito na estrada. Um pedido de socorro. Logo um guri veio descendo a ladeira que trazia até a entrada da casa, muito esbaforido.

— Socorro, Anna, tem um homem caído na estrada... acho que é o Hans. Levou um tiro, mas acho que ainda tá vivo.

Hans era o vizinho do fim da estrada, chegou no mesmo navio que ela, ainda na infância. Anna pegou sua bolsa de atendimento e foi socorrê-lo. Enquanto subiam a estradinha, ela se lembrou de Hans. Lembrou de tudo em uma sucessão de imagens em sua mente, numa velocidade sem controle. Lembrou-se do navio, de quando ele a entreteve com um truque de cartas durante uma tempestade, no mesmo dia em que conheceu sua amiga...

Lembrou-se do desembarque, primeiro no Rio de Janeiro, depois de sua longa viagem até o Porto de Rio Grande e dos muitos dias de carreta de bois até chegar ao acampamento. Lembrou-se de que os lotes de seus pais ficaram na mesma estrada e de que foi à escola com Hans; a primeira escola foi embaixo de uma árvore. Lembrou-se de terem vivido uma paixão adolescente, cheia de promessas, que foram abortadas pela gravidez de Maria, hoje esposa de Hans.

Ao chegar à estrada, encontrou muito sangue e sabia que, pela quantidade ali derramada, Hans não viveria. Ele agonizava. Anna encostou o ouvido perto do peito dele. Ouviu um ronco, um desespero pelo ar. Ele queria falar algo, mas não conseguia. Não tinha ar.

Anna, então, chamou o guri:

— Vai na minha cozinha, abre a gaveta da mesa. Lá dentro tem um prato branco. Traz ele aqui e uma caneca com água. Vá, rápido!

O guri foi correndo em direção à casa. Enquanto ela esperava, rezava e tentava acalmar o moribundo, até que ouviu um cavalo se aproximando. O cavaleiro desceu e olhou curioso. Era o outro vizinho, Arthur, o penúltimo morador da estrada.

Anna nunca gostou de Arthur, tinha um olhar debochado, postura de dono de tudo, mas que não era muito chegado ao serviço. E ali, na colônia, o que mais tinha era serviço... Naquele momento, o sentimento de Anna em relação a ele era ainda pior porque ele parecia ter prazer no sofrimento, um olhar de contentamento pelas circunstâncias, mas ela sacudiu a cabeça para afastar os pensamentos. E para ajudar Hans na sua passagem em paz, ela precisava de pensamentos melhores, mais elevados.

A amiga de gadanha já estava esperando há poucos metros, tinha pressa, mas não colhia ninguém antes da hora. Ela iniciou sua amizade com Anna no navio e nunca mais a deixou. É uma amiga fiel e gentil. Sim, gentil! Os sofrimentos nada tinham a ver com a amiga, eram resultados dos estilos de vida, das culpas, dos medos. Ela só colhia. Anna nunca sabia como a amiga iria se mostrar, se no canto noturno de pássaros, em batidas à sua porta, em sonhos com sapatos ou se materializando e mostrando um vestido novo. Às vezes, ela nem se mostrava, apenas sussurrava... desta vez, estava com sua gadanha e capa preta, era roupa nova.

Hans estava com uma dor lancinante e sentia a umidade do sangue. A respiração era difícil. Sua mente girava. Via Anna perto e uma mulher com um vestido preto muito elegante e rosto simpático. Era tão pacífica no olhar e sorria. *Que sorriso lindo! O que ela tem na mão? Uma gadanha? Para quê? Ahhh... ela veio me colher. Como cheguei aqui?* Hans puxou pela memória e a respiração. Ouviu um ronco no próprio peito. *Eu saí andando pela estrada. Estava indo pra vila. O que eu ia fazer? Não é sábado pra ir à venda. Eu tinha que fazer pasto hoje, por que eu saí? Ah... lembrei!* Scheise! *(Merda!) Não deu tempo...*

O guri vinha correndo pela estrada com os itens pedidos. Entregou para Anna. Os olhares de Arthur e do guri eram de curiosidade. Hans já não tinha reações, os olhos olhavam além de Anna, atravessavam-na, direcionados à simpática amiga de preto.

Anna pegou o prato que era virgem e a caneca com água – ela tinha alguns pratos virgens em casa. Aliás, vários itens virgens para momentos distintos, usados com a sabedoria milenar do velho mundo, que lhe fora confiada pela avó benzedeira. Mantinha tudo em segredo, pois muitas mulheres do passado haviam sofrido por bem menos que isso.

Cuidadosamente, Anna derramou a água no prato e pediu ajuda aos espectadores, pois precisava alcançar a ferida do tiro. Eles arredaram as roupas e viraram o moribundo. A ferida estava no lado direito, nas costelas. Anna pediu que ficassem segurando-o; chegou mais perto com o prato e, após uma oração, derramou a água na ferida três vezes, invocando a Trindade. Pediu, então, que deitassem Hans outra vez. O tempo e a natureza tornaram-se vagarosos, ao menos para aquele grupo. Não se ouvia sequer uma respiração, o vento ou um mísero mosquito. Esperavam as derradeiras palavras do agonizante.

Sob os olhares atônitos, Hans abriu os olhos e observou seu entorno com lentidão. Ao ver Arthur, apontou o dedo com grande dificuldade em direção ao vizinho e sentenciou:

— Anna, ele atirou em mim. Eu o ouvi planejando com a Maria.

Testemunhas de olhos esbugalhados agora percebiam o tempo, a natureza e o mundo girar, olhavam para ambos os homens. Seria o delírio de alguém cuja alma esvaía-se com o sangue?

— Eles estavam planejando minha morte. Eles sempre me traíram, desde antes do casamento. Eu estava indo contar para a polícia.

Hans, como os cavalos ao morrer, virou a cabeça em direção da "Mulher de Preto" e, com um sorriso, declarou:

— Pode ceifar, a hora da colheita chegou, estou pronto.

Dito isso, a gadanha desceu.

E ele adormeceu em paz, sorridente.

Arthur, apavorado, com olhos arregalados, montou no cavalo e ganhou a estrada em direção a casa de Hans. Em seus pensamentos só se repetia: *Como essa bruxa conseguiu? Bosta, bosta!*

Anna e o guri foram para a vila. Eram testemunhas. Relataram tudo às autoridades. A população não falava em outra coisa: "Um defunto falou! Um morto acusou seu assassino!"

Os atos fúnebres foram encaminhados junto a um rezador, pois o pastor estava fora. Hans merecia ser semeado para a eternidade, dignamente, acompanhado pelas palavras do Evangelho, em um sepultamento cristão, no cemitério comunitário.

No dia seguinte, o sepultamento estava lotado, todos queriam ver um pouco o defunto que falou. E não adiantava dizer que ele estava apenas agonizante, a lenda nasceu.

Maria ganhou o mato com o seu amante. Não mais foram vistos.

Anna voltou ao seu calmo retiro, ou quase calmo, pois agora era a "bruxa que fazia mortos falarem!" Ela nunca contou a ninguém sobre sua amiga, a Dama da Gadanha. Sabia que não devia contar a ninguém que podia ver a hora da ceifa das pessoas.

Logo que ela descobriu essa habilidade, tentou alertar seu pai, mas ele lhe respondeu que *quem morre de véspera é peru*. Ele que lhe alertou que avisar alguém poderia adiantar a vinda da ceifa, pois poderia gerar pânico. Desde então, ela apenas dá conselhos e cuida da saúde. E era melhor só ela saber. As pessoas têm medo da morte e se soubessem que era sua amiga, Anna não poderia cumprir sua parte na antiga parceria com a Dama da Gadanha.

Alguns, ao cruzarem com ela na estrada, olhavam com admiração, outros, com pavor e fazendo o sinal da cruz. Fosse como fosse, as amigas, por vezes, até se divertiam e seguiam adiante, as opiniões alheias não as parariam, pois sempre há muito trabalho para as duas.

Descanse em Paz

— Elesio Marques —

Deu um suspiro alto, exaurido, esfregou os olhos cansados e secos e fechou o *notebook*. Era 1h03min. Afonso espreguiçou-se a ponto de romper tendões, se eles não estivessem rígidos e encolhidos no corpo franzino de um advogado quarentão não muito bem-sucedido. *Terminarei o relatório amanhã*, pensou. Ainda tinha tempo, encerraria o caso e poderia usufruir de dois dias até que outra pilha de processos fosse jogada em sua mesa.

— Eles nunca têm fim! – praguejou.

Contive um sorriso de canto.

Afonso seguiria a pé para casa, não muito longe da firma. Morava em um sobrado de dois pisos na Rua Oito, um dos últimos que resistia à crescente modernização do bairro, que se espremia entre a padaria local e um depósito de tecidos. Vivera ali a maior parte da vida, nem sempre sozinho, embora já tivesse se acostumado com a quietude e a atmosfera do lugar havia um bom tempo. Abriria uma cerveja, então se jogaria no sofá e ligaria a TV; não necessariamente fixaria sua atenção no que estivesse passando. Nos últimos dois anos tem sido assim, mas o ruído lhe fazia bem; teria muito tempo para apreciar o silêncio sem fim – disso tenho certeza.

Ele nem se recordaria do que aconteceria depois, além de acordar com a cabeça pesada, seu corpo torto como um desenho de cena de crime, feito às pressas por investigadores com aquelas fitas amarelas no local onde havia um corpo esfaqueado, baleado ou qualquer outra forma com que eu lhe visitara. Conheço tantas maneiras! Afonso acordaria com as costas rangendo e doloridas; a testa úmida com meia dúzia de mosquitos inquietos, e com os olhos grandes e amarelos de Margot a lhe encarar, faminta, nenhum miado sequer, apenas a presença intimidadora de uma gata preta de 7 anos. O Sol já nascendo e o relógio de pulso pronto pra bipar, lembrando-lhe que mais um dia começara e um relatório esperava para ser concluído.

Na firma, um escritório de advogados associados que ocupava todo o terceiro andar do prédio, todos já tinham ido embora havia um bom tempo, e ouvia-se apenas um aspirador antigo que, de forma insistente, quebrava aquela quietude sepulcral. Preferiu as escadas dessa vez; quinze lances e estaria no saguão que dava à rua, a três quadras de casa, onde Margot o esperaria com o pote de ração vazio e revirado no meio da cozinha, seus olhos grandes e amarelos o encarando da janela por sobre a pia, um desejo escondido de lhe matar ali mesmo, assim que abrisse a porta, seu rabo preto rebatendo por sobre louças usadas, copos e comprimidos de enxaqueca, latas de atum abertas e lambidas a exaustão, garrafas vazias, pães mofados e dois copos sujos de café.

Segui-o até a porta de saída e, embora estivesse cansado demais para iniciar o mais breve diálogo casual sobre qualquer coisa, ateve-se em sussurrar um "boa-noite" para Estêvão, o porteiro, que não lhe respondeu: fazer isso teria lhe custado a sanidade. Sorri dessa vez. Embora sempre fosse entusiasmado demais para o horário em que se viam, Estêvão manteve apenas o olhar fixo na tela do computador, onde seus óculos de expressivas e circulares lentes refletiam luzes desconexas do monitor. De toda forma, a porta estava destravada e Afonso ganhou a rua.

Três quadras, trezentos e trinta e seis passos e dois cigarros o separavam de casa. Já havia cumprido um terço do trajeto quando se deu conta de que não estava com a pasta nem com o *notebook*: o trabalho de sua vida e dos últimos dois dias estava todo ali dentro.

Devo tê-los deixado no escritório, com certeza – concluiu.

Estacou em meio a calçada deserta. Sua pele eriçou-se.

Nenhuma alma viva – praguejou baixinho e decidiu que não voltaria para buscar. Queria descansar e, pela manhã, seria algo a menos para carregar para o trabalho; sua cabeça já possuía peso suficiente nos últimos dias, teve de admitir.

Retomou o caminho e sentiu-se um pouco reconfortado pelo fato de o cigarro e o isqueiro estarem no bolso de sua camisa cinza puída. Acendeu, inspirou com toda a força que lhe restava e cerrou os olhos por um instante. Expirou a fumaça pelas narinas e contemplou os bizarros desenhos que ela formava conforme subia e se dissipava na noite. Recomeçou a caminhar mais lentamente, contemplativo. Pude sentir isso, não demoraria mais até que ele finalmente se desse conta.

Chegamos.

Afonso parou em frente ao sobrado. Seu olhar foi de encontro aos dela, um amarelo vivo, quase faiscante, emoldurado por pelos espessos e negros como tudo ao redor. Margot fitava-o da janela da biblioteca, no segundo piso. Não bocejava de impaciência desta vez, havia algo diferente na sua recepção, não era fome.

— Isso é... raiva? – disse Afonso, com uma inquietação subindo-lhe à garganta.

Estalos de folhas secas sendo trituradas quebravam mais uma vez o silêncio ao passo que caminhava para a porta, não sem antes deixar cair o que restava do cigarro ainda aceso. Sem entender o que estava acontecendo, abriu a porta e adentrou à escuridão. Havia uma dezena de papéis amontoados na entrada; empurrou-os para o lado e foi em direção a escada.

Pareceu demorar-se mais que o de costume, sua casa estava estranha; um fedor lhe adentrava as narinas que lhe começavam a arder.

— Margot e seus ratos! – esbravejou. — Nada lhe basta!

Mentalmente, decidiu que pela manhã terminaria o relatório e pediria uma semana de folga, ao menos uma semana. Levaria a gata o mais longe que conseguisse. *Uma tigela grande com água e dois potes de atum lhe bastariam até que algum pobre diabo desafortunado a encontrasse e a levasse consigo para lhe fazer companhia*, pensou. Isso deu muito certo com ele por um bom tempo, mas já não suportava mais aqueles olhares, pareciam segui-lo aonde fosse. Eu tinha certeza!

Conforme avançava mais, os degraus rangiam a cada passo que dava, o fedor misturava-se com a umidade e o que quer que fosse que cobria as paredes internas do sobrado. Manchas escuras e pequenos borrões surgiam e desapareciam em volta da porta da biblioteca; um chiado baixinho corria pelo teto e vinha de dentro do cômodo, como passos apressados de roedores... ou baratas.

A porta só estava encostada. Entrou.

— Entenda de uma vez – não resisti e soei-lhe ao pé do ouvido.

— Ah! – Afonso gritou, apavorado, um ganido rouco e seco, sua mão trêmula tentava, em vão, ligar o interruptor. — Quem está aí?! – insistiu.

— Já faz um tempo que não há mais ninguém aqui a não ser Margot.

— Sua gata maldita, agora você fala?! Eu só posso estar enlouquecendo, não é possível...

— Uma gata não pode falar. Ah, se falasse! Saberia o quanto ela o odiava e o desprezava.

— Isto é um delírio, não é possível! É o cansaço, eu deveria ter parado antes, eu deveria nem ter acumulado tanto trabalho, relatórios e mais infindáveis relatórios. – Deu um longo suspiro e disse: — Acalme-se, Afonso. É só um delírio. Venha, sua gata idiota, lhe darei de comer! Mas que cheiro horrível! Essa luz que não acende... diabos!

— A teimosia humana é mesmo surpreendente.

Afonso fitou-me, pela primeira vez. Sua pele eriçou-se. Sua boca retorceu como se estivesse engasgando-se com a verdade. Entendera que não era um delírio, afinal. Eu estava ali, outra vez. Uma última vez, eu diria. Afonso deu dois passos e começou a contornar a escrivaninha. Sua poltrona estava virada, mas soube naquele momento que o fedor vinha dali!

Margot desceu da janela, fitou-o e pulou em cima da mesa; já havia estado ali antes, deixara marcas das suas patas por sobre um misto de poeira e vermes mortos e ressequidos.

Trêmulo, Afonso ergueu a mão e rodou a poltrona. Dessa vez, não conseguiu emitir som algum. Nela, jazia um cadáver em decomposição. Sem olhos, apenas dois orifícios grandes por onde entravam e saíam insetos e vermes inquietos. Uma substância marrom pegajosa escorria das narinas e empapava-lhe a camisa cinza puída colada ao corpo, úmida. A boca, aberta como num último grito de horror, e a cabeça pendida de lado só tornavam aquela cena mais grotesca e mórbida.

Os braços do cadáver pendiam incompletos: um deles sendo roído até o pulso por um rato grande e gordo. Margot não havia participado do banquete, embora não tivesse a mesma consideração com os ratos, que lhe serviam de comida. Tão saciados ficavam com o corpo de Afonso, que mal escapavam das garras e de seu pulo certeiro.

— Mas o que está aconte... este... este sou eu!

— Este é você – disse-lhe. — Estive com você dias atrás, fiz-lhe uma última visita. Ah, como eu lhe visitei mais vezes do que se pode esperar em uma vida. Foram muitas, não é mesmo? Primeiro seus pais, naquele... acidente. Depois sua tia, e depois várias e várias vezes no orfanato. Admita que sem minhas visitas você não teria se dedicado tanto àquelas crianças, até agora. Seu tempo acabou.

— Estou... morto. Não, eu não posso morrer agora, eu não posso... eu tenho que finalizar o relatório, eu... isso é loucura! Saia da minha casa! Isto é um delírio! Saia da minha...

Tapei-lhe a boca com minhas mãos frias e compridas. Seu corpo tremia, seus olhos saltados de terror fitavam-me com pavor e fúria, refletindo uma pequena chama. Disse-lhe:

— Descanse, seu tempo acabou. E já era hora. Entenda. Da Morte ninguém escapa.

Forcei-o a sentar-se por sobre o cadáver. Margot seguia-nos com os olhos, inquieta, sua pupila dilatada e nela, faíscas refletiam.

O fogo demorara a desprender-se do cigarro, mas preguiçosamente avançou pela grama seca da entrada e crescera no monte de cartas. Não demorou para que alcançasse as cortinas do térreo, caísse como gotas enormes de fogo por sobre os tapetes, no sofá, e subisse a escadaria de madeira, lambendo as paredes e fazendo caminho até a cozinha, os quartos e a biblioteca.

O sobrado ardia em chamas numa fúria grotesca, insaciável. Margot saltou sobre as labaredas e ganhou a rua, correndo o máximo que podia. Permaneci em meio ao fogaréu ao lado de Afonso, minhas mãos frias e compridas acarinhando-lhe a face. Era hora de descansar em paz. Margot corria pela rua, até que parou. Olhou para o sobrado mais uma vez e seus olhos grandes e amarelos refletiram as chamas.

A Botija de José Domingos

— Francisco de Assis —

Dizem que o dinheiro que mais rende é o de botija, pois achando os haveres enterrados, salva-se tanto quem a encontrou quanto a alma inquieta que clama por descanso. Nunca acreditei muito nisso, mas era isso que, de qualquer maneira, o velho José Domingos buscava. Este, embora tivesse na capital os melhores sobrados, preferiu viver no Roncador, onde possuía terras além do que sua turva visão conseguia enxergar. Com sua ávida precaução, deixou pelo menos seis botijas com prata e ouro fincadas no chão onde pisou com os calçados da arrogância.

Sua morte foi sentida apenas pelo coveiro, cujo sono fora interrompido mais cedo para entabular a sepultura da família que ficava próximo ao portão de entrada do cemitério da cidade. Foi-se Zé Domingos, e a partilha dos seus bens iniciou-se antes de secar a argamassa que selava a tampa do jazigo.

Meu nome é João Inácio, eu era um vaqueiro testado nas piores pelejas de gado; viúvo, não tive filhos, mas acolhi Rosa, uma querida sobrinha, esperta, de poucas palavras, logo após a coitada ter sido expulsa de casa porque ficou *buchuda* de um vaqueiro de competição que conheceu numa noite de quermesse para as bandas da Caiçara.

Alguns dias após o enterro, voltando à normalidade da vida, tornei a ligar o velho rádio de pilha – meu fiel companheiro, que andara adormecido por conta dos últimos acontecimentos. Sua frequência sintonizava uma estação local que tocava *A despedida*, pela imponente voz de Nelson Gonçalves, meu cantor preferido e, ao cantarolar, depois de soltar um cavalo no baixio, segui para casa, que ficava próxima à porteira de acesso à estrada principal de entrada da fazenda, afastada da casa grande do meu finado patrão. Lá, antes do almoço, resolvi dar uma esticada nas pernas, peguei a espingarda de soquete, que ficava atrás da porta da sala, e saí para caçar mocó num serrote de pedras das imediações.

Com o Sol a pino e um estranho cheiro de flor de cemitério no ar, avistei o que parecia ser um roedor, distraído na sombra de umas macambiras junto a uns cardeiros que tomavam conta da paisagem. Com a arma em riste a meio olho, prensei o dedo no gatilho, acertando o bicho, que caiu ensanguentado, atrás das pedras. Para me esquivar dos espinhos, com a cabeça baixa, dei a volta e, ao levantar-me, tentando localizar a presa, dei de cara com o vulto de Zé Domingos. Bem-vestido, usava uma camisa de brim clara; estava sentado na pedra, de forma impassiva, enquanto apontava para o rumo do armazém ao lado do curral.

Valei-me São Tadeu! Eu me acovardei e, faltando sangue no corpo trêmulo, juntando pedra nas sandálias, voltei para casa com a pressa de quem corre de um guará, sem contar a ninguém do ocorrido. Naquela noite, com o sono perturbado e numa agonia de miado, o velho me apareceu em sonho, oferecendo uma botija em parceria, que ficava no pé da moita de mofumbo branco atrás do armazém, onde, sob suas raízes, após uma camada de pedrisco, estava depositada uma lata de zinco fechada, que guardava moedas de ouro, talheres e trancelins de prata que o defunto tinha herdado de sua mãe. Aquele mesmo sonho se repetiu pelas três noites seguintes, sem que eu tivesse o destemor de ir ao local determinado, guardando comigo a aflição da insistência do mal-assombro.

Passadas algumas semanas, convenci-me de que aqueles eventos não passavam de ingênuas alucinações da minha cabeça. Até que, em um certo dia, ao amanhecer, com destino ao curral, parei na sombra do juazeiro do armazém e me lembrei dos sonhos. Segui para os afazeres e enquanto tirava o leite de uma vaca, um jovem alto, paramentado a cavalo, com o cabo de um machado à mostra na garupa, apareceu junto à cerca e, após um comprimento cordial, indaguei, após me levantar do tamborete de ordenha:

— Quem é o senhor?

— Sou primo distante por parte de pai, e queria conhecer ele.

— Mas, é filho de quem? – persisti, aproximando-me da cerca.

— Ora, você é Inácio, então? – desconversou o homem.

— Sou, mas nunca lhe vi.

— Inácio, meu parente! Cresci ouvindo suas histórias de pegas de boi, venho de longe para conhecê-lo pessoalmente e trazer notícias da família.

Fiquei ressabiado, mas confesso que me envaideci com os elogios. Continuamos conversando e ele demonstrava conhecer meus irmãos e sobrinhos, que já não os via havia anos, depois de tudo que aconteceu, mas, também, por conta do trabalho nos tempos de Zé, em que me acostumei a descansar pouco e ir, no máximo, à cidade, quando não tinha tantos assaltos nos dias de feira.

Não demorei em convidá-lo para tomar um café lá em casa, onde, no terreiro da frente, o menino brincava com uns gravetos. Chamei Rosa, que ao ser apresentada ao homem, sem conversa, esboçou um tímido sorriso incomum e seguiu em direção à criança, tirando-a do chão.

Na sombra de um pereiro, em determinado momento, sem arrodeio, com o pretexto familiar, o sujeito confessou, a meio tom, sua real intenção em me procurar.

— Zé Domingos me procurou.

Aquelas palavras me atravessaram como um punhal, senti um estremecimento na espinha e, sem reação, paralisei.

— Ele me apareceu dizendo que iríamos arrancar uma botija na redondeza, que você sabia o lugar e, depois desse encontro, iríamos nos acertar e que, após um sinal, saberíamos o que fazer.

Enquanto ouvia o que aquele indivíduo revelou, me subia um calafrio que foi consumido pela raiva e a repulsa em acreditar naquele homem, que tinha acabado de conhecer. Rispidamente, disse que tinha que fazer outras coisas e o mandei embora. Deixando-o com uma evidente decepção na face, ajeitou os estribos, montou no cavalo e seguiu para a porteira, sob os olhares distantes de Rosa na janela.

Novamente, aquele tormento da botija de Zé se apresentava num cenário real, cujos falsos devaneios ilusórios se materializavam numa trama indesejável de um silencioso desespero que preenchia a minha paz. Nas noites seguintes, o velho tornou a requerer que a botija fosse arrancada. As aparições passaram a ser mais frequentes, meus pensamentos conduziam a sua presença, sempre vestido de roupa branca, e aquele cheiro me asfixiava na intensidade do meu lamento.

Em busca de um livramento que trouxesse algum sossego, fiz uma promessa a São Mateus, condicionando que se a alma não aparecesse mais, eu mandaria celebrar uma missa a cada mês em sua intenção.

Após a promessa, os sonhos inquietantes cessaram e parecia ter chegado ao fim a sina redentora que assolava a minha vida. Foi o que pensei e, quando estava me acostumando com isso, na boca da noite, com a Lua apontando no firmamento, parti para a cidade, determinado a cumprir o combinado.

No caminho, ao me aproximar das oiticicas do Riacho das Cruzes, senti um cheiro de podridão que oscilava com a intensidade de um vento morno que assoprava minha cara. Embora embaçado, de longe vi o que seria um sujeito estirado no chão, ao lado de uns marmeleiros. Ressabiado, frente a previsibilidade da cena, segurei na bainha da faca e segui em direção ao sujeito, querendo acreditar que poderia ser algum caçador ferido ou descansando. Mas, ao encostar, notei que era a figura de Zé Domingos novamente, dessa vez com uma roupa de cor cinza, rasgada nas pontas, e seu corpo se apresentava em avançado estado de putrefação, cujo rosto carcomido era um banquete para as moscas em festa.

Apavorado, montei no cavalo e voltei para casa. Ao chegar, deparei-me com Rosa sentada no banco do pereiro, sob a luz da lua clara. Sem interesse para a conversa, fui deitar-me atordoado e, desde aquela noite, os dias seguintes foram de constantes inquietações, e minha cabeça, esgotada de alternativas frente à obsessão agourenta, encorajava-me a encarar a botija. Não tive outra saída e, mesmo contra as minhas forças, fui impulsionado a ir ao encontro do mofumbo branco.

Antes, porém, sem entrar em detalhes, disse à Rosa que à noite, partiria em viagem e que se, por acaso, não voltasse até o amanhecer, mandaria um carro buscá-los, e nos encontraríamos em seguida. Isso para evitar de voltar para casa, como manda a tradição.

Numa noite morta, com as estrelas incandescentes no teto, enquanto a casa dormia, peguei o cavalo e parti com o bornal a tiracolo até o armazém onde fui recebido pelo ecoar da rasga mortalha que cortou o telhado. Amarrei o animal no juazeiro, peguei umas ferramentas e caminhei até a área do mofumbo, onde acendi uma lamparina de querosene e comecei a cavar o solo batido. Não demorou para atingir uma camada de pedras; ouvi um ruído no mato, parei, olhei para os lados, esperei atentamente e... nada! Então, continuei a escavar, quando me deparei com o tinido de um metal – era uma lata enferrujada. Vagarosamente, levantei a tampa. Eis que estava lá, cheia do que o meu temor nem imaginava. Cresci os olhos, extasiado, e me elucubrei de desejos. Admirado com o que via, planejei a mudança que não seria apenas geográfica, mas que também gozaria do melhor que estava por vir.

Com o Sol despontando no oriente, separei algumas moedas e guardei, com todo afinco, no bisaco, que era pequeno para tanta coisa. Fechei o armazém e, provido de novas aspirações, parti para a cidade onde iria dar um jeito de mandar buscar os sobrinhos.

Na estrada, a certa altura, vi a figura de um homem no caminho que ligava à casa grande, mas como os moradores da região utilizavam esse mesmo trajeto, segui viagem, certo das minhas iluminadas convicções. Fui com destino à casa de um conhecido feirante, que tinha uma Veraneio, mas, para não correr o risco de chamar a atenção dos curiosos, que não são poucos, resolvi parar no riacho, longe da estrada, onde, após inspeção visual, deixei o bisaco na areia, camuflado entre galhos e folhas.

Na cidade, só quando me identifiquei após incisivas batidas na porta, o feirante saiu na calçada, inicialmente incomodado pelo horário, mas, alegando motivo de gravidade e com o pagamento antecipado pela urgência, o convenci a transportar Rosa e o menino para a capital, deixando-o comovido pela quantia que generosamente lhe proporcionei.

Com o transporte resolvido, segui vislumbrado para o riacho que protegia meus devaneios, mas ao chegar, vi que os galhos haviam sido revirados em meio aos rastros no solo que indicavam a passagem de alguém. Não acreditei que seria possível, mas enquanto conjecturava, vasculhando o pedaço de chão, fui surpreendido com a presença daquele jovem que recebi em casa. Sem entender, pelo instante, questionei.

— O que faz aqui?

— Vim buscar o que me pertence, meu parente. Eu disse que a botija era para nós dois, mas você preferiu arrancar sozinho e o velho me contou os seus passos.

Pela provocação, naquele momento as coisas começaram a fazer sentido e, tentando me desvencilhar dos mofumbos, em um movimento de ataque, parti em sua direção, mas antes que pudesse alcançá-lo, inesperadamente, fui atingido por trás. O meu sangue quente percorria minhas costas, formando um caminho que ia ao encontro da terra. Antes que pudesse pensar, emiti um grunhido agonizante. Novamente, senti duas pancadas que me fizeram jorrar sangue como o mocó abatido. Minhas pernas falharam e caí aos pés do algoz; senti o ardor da terra enrubescida no meu rosto.

Meus olhos encarnados se arregalaram quando reconheci aquela sandália. Era a mesma que minha doce sobrinha usava quando a trouxe para casa. Na esperança de não confirmar meu temor, tentei levantar a cabeça e, para o meu desalento, vi o rosto corado de Rosa, sua mão empunhava o machado, com a lâmina umedecida pelo sangue, que também era dela. Enquanto abraçava o rapaz, no canto da boca, o mesmo sorriso acanhado me olhava, com a frieza de um carrasco em dia de guilhotina. De cima, com toda a empáfia, eles contemplavam meus últimos movimentos:

— Achou que eu ia deixar outro homem criar um filho meu, foi? – disse aquele homem, voltando-se para Rosa. — Viu, meu amor? Eu disse que voltaria, nem que fosse com a ajuda do além.

Um estranho cheiro de flor de cemitério impregnou-se na paisagem, no tempo em que uma repugnante figura sombria, esguia e gélida me estendeu a mão. Fui tomado por um arrepio arrebatador que entorpeceu minhas vontades e a dor que sentia no peito e na carne. Tentei resistir em me aproximar daquela mão, mas fui levado a ceder meu corpo moribundo, enquanto ao fundo, ouvíamos uma majestosa voz que recordava a normalidade dos dias. Aquela canção me aquecia o coração e o gosto do café de Rosa tomava conta da minha boca, que salivava ferro oxidado.

"Acaso você sabe, amor
O que eu sofri, o mal que fez?
Talvez você se esqueça, amor
Que tudo em mim morreu de vez."

Foi o que sussurrei em um dueto fúnebre, enquanto via Rosa e o vaqueiro se afastarem tranquilamente para a estrada. Meus olhos vagarosos se escureciam ao passo que um clarão inundava a minha alma. Salvou-se quem encontrou e a alma inquieta.

O ESPELHA-DOR

— Ricardo Sales Odorizzi —

... SÓ MAIS UMA VEZ! EU ESTOU TÃO SÓ!

Todos temos eles em nossas casas, são bonitos e ampliam o ambiente. Desde o momento em que a água passou a existir, eles existiram também. Inofensivos e belos, a menos que você os quebre, seus pedaços podem provocar horrendos cortes em qualquer criatura, até neles próprios; já para os mais supersticiosos, podem causar azar.

Eis algo que você talvez não saiba sobre eles, era costume quando alguém morria, ou durante uma grande tempestade, cobri-los e não chegar perto. O que haveria de tão especial nesta forma bela e não tão inofensiva?

Neste momento, você tem um consigo? No local onde está, você tem um espelho? Se sim, sugiro sair e trancar a porta! Se não puder fazê-lo, olhe para outro lugar, mas não para o espelho, especialmente, não o olhe com o canto do olho. Agora que você sabe disso, podemos continuar e lembre-se: suas emoções podem atraí-lo.

O ESPELHA-DOR

Ele também não acreditava nessas tolas superstições, mas quem pode culpá-lo? Nem todos sabem que lendas são verdades que se eternizaram. Contudo, bastou uma visita para tudo mudar.

Certo dia, trouxe para casa um belo espelho, tão belo, tão grande, para ser colocado na sala, de modo que, mesmo estando na cozinha, podia-se ver o que passava na televisão. Sua amada ficou tão feliz, os dois ficaram felizes, mas essa felicidade prenunciava a tempestade e, *que ironia,* no dia do acontecimento, realmente chovia, algo que me ajudou a encontrá-los.

Lâminas de luz cortavam os céus e fortes estrondos faziam tremer as janelas e os espelhos. Todavia, a real turbulência era entre o casal, na calorosa discussão contrastando com a temperatura gélida a qual o ambiente adquirira. Duras palavras foram ditas. Dores e mágoas foram geradas naquele momento. Tudo acabou com o estrondo da porta, ela a fechou e, estranhamente, a chuva cessou, mas a água que antes caía das nuvens, caía agora dos olhos dele.

Daquele dia em diante a sala ganhou um tom elegíaco e atraente, ele ficava desconfortável e, ao mesmo tempo, queria estar lá, seus sentidos diziam que ali não estava sozinho e os pelos da nuca se arrepiavam. Os filmes vistos na televisão e no reflexo do espelho enquanto estava na cozinha mantinham sua mente ocupada e não deixavam a melancolia dominá-lo. Os amigos o visitavam, evitando sempre a sala, reunindo-se na cozinha, com seus belos armários espelhados, uma escolha dela que o abandonara.

Então veio a pandemia e os amigos visitados e levados. Ele tinha que ficar isolado em casa. No começo ele vivia na sala, mas com o tempo decidiu não mais ficar ali, pois o ar cada vez mais carregado e frio lhe fazia ter pensamentos impronunciáveis e, mesmo atraído pela sala, resolveu se distanciar.

Passava seus dias no escritório trabalhando em seus projetos e logo os sentimentos mudaram e estava mais uma vez alegre. Agora, evitava a todo custo a sala; permanecia no quarto, no escritório, na cozinha e até no banheiro, mas não na sala azul.

Então veio a notícia. Mais uma visita. Estava na cozinha, cuidando da louça, quando a mensagem o surpreendeu, sua ex-amada havia falecido. Uma mensagem no celular vinda de um amigo o alertara, mas foi no reflexo do espelho que ele viu: a televisão anunciando o incêndio num conjunto de apartamentos. Ele baixou a cabeça e seu corpo foi tomado por um gelo e um arrepio; se não tivessem brigado ela estaria ali e não lá. Fora consumida pelas chamas e ele, agora, pelo frio. Não sabia de onde vinham esses pensamentos e quando ergueu a cabeça, viu de relance o repórter ao lado do prédio em chamas. Não podia ser! Era ele mesmo. Sim, podia ser um sósia. Correu para olhar diretamente a televisão. Nada! Não era nem um pouco parecido com ele. Fitou o espelho, que não alterou a realidade, só refletia a triste verdade.

Teve que fazer um grande esforço para continuar. Não, não, não podia se abater tão facilmente. Conseguiu continuar seguindo sua vida, trabalhava, falava com os amigos, assistia e comia. Comia, sim, mesmo que a comida já não tivesse mais sabor e nunca estivesse na temperatura certa. Por mais quente que fosse o fogo, agora estava fria.

A cozinha e a sala começaram a ser evitadas, qualquer comida lhe servia, e assistia qualquer coisa que estivesse passando, só para tentar distrair a mente.

O escritório se tornou o local onde ele mais ficava, agora pedia comida e assistia em seu computador. Ele limpava meticulosamente, mas não a sala nem a cozinha, elas ficavam com uma passada rápida. Agora utilizava o quarto, o escritório e até o banheiro, mas não a sala e a cozinha azuis.

Mais uma vez, a vida seguia, tinham dias melhores e dias piores, porém, de modo geral, tudo corria bem. Por sorte! A empresa para a qual ele trabalhava teve que fazer um corte de pessoal e ele foi demitido. Recebeu um e-mail que era só elogios, mas no final vieram as duras palavras e um ponto final irrevogável. Colocou-se a ler novamente e, então, no reflexo do porta-retratos ele viu com o canto do olho, a parte mais sensível, a única que vê e que entende. Viu o próprio reflexo olhando fixamente. A informação demorou alguns segundos para ser processada pelo cérebro e quando foi, ele, subitamente, se virou, mas nada havia lá, apenas o reflexo da sala. O porta-retratos não estava virado de modo que permitisse o reflexo dele aparecer, apenas o da sala. Podia ser o seu cansaço ou a triste mensagem de sua demissão. Melhor dormir agora! E ele foi com a sugestão.

Não sabia ainda de onde vinha aquela sensação. Dormiu bem. Tirou um dia de folga para não fazer nada. Voltou à sala para assistir. De costas ele estava. Ele sentia o arrepio no pescoço, mas já estava acostumado com a sensação, dias antes ele teria se virado, mas agora não.

Transferiu seu computador para o quarto, o escritório ele trancou. Não precisava estar naquele lugar, não mais. Tinha o quarto e o banheiro, mas não a sala, a cozinha e o escritório azuis.

Entrou em contato com quem pudesse ajudar, mandou currículos. *Essas coisas são demoradas!* Sim, ele concordou.

Dias se passaram e seus movimentos se restringiam ao quarto e ao banheiro; passava horas no banho. Seus dedos enrugavam e o espelho ficava extremamente enevoado. Nesse dia, fui ousado! Ele passou a toalha no espelho e quase caiu com tamanho susto. Seu reflexo ali sorria de maneira animal. Um sorriso forçado e esticado como se o rosto tivesse sido deformado, mas ainda mantivesse tanta tristeza quanto a morte podia trazer. Tamanho foi o susto e a confusão que tropeçou indo de encontro com o bacio.

Perdeu os sentidos, ficou desacordado ali no banheiro, só com a toalha de banho cobrindo parte de seu corpo estirado. Seu belo corpo que se arrepiava conforme a temperatura ia caindo, caindo, caindo...

Acordou. Finalmente! Com muito frio. Passou a mão na cabeça e sentiu um enorme inchaço. Quando recobrou os sentidos, foi direto ao espelho. Nada! Apenas um reflexo normal de um homem cujos lábios já começavam a ficar roxos. Foi tudo sua imaginação! E ele acatou.

Claro que foi ao médico, não pra falar da fértil imaginação, mas para se certificar que não tinha nada de errado com sua cabeça. Fisicamente, podia não ter. E foi esse o resultado obtido pelo exame: mais saudável impossível. Sim, eu não ia deixar!

Agora o quarto lhe era o local mais confortável, e um local de repouso como recomendou o médico. Já não tomava banhos longos. As gotas de água afligiam-lhe o corpo como facas de lâmina fria. Sim, mais tempo no quarto ele gastava, não na sala, no escritório, na cozinha e no banheiro azuis.

Sempre dormiu bem, como um bebê. Podia sempre se gabar de dormir como uma pedra, a casa podia pegar fogo e ele não acordaria, que terrível escolha de palavras a minha.

O sono continuava a vir com muita facilidade, porém um detalhe foi mudado. Pesadelos! Pesadelos o atormentavam. Até isso agora lhe fora usurpado, a boa noite de sono não existia mais. Só o silêncio e o frio da noite. Os pesadelos já começavam a se encadear uns nos outros, sua ex-amada que morreu queimada, sua carreira arruinada e seus amigos distanciados. De noite os pesadelos e de dia o amargo frio da realidade. Sua única saída era sentar-se e assistir, consumir qualquer coisa que passava.

Sim! Mais uma vez de costas. Já está esgotado. Trancou todo o lugar e vedou cada brecha. Estava agora no azul, não na sala, na cozinha, no escritório, no banheiro ou no quarto.

Ali estava, de costas, onde eu queria! Eu posso passar. Ele sente ser observado, mas não liga. Seus pelos da nuca se arrepiam. Ele sabe que estou perto, pode me ouvir respirar. Estou logo atrás e ele não vai gritar. Eu o intendo e entendo! Meu gélido bafo arrepia ainda mais. Ele está imóvel, não pode se mexer e nem quer. Uma lágrima corre solitária pelas maças do rosto, passa pelos lábios azuis e corre em direção ao chão. Os olhos! As janelas da alma repletas de água! Sim, eu posso sentir, posso refletir sua dor, posso compartilhar sua dor, não está só. Eu posso tocar, estou quase, a pele. Ele só quer um abraço. Sou ele e ele está em mim, ele não ficará sozinho. Viverá no frio da minha imensidão como todos os outros, não vou ficar sozinho, preciso deles. Sempre sozinho, mas dessa vez ele vai ficar comigo. Vou ser lento! Vou fazer o nosso momento durar, é a última visita. A sua pele não devo tocar. Basta um toque. Ele precisa ser abraçado! Só um toque, tão de leve que ele não vai se importar. Só pra sentir. Ele não vai suportar! Só pra consumir. Ele vai me deixar! Só pro azul eterno. Eu não queria! Só para o espelha-dor. Solidão. Só...

A ROSA NEGRA

— Roberto Silva —

De todas as pessoas que eu estive perto, aquele era, de longe, o mais persistente que eu conhecera. Lembro-me bem daquela tarde meio nublada, aquele parque vazio e aquela garoa que segurava para não deixar cair uma chuva mais forte. E ele estava ali, sentado no banco, fumando seu cigarro como de costume e curtindo a sua solidão de sempre. Adão era seu nome. Eu me aproximei e tentei puxar conversa:

— Será que vai chover?

— Com certeza, não. Esse é aquele tempo que é bem-marcado pela beleza umbrosa, nem muito claro, nem muito escuro – Adão sempre tinha um olhar mórbido para a vida.

— E você gosta de tempo assim?

— Não se gosta de um tempo assim, você tem que se acostumar com ele, aceitá-lo dessa maneira. – Ele dá mais uma tragada em seu cigarro. — Bem, gostando ou não, essa é a hora de irmos – ao dizer isso, Adão que estava ao meu lado, começou a tossir, uma tosse forte, e foi piorando.

Ele me olhou com os olhos arregalados, parecia que sabia o que estava acontecendo. Nesse momento, rapidamente, ele enfiou a mão em seu bolso e retirou uma rosa negra. Onde ele havia conseguido aquilo? Não tinha a menor ideia, mas foi algo que me surpreendeu. Parecia que ele estava pedindo uma trégua. Nesse momento, apareceu alguém para ajudá-lo, algo que me causou muita estranheza, pois não era para acontecer. Duas pessoas o deitaram no chão e começaram a acalmá-lo, e em menos de um minuto, apareceu uma ambulância, o que seria o mais puro milagre, algo que eu tinha certeza de que não existia. Aproveitei esse momento para sair dali e não ser percebido. O que havia acontecido? Não tinha a menor ideia, mas não podia deixar aquilo para trás.

Durante toda a minha existência, eu nunca havia falhado uma única vez sequer. Muitas vezes, eu encontrava pessoas que nem imaginavam que um dia me encontrariam tão cedo, e existiam os que me aguardavam, pacientemente, mas sempre foi atribuído aquele lema muito conhecido a mim: eu tardo, mas não falho.

Eu me lembro de estar em um hospital em um quarto de UTI, onde havia duas pessoas, uma já totalmente desenganada pelos médicos, a família acompanhava e todos os dias era choro atrás de choro, enquanto a outra tinha acabado de operar o coração, a cirurgia tinha sido um sucesso e ele estava em observação. Era um dia de visita normal, no quarto tinha mais gente do que podia, mas isso tinha sido liberado pela enfermeira-chefe. Eu apenas abri a porta, olhei para um lado, olhei para o outro, pedi desculpas e saí. Foi o bastante para o paciente mais saudável cair duro em sua cama, sem nenhuma chance de sobrevivência. Os médicos entraram correndo, dizendo:

— Todos para fora, agora! – E ficaram mais de 20 minutos tentando reviver o paciente. Mal sabiam que quando era chegada a hora, eu nunca errava.

O outro paciente, que estava em estado terminal, foi poupado. Poucos dias depois ele acordou e ainda viveu por muito tempo. A vida sempre será uma caixinha de surpresas.

Voltando ao nosso amigo Adão, eu tive que ir atrás dele no hospital também. Não posso dizer que foi difícil encontrá-lo, ele estava sozinho em seu quarto quando eu entrei. Ele olhou para mim e eu olhei para ele. Nessa hora, ele falou comigo:

— Ainda não é a minha hora.

— Não sei do que você está falando – tentando disfarçar, pois ninguém nunca soube quem eu era.

— Eu sei qual é a sua intenção, e posso dizer que eu ainda tenho uma última coisa para fazer.

— Interessante, mas, ainda assim, eu não estou entendendo.

Nesse momento, ele colocou a mão embaixo de seu travesseiro e tirou outra rosa negra e, no mesmo instante, entrou uma enfermeira dizendo:

— Seu Adão, está melhor?

Não conseguia entender como aquilo acontecia. Ao entrar, ela olhou para mim e perguntou:

— Você é da família?

— Não, eu apenas errei o quarto. – Ao dizer isso, eu saí.

Não tinha como não ficar intrigado com o que estava acontecendo, eu nunca havia visto isso antes. O que era aquela rosa e como ele conseguia fazê-la aparecer quando ele quisesse? Eu sei que o meu tempo não podia ser perdido e eu tinha que levá-lo de qualquer jeito. Esperei ficar de noite e entrei novamente em seu quarto.

— Você vai me ouvir dessa vez? – Adão perguntou, preocupado.

— Como você consegue fazer aquilo? O que é aquela rosa?

— Acho que você não quer perder seu tempo com histórias de rosas negras. Ao ouvir aquilo, fiquei curioso, pois parecia que ele me conhecia muito bem, e ele continuou:

— Eu preciso falar pela última vez com uma mulher.

— Não posso fazer nada por você. Você acertou em dizer que eu não tenho tempo a perder, então vamos embora.

— Eu vou, mas não antes de falar com ela.

Eu não podia fazer um acordo desses com ele, eu precisava fazer o meu trabalho. Mas com esse truque da rosa negra, eu não tinha o que fazer, tinha que ouvi-lo.

— Você tem apenas cinco minutos para me falar quem é ela. – Na verdade, ele sabia que teria o tempo que precisasse e eu não poderia fazer nada.

— Muito bem, eu vou contar – E ele começou sua história.

Eu sempre fui uma pessoa solitária, problemática e difícil de lidar. Naquele dia eu tinha ido até meu emprego e posso dizer que não devia ter saído de casa. Cheguei atrasado e meu chefe já me chamou em sua sala:

— Atrasado novamente, Adão? Não dá pra aguentar isso todos os dias – ele dizia impaciente.

— Mas, chefe, o problema foi o meu ônibus que não chegou na hora.

— Todo dia uma desculpa diferente. Eu espero que não me dê mais trabalho por hoje. – Após dizer isso, ele solicitou a minha retirada de sua sala.

Eu trabalhava como repositor em um supermercado. Não gostava, mas era o que eu tinha para pagar as contas. Eu tentei ter um dia normal, mas eu estava mais cansado do que de costume, estava com insônia e quando você não dorme, acaba confundindo o que é real e o que é sonho. Não demorou muito para chegar a hora do almoço, no qual eu acabei dormindo mais do que devia. Alguém me acordou dizendo que já havia passado da hora de voltar a trabalhar. Para mim, não havia passado nem dois minutos, mas já havia passado mais de uma hora.

Na loja, eu estava responsável por fazer uma ilha de produtos para a venda. Qual era o produto? Desodorante. Eu comecei a empilhar um em cima do outro até que acabou dando tudo errado, caindo em um cliente. Não era de se duvidar, mas o cliente foi dar queixa de mim e eu acabei sendo demitido.

Indo para casa, eu acabei a encontrando. Ela tinha um lindo sorriso marcante, o cabelo era preto liso, usava óculos e tinha covinhas em suas bochechas, foi paixão à primeira vista e, por mais impressionante que pareça, ela vinha até mim e acabou me abordando:

— Moço, você sabe onde eu pego o ônibus para o centro?

— Fica próximo àquela loja. Ali é um ponto. – Gostaria de a acompanhar, mas tinha certeza de que poderia soar mal.

Ela me agradeceu, deu um lindo sorriso e foi embora. Aquilo foi a bonança após a grande tempestade de acontecimentos ruins do meu dia. Foi uma pitada de cor em uma vida totalmente preta e branca. E eu gostaria de encontrá-la novamente apenas para dizer o quanto ela é especial para mim.

E essa foi toda a história de sua vida inútil, da qual eu já tinha conhecimento, pois eu o acompanhava havia tempo. Sem demonstrar surpresa, perguntei:

— E você quer me dizer que vai chegar até ela e dizer que a ama, assim, do nada?

— Não, eu queria apenas conversar com ela e dizer o quanto foi especial encontrá-la naquele dia.

Eu sabia que não seria uma boa ideia, mas tive que acabar aceitando aquele trato absurdo.

Passaram-se dois dias e Adão teve alta do hospital, eu o encontrei na rua e deixei claro para ele que após ele se encontrar com ela, teria que me acompanhar. Ele abriu um sorriso e concordou.

Eu me dissipei na multidão, deixando-o trilhar seu caminho. Não muito longe dali, estava ela. Sofia. Uma garota normal, de uma vida normal, muitas vezes eu questiono esses sentimentos dos humanos, pois são tão triviais...

Adão atravessou a rua e se aproximou de Sofia. Ela estava perto de uma loja de roupas, parecia estar escolhendo algo especial para usar. Adão continuou em sua direção, mas algo aconteceu, que até eu me surpreendi. Alguém chegou próximo de Sofia, e não era o Adão. Alguém a abraçou e disse:

— Que lindo seu vestido, meu amor.

— Você gostou? É para irmos ao almoço com sua família hoje à noite.

Não estava entendendo o que estava acontecendo, mas acabei me perdendo tentando juntar os pontos, mas quando me dei por mim, onde estava o Adão? Havia desaparecido e eu nem tinha notado, eu fora enganado, o que me deixou enfurecido.

Deixei aquele dia passar e comecei a pensar no que eu tinha que fazer. Sem dúvida, eu nunca fui enganado antes, mas eu não podia subestimar a inteligência de Adão, aquela rosa negra, sua conversa fiada e até mesmo sua esperteza de acreditar que poderia sumir de mim. Mas no outro dia eu sabia onde encontrá-lo, e realmente eu o encontrei. Na mesma praça de antes, fumando seu cigarro. Não podia vacilar novamente, então, cheguei sorrateiro, mas ele logo percebeu a minha presença.

— Você é persistente – disse Adão, dando uma tragada em seu cigarro.

— Eu apenas quero cumprir meu objetivo.

— Entendo. Fico feliz que eu tenha cumprido o meu – e ele deu uma risada de canto de boca.

Não sabia o porquê eu estava perguntando, mas quando eu vi, as palavras saíram de mim:

— E qual foi o seu?

— Eu consegui te enganar e ganhar cinco dias de vida. – Após falar, ele deu mais uma tragada em seu cigarro e enfiou a mão em sua jaqueta.

Naquele momento, tive que agir rapidamente, coloquei minha mão sobre a dele antes que tirasse alguma coisa, e a outra mão em seu peito. No mesmo momento, a bituca de cigarro caiu de sua boca e ele já estava sem vida, morrendo em meus braços.

Essa história eu nunca irei esquecer. Adão foi a primeira pessoa que me enganou em séculos, logo eu, a Morte. E ele sempre será lembrado por esse feito, mas o que mais me intrigou foi: o que era aquela rosa negra e de onde ele a tinha tirado? Mas esse segredo acabou morrendo junto com Adão, ou, talvez, eu encontrasse outra pessoa que conhecesse a história dessa rosa, mas isso ainda poderia levar mais alguns séculos.

Querida Mamãe

— César Amorim —

Foi uma noite tormentosa. Joel entrava e saía de pesadelos como se enfrentasse conexões sem fim em voos intermináveis. Cada um contava uma história, mas todos tinham algo em comum: sua mãe. Ela estava presente em todos eles, ora como protagonista, ora como uma figurante passando ao fundo, marcando presença como Hitchcock em seus filmes. Imaginou que demoraria a sonhar com ela, mas no mesmo dia em que cremou seu corpo, a imagem quase palpável da sua genitora não lhe fugia da cabeça.

Ele acordou sentindo o peso inconveniente da saudade. Inconveniente porque nunca fora chegado a Suzana, não se viam havia anos, desde que ela abandonara tudo para "viver a vida". Teve que ouvir de sua boca que tinha se arrependido de ter tido filho, aquilo só a puxou para baixo, deixara de pensar em si para pensar em sua cria. Cria que ela nunca fizera questão de ter, mas que foi obrigada a parir e levar até o início da idade adulta por causa da promessa desmedida que fez à avó de

Joel, já cansada de ver a filha bufar pelos cantos e resmungar que aquele filho fora uma maldição na sua vida.

Joel sempre se sentira assim: a maldição da família. Uma família que logo se tornou dois, ele e Suzana, pois sua avó materna não durou muito. Foi encontrada morta, pulsos cortados, sem uma explicação que fosse para seu suicídio. Mas, no fundo, Suzana sabia por que ela fizera aquilo. Havia a frustração, a mesma que agora assolava Suzana, a de ser mãe sem querer, a de parar a vida para viver a de outra pessoa, uma pessoa que dificilmente entenderia o sacrifício. E havia também a vingança. Para Suzana, a mãe se matara para atingi-la, para enchê-la de remorso. Queria que a filha dedicasse ao menos um sentimento a ela. Não surtira efeito, no entanto.

Joel não teve tempo de se despedir da mãe. Não a via desde que completara 18 anos. Ela nunca mais o procurou ou deu notícias. E ele tentou encontrá-la? Também não. Era um acordo tácito: você não me procura e eu esqueço quem você é.

Ao receber a notícia, a dois dias do seu aniversário de 25 anos, Joel se sentiu estranho. Voltaria a ver Suzana, deitada, rosto azulado pelo i'nfarto fulminante e embebida num perfume barato de rosas brancas que a funerária adorava borrifar em seus defuntos. Joel se viu muito irritado, agora sua mãe teria cheiro de rosas, teria como lembrar-se dela, mesmo quando não quisesse. Ele odiou aquilo, quis reclamar, mas calou-se diante do semblante sisudo de uma Suzana bastante inchada. No enterro, só ele. *Triste*, pensou. Mas foi melhor assim, não teria que demonstrar algo que não sentia.

Não sentia mesmo? A quem queria enganar?

Joel estava sofrendo, sim. Sofrendo como sofreu desde o dia em que compreendeu o que era ter uma mãe. Via a relação das outras com seus amiguinhos de escola e fez questão de perguntar a Suzana por que ela não era carinhosa com ele. Suzana desdenhou, para ela carinho era ilusão, a vida não é carinhosa. Se ele aprendesse o que é carinho, iria precisar de carinho como um viciado precisa do seu crack, e o que ele faria no dia que ela não estivesse mais ali? Seria um homem fraco, dependente de um sentimento que se acaba com uma simples cara feia. Não, estava criando seu filho para um mundo cruel, o mundo de verdade, estava fazendo um enorme bem a ele, um dia ele a agradeceria.

Mas o único sentimento que não chegava nem perto de Joel era o agradecimento. Não havia mais o que fazer. Ela se fora. Ele agora era, oficialmente, órfão. Não sobrara nem mesmo um túmulo para ter como referência materna. Suas cinzas seriam espalhadas em algum lugar. Joel sabia que sua mãe tinha pavor da cremação e aquilo foi a sua vingança particular. Agora ela se resumia a um monte de pó humano misturado com a madeira de *quinta* do caixão modesto. E ele sabia exatamente onde fazê-la descansar para sempre.

Chegou em casa e jogou as cinzas no vaso sanitário. Mas, antes de dar descarga, claro, fez uma oração, rezou um Pai-Nosso sarcástico, com um risinho de canto de boca. Sua mãe era ateia e aquela era mais uma forma de ele demonstrar o seu rancor. Rancor que ele se via obrigado a sentir, sua razão o obrigava, mas que seu coração não concordava. Joel era um poço angustiante de contradição.

Foi acordar do seu pesadelo no dia seguinte ao descarte das cinzas de Suzana. Ele percebeu uma presença ao seu lado, um vulto oculto pelas sombras e envolto em uma espécie de mortalha. A cor da vestimenta, rubra, e o cheiro inconfundível de rosas fez os músculos de Joel se retesarem. Ainda estava desacordado, por certo. Ele tornou a fechar os olhos e se virou para o lado. Em pouco tempo, o bafo gélido de um animal abatido e já em estado de putrefação também atingiu em cheio suas narinas. Ele abriu os olhos e deu de cara com ela!

Joel pulou para fora da cama, ficou totalmente desperto e encarava o rosto queimado e deformado de sua mãe a olhá-lo com ar de reprovação. Ele se beliscou, deu tapas na cara, jogou um copo de água que havia na mesinha de cabeceira sobre si, mas a imagem de Suzana permanecia lá.

— Você está muito sozinho, Joel. Vim te fazer companhia.

Joel gritou e abriu a porta do apartamento, fazendo alarde para os vizinhos acordarem. Mas, nada. Só o som de sua voz rasgava o silêncio da noite. No corredor, só o lixo ensacado aos pés da lixeira coletiva. Ele esbarrou no saco plástico e seu pé pisou pesadamente sobre um caco enorme de vidro. Joel quis gritar, mas... não sentiu nada. Olhou para o sangue que, com certeza, estaria escorrendo e... nada, nem uma gota. Ele voltou para o quarto.

A visão continuava lá e, para espanto de Joel, agora havia alguém deitado na sua cama. Suzana permanecia impassível ao lado do leito do filho e, pacientemente, esperava sua volta.

— O que você quer de mim? Me deixe em paz. Eu dei descarga em você!

Foi quando a visão abriu suas asas enormes que preencheram todo o quarto. Sua mãe tinha asas?! Lentamente, a imagem medonha de Suzana foi assumindo a forma de uma linda mulher, esguia, longilínea... seus cabelos esvoaçantes estavam agora cobertos pelo capuz da mortalha rubra. Em uma de suas mãos, uma foice.

A entidade descobriu o corpo que jazia na cama de casal. Joel não acreditava nos seus olhos. Era ele!

Joel chegou perto.

— O que você fez comigo?

A mulher apontou para o banheiro. Joel foi até lá. Caixas e caixas de comprimidos para dormir vazias estavam largadas em cima da bancada da pia. Joel cambaleou, estava se lembrando. A bela figura, então, lhe entregou um papel escrito mal e porcamente por uma caligrafia desordenada. Era a letra de Joel.

Você acha que se livrou de mim, mamãe? Se existir algo depois daqui, estarei ao seu lado mais rápido do que você imagina. Você acabou com a minha vida, agora vou infernizar a sua morte.

— E eu vim para que você cumpra a promessa, Joel – uma voz fria e desagradável saiu da boca delicada da mulher. O tom e o timbre não combinavam com a aparente fragilidade.

O chão do banheiro cedeu e um poço sem fundo se abriu sob os pés de Joel. Uma língua de fogo atingiu todo o corpo do rapaz, formando uma mão gigantesca que o arrastou para o centro da Terra. Pouco antes do buraco fechar, a Morte bateu asas e foi ter com ele nas profundezas. Instantes depois, o banheiro estava de volta, intacto, exatamente como estava na hora em que Joel tirou a própria vida.

ELA

— GABRIEL RACT —

Nenhuma história deveria começar com um desejo escrachado. Era isso o que minha mãe, ávida leitora, não raro dizia ao começar uma obra que não a agradaria completamente. Seria imprudente da minha parte, porém, iniciar este relato sem avisá-los de que eu, sinceramente, não gostaria de tê-la encontrado naquela manhã. Não que tenha ocorrido alguma desavença recente entre nós dois, muito menos que ela tenha me causado algo de que pudesse reclamar. Afinal de contas, eu amava aquela criatura sorridente com a energia de todas as células do meu ser.

Encontrei-a, como das últimas vezes, por obra do acaso. Assim como sua natureza manda, ela estava velando o corpo de uma idosa com uma atenção recheada de doçura, quase maternal aos olhos desatentos. Sentindo que alguém a observava, subitamente procurou pelo encontro do meu deslumbre. Bastou que nossos olhares se cruzassem por instantes para que, com um sorriso, deslizasse em minha direção, arrastando os pés como se eles nunca tocassem realmente o chão.

Cercado por pessoas ignorantes à sua presença, tentei preterir ao máximo sua feição suplicante por atenção. Bastou, contudo, apenas ser atingido por seu característico cheiro de pétalas para perder completamente a razão, e desejá-la como há tempos fazia. Aqueles incapazes de enxergá-la não sentiram nada além de um calafrio percorrendo a espinha em sua presença. Felizmente, ela conhecia o seu papel diante dos mortais, e não se importava nem um pouco em não ser notada. Satisfazia-se em saber que visitaria cada um deles ao menos uma vez na vida.

Sem deixar transparecer minhas intenções, desliguei-me do grupo que seguia, entrando sorrateiramente no quarto em que a garota estava. Com um respeito mórbido que odiava, reservei um olhar profundo à senhora que jazia plácida em seu leito, movendo apenas o peito no compasso mecânico das máquinas que a mantinham viva. Em seguida, voltei minha atenção ao par de pernas que, inquietas, rodeavam todo o meu ser.

— Quanto tempo nós ainda temos? – perguntei.

— Poucos minutos.

— Uma pena. Se eu soubesse que estaria por aqui, teria feito questão de ter vindo antes – comentei, enquanto me aproximava perigosamente do rosto dela, mantendo nossos sorrisos separados por poucos centímetros. — Como sempre, é um enorme prazer revê-la, minha bela dama.

Ela respondeu àquelas palavras com uma graciosa pirueta para trás, seguida por uma dramática e longa reverência. Depois, lançou-se por meio de rodopios por todos os cantos daquele quarto, impregnando o local com o seu cheiro de rosas em decomposição. Não demorou para que, mais uma vez, ela se entediasse com a própria inquietação.

— O prazer em vê-lo é, e sempre será, todo meu. Você sabe bem disso. Devo dizer, inclusive, que fico extremamente feliz por nossos encontros terem se intensificado nas últimas semanas. Considero-os excelentes distrações.

Eu não tinha argumentos para discordar daquelas palavras. Dois meses enfurnado em um hospital foram o suficiente para que a encontrasse mais vezes do que havia conseguido nos últimos quatro anos. Embora existisse um claro encanto em vê-la, já não conseguia esconder o incômodo que sentia quando refletia sobre o significado daqueles encontros. Mesmo que soubesse disso, ela fazia questão de responder às minhas melancólicas observações usando o mesmo sorriso sincero com que encarava o mundo: tudo o que viria a se desenrolar de sua presença estava atrelado à naturalidade que guiava sua existência.

— Devo dizer que não aprecio esse costume humano de prolongar a vida por meio de máquinas. Frustra-me grandemente encontrá-los assim, desacordados – comentou, ao notar que eu não seria o primeiro a retomar a conversa. — Facilita muito a compreensão da partida o fato de não estarem sofrendo, porém, me rouba os poucos instantes que cada vida a mim tem reservado. Sinto-me verdadeiramente alheia àqueles que deveria acolher.

Não existia qualquer traço de maldade naquilo que havia dito, muito menos qualquer ressentimento verdadeiro. Aquilo havia sido, afinal de contas, apenas uma constatação. Como comentado previamente, ela encarava o mundo e suas complexidades com a naturalidade que um dia lhe fora imbuída. Com exceção de sua aparência e vontades, não havia nada de humano na garota.

— Assim que nos despedirmos, escreverei uma carta grosseira aos diaristas deste setor. Pedirei, com certa agressividade, que parem de intubar os pacientes que, certamente, não conseguirão manejar. Assinarei o seu nome ao lado do meu, como peso argumentativo.

— Serei eternamente grata, meu caro. Não acredito, contudo, que pedir a médicos experientes que deixem de realizar o seu trabalho fará bem a um jovem estudante. Especialmente quando ele diz responder em meu nome.

— Certamente não, mas você me conhece: o que eu não faria para lhe ver sorrindo?

Ela não hesitou em me responder com um sorriso sincero. Em um movimento único, jogou todo o peso do corpo sobre os meus braços, obrigando-me a participar de uma valsa que eu seria incapaz de recusar. Embalados pelo ritmo silencioso de músicas que tocavam simultaneamente em nossas cabeças, cruzamos o quarto de ponta a ponta ao menos três vezes, guiados apenas por meu coração acelerado e o som de um incansável respirador mecânico. A cada novo passo, eu apertava-me mais àquela fria e adorável criatura, como se fosse perdê-la por entre os dedos caso contrário.

O sonoro alarme de uma vida chegando ao seu limite, porém, pôs fim ao nosso breve momento de intimidade. Deslizando para além do meu alcance, ela aproximou-se com rapidez da cama onde jazia a mulher moribunda. Após tocar gentilmente no rosto dessa, comentou aquilo que eu tanto temia:

— Está chegando a hora.

Quase como um reflexo involuntário, assenti com a cabeça. Assim como ocorrera das outras vezes, fui abruptamente relembrado da dura realidade que marcava a nossa relação: nossos encontros duravam apenas até um último suspiro, nunca mais do que isso.

— Não sei por quanto tempo ainda vou aguentar isso aqui – comecei, sem sequer ter percebido. — Eu adoraria estar com você para sempre, não apenas vivendo esses pequenos vislumbres de eternidade.

Ela não respondeu de imediato. Por instantes, optou por me encarar com severidade, deixando que o silêncio demonstrasse a sua resposta antes de qualquer palavra ser proferida. Aquela não havia sido a primeira vez que eu comentara algo tão infantil e sincero ao identificar o término de nossos encontros, em uma fútil tentativa de não somente prolongar o inevitável, mas também de reconquistar o direito de escolha que um dia havia perdido.

— Nós temos um acordo quanto a isso – respondeu ela, com uma secura diferente do habitual. — Você não pode partir antes de eu dizer que assim será feito. Tenho certeza de que não se esqueceu disso.

Um amontoado de memórias distorcidas tomou conta da minha mente. Lembranças de uma época na qual eu ainda possuía a falsa ideia de que tinha controle sobre a minha própria existência. Olhando do ponto de vista atual, não havia qualquer traço de felicidade em mim naquele tempo. Mesmo assim, encaro com nostalgia e saudosismo a inocência que transbordava na época.

— Certamente, não me esqueci, como poderia? Apenas não entendo o porquê de você ter feito o que fez. Não consigo acreditar que eu tenha algo de especial, algo que possa lhe interessar a ponto de me obrigar a continuar vivo.

— Você não possui. Você é apenas mais um ser humano estúpido, embebido por ideias fantasiosas sobre a vida e a finitude. Um humano, contudo, que eu me sinto estranhamente confortável em manter por perto. – Reaproximou-se com cautela, segurando firmemente meu rosto com suas mãos gélidas. — E desejo que continue aqui por mais algum tempo. Sofrendo, amando, chorando. Lembrando-se de mim sempre que alguém estiver caminhando ao meu encontro. Remoendo as minhas vindas inesperadas tanto quanto sente angústia com as minhas idas. Desejando-me e odiando-me da forma que bem desejar. Consegue continuar fazendo isso? – perguntou, esbanjando um olhar livre de reticências. — Se não por você, por mim?

Permiti que a minha irritação transparecesse por breves instantes, mas não consegui sustentar aquele sentimento por muito tempo. Quando a razão retornou ao meu corpo, notei que estava sorrindo de forma verdadeira. Aquela resposta insensível e egoísta apenas reafirmava minha posição dentro daquela improvável relação: eu não passava de uma distração, um objeto à mercê de uma criatura que tanto desejava, e que infelizmente passaria vários anos sem conquistar. E eu já não tinha forças para fazer algo que não a obedecer, aguardando ansiosamente por minha liberdade.

Satisfeita com o meu silêncio obediente, ela se afastou lentamente com um meio sorriso vitorioso nos lábios, retornando ao dever que a trouxera para aquele quarto.

— Sinto muito em dizer que já não temos mais tempo juntos. Da próxima vez, certifique-se de aparecer mais cedo. E, por favor, tenha em mãos alguma informação que eu não saiba. Qualquer coisa banal que me faça entender melhor vocês humanos, ou que simplesmente me divirta.

Apenas acenei com a cabeça, enquanto a assistia desaparecer lentamente diante dos meus olhos, encarando-me com a doçura que apenas aqueles alheios ao sofrimento são capazes de demonstrar. Ignorando a fútil tentativa dos monitores de buscarem por ajuda, afastei-me sorrateiramente das imediações do leito da paciente que alcançara a temida paz. Em minha mente, conseguia pensar apenas sobre quando nos encontraríamos novamente. E sobre qual curiosidade presentearia àquela que surgira junto ao universo, e que era familiarizada com a definição do infinito.

Incerteza da Morte

— André Chaves —

Três batidas firmes, mas com a sutileza exigida pelo respeito, foram suficientes para anunciar sua presença.

O barulho seco de atrito de metal pesado sinalizou o destravamento da fechadura; uma forte pancada na maçaneta e o rechinar das dobradiças abriu a porta. A mínima chama da lamparina foi suficiente para identificar o religioso:

— Venerável Pedro – curvou-se em demonstração de reconhecimento. — Agradeço sua generosa autorização para a hospedagem deste forasteiro neste santo mosteiro, especialmente na assustadora época em que vivemos.

— Frei Demétrius, sua fama intelectual o precede, não negaria esse préstimo a um doutor da Igreja, que viaja para tão importante conferência de nossa congregação. Agora sei que possui outra virtude cardinal: humildade. – Em costume, juntou as mãos, manteve distância segura, indicou o caminho do corredor com os olhos: — Siga adiante, suba as escadas; no andar de cima, terceira porta à esquerda, Frei Ambrósio lhe mostrará o aposento que poderá ocupar por esta noite. Determinei que nada lhe falte.

Outra inclinação de cabeça não foi ligeira quanto o fechar da porta. Seguiu as orientações em passos lentos, não por medo de seres metafísicos, mas por receio de tropeçar ou se chocar contra outro irmão ou algum objeto repentino.

Ao abrir a porta do exíguo quarto a ele disponibilizado, o viageiro foi interpelado pelo jovem monge que o aguardava:

— Frei Demétrius, O Sábio, seja bem-vindo. – Após ouvir palavras gentis de agradecimento, teve coragem de expressar: — Sabe que sou um grande admirador de sua obra? Seus comentários acerca das obras de Aristóteles e São Tomás de Aquino acalmam meu coração.

— Fico feliz que minhas reflexões teológicas e filosóficas sejam de grande importância para a sua alma.

O jovem frei disponibilizou os alimentos, fez a cama; olhava para todos os lados enquanto esfregava as mãos.

— O que ainda incomoda o coração do irmão? – perguntou frei Demétrius, percebendo a inquietação do jovem.

— Que bom ter me feito essa pergunta! – desabafou, quase em sussurro. — Ainda não saiu minha carta de recomendação assinada pelo Venerável Pedro, penso que está indeciso sobre a qual universidade serei recomendado. Aguardo com ansiedade o momento em que poderei ler as novas obras, sem a aflição de ocorrer em contravenção. Foram as poucas obras de Aristóteles e São Tomás de Aquino que serviram de luz para a escuridão de meu conhecimento.

— Então, gosta de ler?

— Eu adoro os livros.

— E as Sagradas Escrituras, decerto... – enfatizou o viageiro.

— Sim! Procuro colocar meus pensamentos, palavras e ações no caminho traçado pelos Evangelhos!

— Então, poderia falar-me um pouco mais sobre sua aflição? – o doutor se pôs a ouvir, enquanto fechava a porta.

— Muitas vezes, preciso ler esses livros com certo cuidado. Fui interpelado repetidas vezes sobre minha afinidade por livros pagãos helênicos, traduzidos de versões árabes, que chegaram à Europa por comerciantes que insistem nos negócios com os mouros.

— Aqui em Brisighella existe alguma resistência às novas leituras Escolásticas?

— Não quero ser indelicado, meu senhor, mas desde que o Venerável Pedro se tornou abade, somos orientados a resgatar as obras de Platão e Santo Agostinho... – Um sinal da cruz traduziu o reconhecimento da importância que esses pensadores tinham na preparação de cada alma ingressante ao clero.

— As obras de Platão e Santo Agostinho continuam fundamentais para todos nós! – ponderou o frei Demétrius.

— Certamente, respeitoso frei, mas gostaríamos de ler também as novidades da Teologia e da Filosofia! Veja que decepção à nossa curiosidade, nossa biblioteca ainda não tem sequer um exemplar da Suma Teológica, do admirável São Tomás de Aquino! Ou, pelo que estamos passando por aqui, a possuímos, mas não nos é permitido acesso...

— Sua aflição se restringe à falta de leituras?

— A peste chegou... Venerável Pedro já tem a resposta.

— Como ele a explica? – Após uma hesitação silenciosa, o viageiro o motivou: — Não se encabule, estamos a sós. O rosto com o qual me deparei há pouco mostrou-me que Venerável Pedro deve estar em sono profundo neste momento, e o volume que usa para comigo conversar afirma nossa privacidade.

A coragem veio, o ânimo na voz não:

— Platão imaginou o mundo que percebemos pelos sentidos como uma grande ilusão, passageira e corruptível; o verdadeiro mundo seria transcendental, existente na mesma ambiência das ideias, eternas e imperturbáveis. Santo Agostinho bendisse essas reflexões com os ensinamentos dos Evangelhos. Este mundo onde nossos corpos vivem, criado por Deus, é temporário; o mundo eterno, o lar de nossa alma é transcendente.

— Muito bem. Sua formação demonstra excelência.

— Contudo, grande Sábio, Santo Agostinho sempre pronunciava em seus escritos que nós religiosos somos seus servidores e responsáveis por esclarecer aos camponeses e aos nobres, que Deus Pai, Jesus Cristo e o Espírito Santo sempre foram a luz para o mundo. Seguir nossas orientações é o caminho certo para que essas almas sigam em direção ao Paraíso eterno e celestial. No entanto, os homens são fracos e se deixam seduzir por luxúria, riqueza, conforto, enfim, todas as tentações e prazeres que o corpo humano pode atingir no mundo temporal. E quem nos apresenta tudo isso? Quem os corrompe?

— O Senhor das Trevas: *daemonium*. – Respondeu frei Demétrius.

Outro sinal da cruz, dessa vez como proteção.

— Seduz os pobres camponeses com promessas de fartas colheitas, bons sonhos, filhos saudáveis... Venerável Pedro pensa que alguns desses pecadores encontram-se neste feudo, somente assim se explica a peste. Os inchaços negros na pele seriam a prova definitiva, um sinal claro do castigo divino.

— Algum irmão beneditino morreu em decorrência da peste?

— Não, meu senhor! Isso somente endossa a impressão segundo a qual esse monastério é selado pela verdadeira fé e obediência às regras. Já a aldeia dos camponeses... – concluiu o pensamento com uma fisionomia de lamentação.

— Você acredita nessa versão dos ocorridos? Alguém aqui tem coragem de oferecer uma investigação capaz de procurar uma causa natural para essa enfermidade?

— Pode ser que, como eu, outros irmãos pensem de maneira diversa, mas somente podemos discordar da resposta do Venerável Pedro em nossa mente, por isso quando soube que pernoitaria aqui, me coloquei à disposição para servi-lo. Precisava me desvencilhar desse peso.

— Fico contente com tamanha confiança. Conte-me, algum acontecimento reforça esse imperativo do abade?

— Diante de nós, os camponeses que nos servem com seus trabalhos são como ovelhas obedientes aos seus pastores. No entanto, a peste atingiu alguns deles, os primeiros casos ainda no verão. Imediatamente, um boato incendiou nossa tranquilidade: a própria Morte ceifadora de vidas era vista a perambular em meio aos casebres, visitando os pecadores, condenando suas almas ao inferno.

Um sorriso meigo antecedeu palavras confortantes:

— Não tenho intenção de confrontar a autoridade do Venerável Pedro, mas como seria a explicação para esse fenômeno através da nova leitura?

— Sob meu singelo entendimento, Aristóteles imaginou que todas as coisas observáveis pelos sentidos do homem neste mundo são seres com aparência e essência, e nossa razão é capaz de, a partir de uma análise meticulosa da aparência, chegar à essência desses seres. Quando São Tomás de Aquino vislumbrou esse pensamento com as palavras dos Evangelhos, identificou que tudo o que existe é fruto da vontade de Deus e, se o Santíssimo é o ser completo em Amor, onipresente, onisciente e onipotente no mundo, o não ser, o Maligno, simplesmente não existe! Os pecados derivariam do livre-arbítrio dos homens e do perdão, a obra máxima do Pai para a salvação de todos...

— Então, se a peste e os sinais negros da pele não são castigos divinos... O que poderiam ser?

— Não tenho ideia, mas teríamos que investigar concretamente o que são, observando atentamente a aparência, raciocinando firmemente para se chegar à essência.

— Ou seja, encontrar a causa da peste na própria natureza! – concluiu o viageiro.

— Sim! Mas não temos permissão para fazer quaisquer averiguações dos corpos doentes ou nos cadáveres.

— E quanto à figura da Morte que perambula pela aldeia dos servos?

— Somente pensei em uma pessoa travestida. – Respondeu o jovem.

— Com qual finalidade?

— Causar medo?

— E servir aos propósitos de obediência ao próprio Venerável Pedro.

— Alguém de sua confiança! – concluiu o jovem frei.

Um sorriso de acalanto surgiu no rosto de frei Demétrius, que abraçou o irmão e lhe confidenciou:

— Retomo meu caminho amanhã, logo depois das primeiras refeições; deixo esse adorável mosteiro nas mãos de Deus. Mas lembre-se: você e os irmãos que admiram as novas leituras da Teologia e da Filosofia serão os futuros abades, e poderão oferecer aos futuros religiosos o que lhes foi vetado.

Frei Ambrósio se esqueceu dos protocolos mínimos e devolveu o abraço, desta vez mais caloroso. Ao desvencilhar-se, proclamou:

— Foi uma imensa alegria tê-lo conhecido. Sua generosidade será lembrada por onde eu for, para quem eu encontrar, e vou pedir a Deus que sempre o guie pelo mundo, por onde distribuir seu amor e sua sabedoria como um bom cristão que distribui a semente perfeita aos pobres servos.

Com palavras abafadas e último sinal da cruz na altura do rosto de frei Demétrius, abençoou-o e o deixou na privacidade do recinto.

O experiente pensador despejou a água da jarra em uma bacia; despiu-se, passou o tecido molhado pelo corpo, arrepiado com o frio da noite que avançava. Colocou o camisão branco deixado no encosto da cadeira e sentou-se para se alimentar.

Ainda sentado, concentrou-se para as últimas orações; displicente, sua mente fugiu das palavras santas e ficou a raciocinar sobre a situação, em especial a figura da Morte ceifadora de vidas. Vislumbrou hipóteses. Um nobre jamais empunharia uma foice para qualquer finalidade. Um camponês excluído ou um assaltante não faria incursões frequentes a um feudo, porque logo seria identificado e perseguido por moradores ou, ainda, cavaleiros de domínios adjacentes. Fim de outono, momento decisivo para a colheita, um pobre coitado enfrentaria o frio das últimas horas da madrugada para tentar um pouco mais de suprimentos, já que as regras costumeiras dos feudos definem o início dos trabalhos servis apenas com a aurora. Fosse assim, vestido com túnica negra, capuz e carregando foice longa, poderia ser confundido com a Enviada do Diabo.

A hipótese de um religioso mandado pelo abade era forte, mas cedo ou tarde poderia ser descoberto pelos irmãos ou pelos camponeses, bastaria identificar quem se ausentava com frequência do claustro ou a existência de uma passagem oculta da fortaleza para os campos de cultivo ou para a aldeia. No entanto, não conseguiu encaixar suas conjecturas com os mortos pela peste.

Logo os pensamentos racionais deram vez às imagens ilógicas dos sonhos, dormiu sentado com a cabeça apoiada nas mãos espalmadas sobre a mesinha. Foi despertado por um filete de vento gélido que passava por uma fresta da janela. Através dela pôde perceber o forte brilho pálido vindo do céu. Instintivamente, entreabriu a grossa portinhola para olhar o prado do alto. Observou o céu límpido, carregado de estrelas, a lua cheia, majestosa no azimute. Contemplou emocionado as belezas das criações de Deus.

Foi a visão periférica que percebeu uma silhueta diferente, um ente caminhando livre e sorrateiro pelos campos. A imagem estava distante, mas era inconfundível: um humanoide esquelético com túnica e capuz negros, segurando uma foice das maiores, dirigindo-se para a aldeia dos camponeses. Ali, desapareceu entre as construções.

Olhou para a porta com o súbito reflexo de sair e persegui-la, mas tomou a atenção de sua consciência; foi retido pela pronta ponderação sobre o distúrbio que causaria àquela comunidade. Fitou por mais alguns instantes a paisagem, nada se alterou. Fechou a pesada janela e conferiu que estava trancada. Deitou-se e cobriu o corpo até a cabeça. Da confusão mental causada por aquele vulto até o sono profundo demorou o tempo necessário para que as dúvidas fossem mais agudas que a infalibilidade da razão.

Gradativamente, badaladas finas avisavam que era hora de acordar, orar pela vida em novo dia e logo seguir para o refeitório geral.

De um salto, abriu a janela. Densa bruma cobria o solo, mas foi fácil observar a faixa de fumaça negra que se elevava a partir de algum ponto da vila dos camponeses.

Esfregou água fria no rosto para recuperar a plena consciência da realidade; secou-se com o próprio camisão; vestiu-se e calçou suas sandálias em couro cru. Recolheu seus pertences e saiu, deixando a desordem para quem fosse encarregado de apagá-la.

Observou as trajetórias dos irmãos na vasta construção que lhe era inédita para chegar ao refeitório. Alguém indicou o lugar das visitas, onde aguardou a presença do Venerável Pedro.

Como sempre, o abade chegou pontualmente e observou a disciplina de todos, cabisbaixos. Ergueu as mãos e com uma palma os dispensou do gesto. Conduziu a oração inicial para então falar com todos ali reunidos:

— Neste dia 13 de novembro do ano 1349 de Nosso Senhor Jesus Cristo, louvemos a confiança de frei Demétrius, o Sábio, que nos honrou com seu pernoite e fortaleceu nossa proteção com suas orações. – Imediatamente agradecido com outra inclinação de cabeça. — Mais uma notícia de extrema importância, mas carregada de tristeza, meus irmãos: nossos amados servos Matheo e Giuseppina, assim como seus filhos Enzo e Francesca, foram encontrados mortos nesta manhã, tinham as marcas do pecado. – Murmúrios e cruzes com as mãos foram incontidos. — Assim que os monges encarregados de despertar os outros irmãos seguiram para a torre, viram a Senhora Morte deixar a casa da família. Quando adentraram o casebre, logo viram os corpos com os sinais. Conforme minhas instruções, a casa foi queimada imediatamente. Meu coração sente a mesma angústia que vocês. Formavam uma linda família, que trabalhava sem se queixar, falavam e portavam-se conforme nossas recomendações. Não suspeitávamos que pecavam, embora soubéssemos que deixaram de ser vistos com frequência pelos espaços deste domínio. Foram penalizados pela onisciência divina, basta. Não quero nenhum comentário sobre essas pobres pessoas que, certamente, foram seduzidas pelas tentações do mundo físico oferecidas pelo Ser do Mal; peço que orem por eles pelos próximos dias, a misericórdia da Virgem Maria os salvará da danação.

Outra palma, todos se sentaram e comeram sem reclamar a escassa variedade de alimentos. Silêncio providente para frei Demétrius repassar cada um dos acontecimentos que havia presenciado e conversas que participou. Ponderou sobre a silhueta que vira, certificou-se de que estava em plena consciência na ocasião, embora sonolento, não podendo excluí-la de suas reflexões.

Após as orações finais, ergueu a mão para pedir uma palavra, que foi concedida pelo abade com um movimento suave da mão direita:

— Peço a Deus pela tranquilidade na vida de todos em Brisighella, que possam realizar as tarefas que o Pai lhes determinou pelo nascimento com o maior fervor possível, para que sejam recompensados com o Paraíso no dia de sua chamada. Agradeço ao Venerável Pedro pelo meu pernoite, aos cuidados de frei Ambrósio, cujos preparativos do cômodo onde fiquei me deixaram amparado em tudo. Vou rogar ao Altíssimo que abra o coração de todas as almas viventes nos domínios deste feudo para que não se entreguem às tentações oferecidas pelo Maligno, e que a Sombra da Morte por aqui não retorne. Sinto-me assim aliviado para seguir minha viagem a Roma, convocado que fui para mais uma vez discutir a Questão dos Universais.

Um "amém" uníssono e forte ecoou, fé tão evidente quanto a fisionomia de aprovação de Venerável Pedro.

Pegou seus pertences e seguiu para onde ficavam os animais. O jumento que utilizava para a longa viagem o esperava já alimentado e descansado; agradeceu a um irmão velhinho que esteve ali para isso e o ajudou a subir; o bom homem entregou as rédeas e saiu em silêncio. Encaminhava-se ao portão de saída, quando foi interpelado:

— O que vai levar daqui frei Demétrius? – indagou com atípica voz grave e alta o abade.

Parou o jumento, invertendo a direção de seu focinho para encarar o guardião da fé. Com a delicadeza dos sábios, externou as impressões de sua alma:

— O Mosteiro de Brisighella ficará em minha memória como um baluarte da Santa Igreja, que alimenta o coração dos justos com a coragem e a firmeza de seu abade. – Virou-se e tocou o animal. Antes que o portão fosse fechado por completo, olhou para trás e exclamou: — Cristo é a luz que acaba com a Sombra da Morte!

O abade felicitou-se, externou uma gargalhada nunca ouvida naquela fortificação sagrada; o doutor viajante encontrou-se só, discutindo com seus pensamentos, em dúvida sobre os fenômenos do mundo, se eram explicáveis ou não, possíveis apenas com a permissão de Deus. Até chegar ao seu destino, teria tempo de rever suas convicções.

A lembrança da silhueta da Morte ceifadora de vidas, serviçal do Espírito Ruim, passou a ocupar cada vez mais seus pensamentos; qualquer especulação racional terminava em incerteza.

Em um momento impreciso, enquanto seguia a estreita estrada por entre as árvores cujas copas farfalhavam devido ao vento constante, sentiu um calor incomum. O veneno do medo lhe ocupou as veias. Abandonou as habilidades racionais de sua mente e dedicou-se a orar ininterruptamente, implorando a intercessão da Mãe Altíssima para que não fosse marcado com os signos da peste, condenado pelos seus pecados.

O Velho Relógio Cuco

— Manuel Neto —

— CUCO.

Ainda uma da manhã?

He, He, He!... É bom saber que a simpática faca de cabo amarelo repousa na obscuridade da gaveta do armário, com sua lâmina afiada a roçar os dentes dos garfos amedrontados.

He, He, He!... Nada como fumar um charuto ouvindo um vinil do Rush, afundado nessa poltrona confortável, observando o lento evolar da fumaça sobre minha cabeça. Pena que Elaine não esteja aqui, com seus cabelos louros e sedosos a esconder-lhe o olhar vermelho...

— Abaixe essa droga, menino demente!!

Madrasta *tranqueira*... essa *vaca* consegue enervar-me com seus berros esganiçados. Não entendo como um homem tão reservado como papai pôde envolver-se com uma mulher tão barulhenta.

Lembro-me com minúcias de detalhes do dia fatídico, quatro anos após a morte da mamãe. Meu pai em seu leito de morte, em seus estertores, era amparado por essa *vagabunda* em prantos. Eu não derramava uma única lágrima, o velho havia me ensinado que homem não chora. A cara do meu melhor amigo estava lívida, o ranho fluía-lhe das ventas. Seus lábios proferiram palavras entrecortadas, rogando para que essa *hiena traiçoeira* cuidasse de mim. O cuco de madeira cantava às quatro da tarde, quando ele partiu.

O velório foi concorrido. Pessoas amigas aglomeravam-se ao redor do caixão, enquanto essa *vagaba* gritava como uma cadela no cio. Elaine consolava-me, abraçando-me com infinita doçura. Seus cabelos amarelos caíam em cascatas sobre minha jaqueta desbotada...

— Abaixe essa merda, drogado *vagabundo!!* Essa será a última vez que reduzirei o volume, a faca de cabo amarelo me ajudará a pôr ordem nas coisas...

Essa *tralha* não respeitou a memória do velho. Não esperou sequer o final do período de luto para abrir as pernas para o padeiro careca. Fiquei irado na noite em que descobri o adultério. Marchei diretamente para o cemitério e pulei o muro. Surrupiei algumas velas de uma velha sepultura e as acendi sobre o jazigo de nossa família, narrando aos berros a cena que eu acabara de presenciar. Meu desejo era falar tudo na cara do velho, que certamente arrebentaria a laje negra, soerguendo-se alquebrado, com gigantescos vermes descoloridos a brotarem-lhe das carnes putrefatas..., mas isso não ocorreu. No retrato amarelado, mamãe sorria *baçamente* através do vidro empoeirado. A habitual cara amarrada de papai luzia acima das chamas, emoldurada por filetes de bronze ainda novos e reluzentes... os anos se incumbiriam de proporcionar uma aparência uniforme às fotografias. Um dia as duas estariam amarelas, a espreitar os visitantes através dos vidros empoeirados, emolduradas por filetes de bronze igualmente encardidos e sem brilho. Falei tudo sobre essa *vaca* olhando nos olhos de papai. Falei diminuindo gradativamente o tom de voz, até calar-me. O indene recato de mamãe não merecia ser maculado com iniquidades daquela natureza!

Como papai pôde, após tantos anos de convivência com mamãe, atrelar-se a essa mulher barulhenta e inoportuna? Como essa *jaguatirica* pôde trair a memória do velho com o padeiro da esquina, o maior fofoqueiro do bairro?

— *CUCO!... CUCO!*

Duas da manhã, o tempo não passa... *porra*! Vou pôr um vinil do Rush com o volume na graduação mínima, para que essa *perua* não acorde. Será a última noite em que seus roncos suplantarão a voz de Geddy Lee. Vejamos... qual disco? Sim, *Moving Pictures*. Elaine adora esse disco, principalmente a música *Tom Sawyer*. Agora é acender um charuto e deixar a agulha avançar pelos sulcos, reverberando as viagens sonoras da maior banda da Terra.

He, He, He!... É massa saber que a cativante faca de cabo amarelo reina absoluta nas trevas da gaveta, encurralando as colheres contra as paredes de madeira.

Essa *excomungada* não vai mais falar que Elaine fuma maconha, não vai mais reclamar da fumaça dos meus charutos, não vai mais resmungar ao lavar minhas cuecas e não vai mais chamar de "barulho" as músicas do Rush...

Nos dias em que eu estiver mal-humorado, poderei ouvir *Overkill* no último volume, sem ser incomodado. Poderei levantar halteres no terraço ao som do Metallica e curtir Mercyful Fate nas noites de tempestade. Elaine morará aqui. Seus cabelos sedosos farão parte do meu cotidiano. Seus olhos não mais serão vermelhos, cuidarei de pingar colírio neles para que os vizinhos não suspeitem de nosso modo de vida. Passaremos tardes tranquilas, comendo pizzas e transando ao som do Marillion.

Teremos um *Dobermann* neurótico, que dilacerará a garganta do primeiro intruso que transpuser os portões do jardim.

Arrancarei das paredes esses quadros de flores babacas, substituindo-os por telas de Bosch, Bruegel, Dürer, Ensor e Grassmann. Reformularei a estante de livros, preenchendo todos os espaços com obras de Stocker, Poe, Lovecraft, Huxley, King, Kerouac, Kafka, Maupassant... e farei uma crepitante fogueira com esses *best-sellers* comerciais idiotas. Construirei um pombal de madeira no jardim e cuidarei para que o coxo fique constantemente provido de milho e ração. Nas noites de vento, nossos gemidos de amor insano se mesclarão aos pios das corujas e dos urutaus.

Preciso virar o vinil, o lado B é bom pra *caralho*! Começa com *The Camera Eye*! Neil Peart detona os bumbos e pratos, comandando o virtuosismo musical. Rush é Rush!!

Enquanto rola esse som, vou organizar minha coleção de discos, alinhar todos eles na estante para facilitar a localização de cada um. Vamos lá... *Bonded by Blood* do Exodus: esse *play* é *chapante*, remete o ouvinte aos primórdios do Thrash Metal, com suas bases velozes, guitarras faiscantes e vocais *vomitados*. Chakal: a faixa *Jason Lives* já diz tudo, música pesada e sinistra, vocalizada guturalmente pelo *microbão* Korg. *Limits of Insanity* do Attomica: esse *play* mostra um Attomica perseguindo com afinco as lições de Hetfield & cia, com músicas pesadas e bem elaboradas. *Beneath the Remains*, do grande Sepultura: sem maiores comentários, apenas mais uma grande obra de uma das mais fodidas bandas do mundo. *Born Again* do Black Sabbath: álbum gravado num castelo medieval arruinado, o som é pesado e macabro, vocalizado sinistramente por Ian Gillan... a capa exibe um bebê vermelho, com pequenos chifres e pupilas verticais, uma alusão ao renascimento de Satã...

— *CUCO!... CUCO!... CUCO!*

Bom, deixa essa *discaiada* pra lá, afinal de contas, são 150.

Ah, a sedutora faca de cabo amarelo... eu identifiquei-me com ela desde o dia em que o velho a trouxe da loja. O preço ainda aderia ao cabo plástico e a lâmina fulgia de maneira anômala, quase fosforescente. Os gumes ultracortantes convergiam para a ponta aguçada.

Essa *vagabunda* que ressona no quarto aí ao lado acabou por diminuir a largura da lâmina imponente, após dois anos de afiação diária. A altivez emanada pelo brilho daquela lâmina é inenarrável. É fantástico observar os parvos talheres espremidos nos cantos do escorredor, prudentemente afastados da *malevolente soberana* que, via de regra, repousa folgadamente ao lado de alguma xícara puxa-saco.

— *Ronc... Roonnc... Ronc... Roonnc!*

Essa *penosa* ronca mais alto que uma porca estafada. Come como uma louca e nunca vi alguém cozinhar tão mal! Os bifes que ela fritou ontem no jantar mais pareciam esponjas carnosas ensopadas de gordura.

Ela os cortou com a *malevolente soberana,* após afiá-la nas bordas da pia... espero que os gumes estejam afiados, é imperioso que eles hoje estejam particularmente cortantes!

Essa poltrona macia entorpece-me, mas o sono não vai levar a melhor comigo. É hora de incinerar mais um *charutaço* e rolar mais um Rush... *Permanent Waves.* O lado B é muito massa, contém *Entre Nous, Different Strings* e a inspiradora *Natural Science.*

Putz, realmente, o grande lance é encher os pulmões de fumaça e deixar a imaginação entremear-se com as melodias. Soltar as amarras da consciência, deixando-a alçar-se acima das cúpulas das regras coletivas...

— *Ronc... Roonnc... Ronc... Roonnc...*

Enojei-me várias vezes ao contemplar a mão engordurada dessa roncadora ao empunhar o cabo amarelo. Certa vez, ela, displicentemente, pousou-o sobre uma assadeira quente. Fiquei irado ao sentir o cheiro do plástico queimado... plástico da cor dos cabelos de Elaine...

Nunca permiti que aquela lâmina ficasse suja, não gostava de vê-la besuntada de molhos e sangue de bife. Eu gostava de cortar pizzas com ela, seccionando lentamente as rodelas de tomate em pânico. Cortar mamão para as vitaminas também era *massa,* a lâmina deslizava do lado interno da casca, desnudando a fruta pudenda, em seguida, raspando-lhe as sementinhas negras... era algo como despir uma mulher em público e raspar-lhe os pelos púbicos.

— *CUCO!... CUCO!... CUCO!... CUCO!*

Aquela lâmina parece mover-se por si. Com ela é gratificante cortar cebolas, alhos, queijos, abacates... enfim, tudo.

Bem, é melhor não me perder em reminiscências, ou não terei experimentado antes do alvorecer a única emoção ainda não sentida com a faca de cabo amarelo... empunhá-la e afundá-la de ponta em quem um dia a queimou.

Putz, Natural Science... vou me levantar! Esse corredor comprido não vai dissuadir-me de meu intento. Espero que a *jiboia* não acorde com meus passos. Este armário está caindo aos pedaços, meus pais o ganharam no casamento. *Merda*! A gaveta está empenada, preciso abri-la vagarosamente para que não produza ruído... pronto! Vamos lá, menina, deixe aí esses pobres talheres acovardados. É uma honra empunhar você.

Agora é agir rapidamente, antes que se finde o hino de minha vingança... *Natural Science*!

He, He, He... A porta do quarto não vai ranger, ontem à tarde deitei óleo em suas dobradiças. *Massa*! Os gonzos estão mais silenciosos que as asas de um curiango.

— *Ronc... Roonnc... Ronc... Roonnc...*

Essa *suína* se torna ainda mais asquerosa, banhada pela luz da porta aberta. Como ela pode dormir folgadamente sobre o colchão em que fui feito? Como ela pode babar sobre o travesseiro que pertenceu à minha mãe? Como meu pai pôde apaixonar-se por essa *balofa* de coxas elefantinas? Vou escarrapachar-me sobre ela e tapar-lhe a boca... agora!

— Acorde, ouça Rush pela última vez...

— Huuum... humm... huuummm...

— Não adianta, você não conseguirá gritar. Ouça... ouça como é bela essa canção!

— Huuum... humm... huuuuummmm...

— É uma pena termos vizinhos tão próximos. Se morássemos num lugar ermo, eu lhe pouparia da ânsia de não poder gritar. Seria extasiante ouvir seus últimos *balidos* mesclarem-se com *Natural Science*.

— Huumm... huuuuummm... huuunn...

— Essa linda faca está magoada com você... você a queimou, lembra-se?

— Huuuuummmm... huuuuummmmm...

— Por que suas sobrancelhas estão tão erguidas? Qual a razão de tanto suor?

— Hum... huuuummmm... huuumm...

— Meu coração é enorme, detesto ver pessoas em pânico, tome! Tome! Tome! Tome!

— *CUCO! CUCO! CUCO! CUCO! CUCO!*

Putz, eu não imaginava que a barriga dessa *vaca* fosse tão dura! Vou sair deste quarto e trancar a porta, detesto ver sangue. Essa *vagabunda* acabou se livrando da fumaça dos meus charutos, da minha namorada "drogada" e dos meus discos no último volume..., mas não encontrará paz do outro lado, pois a grande banda formada por Bon Scott, Cliff Burton, Randy Rhoads e John Bonham não dará descanso aos seus ouvidos.

Vamos lá, menina! Vou encharcar a esponja de detergente e dar-te um bom banho. O sangue da *vagabunda* não pode secar sobre seu aço brilhante. *Porra*, o ralo da pia está sedento, mais parece um vampiro ao engolir a água sanguinolenta, ansiosamente.

Isso, garota! Agora sinta o conforto do pano de prato limpinho a livrar-lhe das gotículas frias e aflitivas. Pronto! Agora pode repousar tranquilamente na escuridão da gaveta.

— *CUCO!*

Essa última meia hora passou como um raio. O lance agora é folgar ao som do álbum *Presto* do Rush. É relaxante imaginar o pavor que a escumadeira sente agora no escuro da gaveta. Melhor ainda é ouvir a canção *Anagram* ao despontar do Sol. O padeiro careca virá fazer a entrega às seis... e quando ele chegar, estará rolando *Red Tides*, o hino de minha vingança. A faca de cabo amarelo me ajudará a pôr ordem nas coisas...

PRENDA DE ADIVINHAR

— Célio Marques —

Era noite de 24 de junho, dia consagrado a São João, um santo católico que previu o nascimento de Jesus Cristo. João Batista acabou perdendo a cabeça, mas isso não deixava sua biografia mais ou menos interessante.

Artemius tinha uma predileção dentro da miríade de santos católicos romanos. Próximo da casa desse jovem existia um lugar onde pessoas adoravam livremente entidades do panteão Iorubá, e lá São Jorge recebia outro nome, Ogum. O dia consagrado a São Jorge era 23 de abril, mas as festas juninas, com seus fogos e colorido, sempre homenageavam a imagem do guerreiro. Para lá foi um grupo de garotas aprender a fazer adivinhações e desvendar segredos de amor. O rapaz achava engraçado esse desejo impossível em saber do futuro.

O que ele não soube foi que nem todas foram até a babalorixá Mãe Lindalva pegar apetrechos e aprender ensinamentos para os sortilégios de amor. Uma delas queria mergulhar mais profundamente nos desígnios do destino, pois estava consumida de inveja por conta do futuro casamento de uma prima, que tinha aberto uma ferida latejante no seu coração.

Ela foi se consultar dias antes da noite de São João com um sujeito estranho que morava sozinho numa choupana decrépita. O nome desse sujeito de modos esquisitos era Olímpio. Na cabana dele, em várias prateleiras penduradas nas paredes, ficava exposta uma miríade de figuras exóticas, de mitologias primitivas, cultos ancestrais, religiões esquecidas e *númens* tradicionais de folclores longínquos. Ele desaparecia por temporadas e não havia morador que ousasse ir àquela cabana surrupiar o que achasse valioso ou bisbilhotar a vida reservada do estranho homem. O que Olímpio exigiu como pagamento ficou em segredo, mas a garota saiu de lá com um papel velho e amarelo enrolado com um barbante, e com as recomendações do recluso sobre seu uso.

Naquela noite de 24 de junho, Artemius assistiu às meninas e moças das redondezas fazendo as suas adivinhações. Festas juninas para o rapaz eram as bandeiras matizadas, os fogos de pólvora e o estrondo das explosões, um grande balão colorido que alçou voo uma semana antes, as comidas e as danças. As danças atraíam os olhares de Artemius por causa da beleza do bailado, da policromia das roupas e, acima de tudo, a beleza das mulheres. Artemius gostava de vê-las bailar em rodopios e requebros. E se divertia observando as mais interessadas na sorte futura fazendo as prendas de adivinhar, tentando vislumbrar com antecipação mágica seu futuro no amor e quem seriam os pretendentes que logo surgiriam nas suas vidas.

Uma das imagens que Artemius se lembrava era a de Eliana com um vestido florido e os cabelos presos em um rabo de cavalo, sorrindo e correndo com sua faca e a garrafa de água, procurando o altar adequado para suas adivinhações amorosas. Até o cheiro do perfume de Eliana sua memória olfativa reproduzia. Um cheiro de lavanda, misturado ao suor, e certamente os hormônios. Artemius tinha sentido o cheiro dela quando, em um momento, Eliana se sentou ao lado, cansada de procurar o altar de suas adivinhações, com a carinha triste. Artemius viu os cabelos da nuca de Eliana molhados, e o suor formando filetes nas costas, que escorriam para dentro do vestido.

— Procura lá em casa, no sítio – Artemius disse para Eliana.

— O que você disse? – perguntou Eliana, virando a cabeça e balançando o rabo de cavalo formado pelos cabelos claros.

— Vovó plantou bananeiras e ninguém as tocou, se você for lá, será a primeira.

Eliana riu para Artemius e correu para conhecer o seu futuro amor, e o rapaz sorriu de volta, sem se preocupar com as surpresas do destino e sem pensar no amor. Adivinhações existiam aos montes, e dependendo do local de nascimento das famílias e seus ancestrais, poderiam ser inúmeras. Por exemplo, introduzir uma faca que não tenha ainda sido usada no tronco de uma bananeira. No dia seguinte, aparecerá a letra inicial do futuro marido ou esposa, mas era óbvio, imaginava Artemius, que esse estratagema não funcionaria bem para os analfabetos. Colocar duas agulhas numa bacia com água: se elas se juntarem é uma indicação que haverá casamento, uma adivinhação com efetivo grau de realização, "excetuando-se os efeitos causados pelo magnetismo", disse uma vez a professora de Ciências da escola onde Artemius estudava. Ele riu quando rememorou as palavras. Passar um ramo de manjericão pela fogueira e atirá-lo no telhado: se no dia seguinte, ao levantar-se, a planta ainda estiver verde, o casamento será com um jovem, se estiver murcha, com um velho. Uma tia de Artemius tinha fraudado a adivinhação, pois a planta viçosa que ela orgulhosamente mostrava para as amigas, na verdade, estava murcha quando ela a recuperou. Pode ser coincidência, mas a tia casou-se com um senhor bem idoso, que morreu pouco depois do casamento. Mistérios. E existiam outras.

Colocar sob o travesseiro uma flor bem viçosa: se na manhã seguinte ela ainda estivesse bonita, você se casaria em breve, se não... ficaria para tia velha. Esta é uma das mais temidas: fazer uma prece no quarto, pedindo a Santo Antônio um noivo e depois olhar pela janela. Se a primeira pessoa que passasse fosse jovem, o noivo iria aparecer logo, do contrário, se fosse velho, demoraria a se casar. No entanto, apesar das evidentes fraudes cometidas pelas moças e meninas curiosas, existiam algumas penalidades severas para as que cometiam essas faltas, e as mais horrendas consistiam em ver o que ninguém deseja, a morte. Os mais velhos contavam casos estranhos, e Artemius ficava se perguntando até que ponto as narrativas correspondiam à verdade.

A noite foi avançando e Artemius se esqueceu das adivinhações. Sua memória teimava em lembrar do sussurro para Eliana sobre o local da bananeira da avó, o cheiro dela era algo que vagava na sua mente como a sombra de um pássaro desconhecido. Eliana, enfim, surgiu toda faceira e satisfeita com suas mágicas pueris, mas estava acompanhada e, com isso, a sombra que o incomodava se desfez e ele buscou a mãe e o pai para comer alguma das iguarias da época. Artemius tinha predileção por um bolo feito com farinha de tapioca, derivada da mandioca. "Bolo podre".

O rapaz amava aquele bolo, plástico e grudento. Ele comia uma porção de bolo podre junto com a sua irmã Suani, quando viu uma das moças mais bonitas do ramal, filha de um homem que morava em um sítio e que produzia perus para as festas natalinas em Manaus. O nome dela era Leila, tinha olhos graúdos e verdes e cabelos lisos. Leila ajudava nas aulas da escola, e os alunos eram apaixonados pela professora assistente. Artemius ficava com as mãos suadas quando Leila se aproximava.

Ela vinha amparada por duas amigas. Chorava e balançava a cabeça.

A mãe do rapaz levantou-se e foi acudir Leila. A avó de Artemius, Áurea, também prestou ajuda. Chegou o pai de Leila, agitado e nervoso, falando alto e demonstrando um descontrole avesso à situação. Talvez, pensando que o caso tratasse de outra coisa. Artemius não ligou para nada daquilo. Horas depois, acompanhou uma estranha conversa deitada em sua cama. Foram palavras que apresentaram uma estranha sensação de perigo.

— A senhora ouviu o que as amigas da Leila contaram? – perguntou Lídice.

— Ouvi minha filha, e agora temo pela garota, e por essas desmioladas.

— Parece uma paranoia, conversa de louco.

— Pode ser, e se Miréia fosse viva, perguntaria para ela alguma oração para combater essa sombra que cerca a pobre Leila – falou Áurea.

— Dona Miréia sabia muitas dessas orações, mãe?

— As que ajudam a curar ou a proteger, nada para machucar, e nem fazer o mal.

— Mas mãe, fala sério, aquelas coisas lá que disseram não podem mesmo fazer algum mal? Talvez um crime? Alguém disse vilipêndio.

— Desrespeito. É o que significa vilipêndio.

— Ela foi capaz daquilo?

— Lídice, existem regras para tudo, nesta vida e em outras, se você acredita. Leila ultrapassou os limites permitidos, sabia que não podia ir, mas foi assim mesmo. Enterrar uma garrafa no cemitério cheia de água benta, depois desenterrá-la para fazer adivinhações? Sacrilégio. E aquelas palavras que estavam escritas no papel? Palavras podem ter um poder terrível, se forem ditas no momento certo e no local certo.

— E a garrafa com os ovos dentro?

— Vi e tratei logo de quebrá-la, assim como queimei o papel com as palavras que Leila disse ter falado. Se falou, temo por ela.

Lídice usou as mãos para fazer sinais.

— Pobre da Leila – disse Lídice.

— Quebrei a garrafa e queimei aquele papel velho, na verdade um pergaminho antigo que foi feito por quem cultua a morte. Basta que a pobre Leila tenha feito essa besteira, porém, outras poderiam ser tentadas, mas delas cuido depois. Por causa disso, na próxima terça-feira começo uma novena. É o que podemos fazer para combater o que Leila chamou, mas temo que ela tenha ido longe demais.

— A senhora quer contar o que descobriu?

— Quero, filha. Quem sabe sirva para tirar dos meus ombros o peso deste segredo. Leila queria saber sobre seu futuro, seguiu para isso um caminho proibido e sabe-se lá quem o forneceu. Disseram que foi na cabana de Olímpio que ela descobriu o que buscava, mas, se foi o velho Olímpio que deu a ela o pergaminho, alguém contou sobre os poderes que possuía e elas não sabem nada sobre isso. Li as palavras no pergaminho que carregava o cheiro dos cemitérios, e são poderosas, cheias de ódio e medo. Ela não sabia o que fazia, pois estava cega de inveja, as amigas contaram que uma prima da cidade tinha anunciado casamento enquanto ela ficava para trás. Disseram que ela foi para uma das encruzilhadas no ramal e, à meia-noite, fez seu pacto, mas o acordo que ela fez foi com a morte.

— Coitada da Leila.

— Naquela noite, ela pegou a garrafa e os ovos da galinha que tinha levado com ela para a encruzilhada. Ovos consagrados ao proibido. Contaram que ela alimentou a galinha com carne humana.

— Meu Deus!

— Leila violou um cemitério e desenterrou uma criancinha que tinha morrido em uma das comunidades afastadas e usou esses despojos para o ritual.

— E onde ela guardou o corpo?

— Elas não souberam dizer, Leila acreditava estar rezando, não era uma prece escrita no pergaminho, mas, sim uma exaltação ao Mal e aos espíritos mais mundanos que um ser humano pode conhecer sem enlouquecer. Ela deve ter feito outras coisas, mas essas ficarão por conta de sua consciência punir, se sobreviver. Pegou a garrafa com a água benta furtada da igreja e despejou os ovos dentro. E quando as imagens começaram a se formar, a pobre Leila não enxergou o que desejava. Nada de igreja e altar para seu futuro casamento, nem a casa onde moraria. O que ela viu foi um túmulo decrépito, um carro e uma caveira sorridente, pois esse é o rosto de seu futuro noivo.

— Credo! – exclamou Lídice.

— Leila fez um pacto sinistro, tentei falar com ela, mas perdi meu tempo. O pai é um sujeito ignorante, que acredita no dinheiro para solucionar todos os problemas. Não podemos ser tão materialistas, o risco de perder nossa essência é muito grande. Agora vou rezar para que a Leila se livre do que fez.

— E se isso tudo for uma ilusão?

— Queria, de coração, que tudo não passasse de sonho ou pesadelo, mas sei que não é assim. Poderia protegê-la, mas Leila teria de contar tudo o que fez, e acho que ela não contaria.

Artemius ouviu a história e no outro dia encontrou com Marcelo e Átila, dois amigos que moravam no ramal. Marcelo parecia ser um sujeito do bem, mas com Átila não mantinha vínculo de amizade. Contou sobre a conversa da avó com a mãe. Átila falou que sabia onde era a encruzilhada que Leila teria usado para selar seu pacto e contou onde ficava, o trio tinha concordado em ir ao local, mas depois declinaram, cada um com um motivo diferente.

Semanas depois desse incidente, o período de aulas reiniciou. Artemius estava feliz, pois veria a professora assistente de olhos verdes, mas quando passou em frente à casa sede do sítio onde Leila morava, reparou que tudo estava silencioso. Na quarta-feira, dia 3 de agosto, Artemius viu do pátio da escola, por volta das nove e meia da manhã, o carro da família de Leila sair do ramal em direção à estrada BR 174. Ele sempre se lembraria desse dia, relacionando o que viu com todos os fatos do acontecido, cada detalhe e a ordem dos acontecimentos. A cor das nuvens, a hora do dia, o vento, o comportamento das pessoas, as vozes, os cheiros e os sabores. Tudo que guardou na memória ele passou a relacionar com a morte, e quando dois ou mais elementos se repetiam, ficava alerta por conta de sua percepção acentuada. Ele não se deixaria enganar outra vez. Quando passava um filme na televisão que tratava do tema, Artemius assistia convicto de que, sim, era possível antever os augúrios e, antevendo-os, talvez pudesse escapar do destino.

Naquele dia voltou para casa solitário, pois a irmã não fora para a escola por conta de uma gripe sazonal. Andava descuidado pelo caminho quando viu uma movimentação estranha de pessoas e carros saindo da casa de Leila. Ele reconheceu a irmã de Leila e o marido no carro que passou por ele em alta velocidade. Artemius continuou andando e, antes de chegar ao sítio onde morava, notou que em algumas das propriedades vizinhas os moradores se amontoavam nas entradas, como que aguardando alguma notícia. A tarde já estava no seu termo quando o rapaz chegou ao sítio da família. Sua avó Áurea e sua mãe Lídice aguardavam também as notícias do acontecimento, que ele não sabia qual seria. Então, parou e falou com as duas, após pedir a bênção de ambas.

— O que aconteceu? – perguntou Artemius, brincando com o cachorro da casa. Pipo latia e pulava no rapazola.

— Você não soube, filho? – questionou a mãe de Artemius.

— Não.

— Aconteceu um acidente na estrada. Bateram em uma caçamba que transportava pedras de uma pedreira e morreram todos. Leila, o pai e uma tia – respondeu Lídice. — O pai perdeu a cabeça, e foi a custo que encontraram.

Artemius notou a troca de olhares entre as duas mulheres. Ele nada falou, apenas aguardou um pouco e depois entrou na casa. Na hora do jantar, a mãe e a avó continuaram a conversa.

— Foi do jeito que vi na garrafa. Até o carro esculpido na gema dentro da garrafa – falou Áurea.

— É o pacto?

— Tomara que sim.

— E o que a gente pode fazer para ajudar?

— O que podemos fazer? O jeito é rezar por ela e todos os outros. Há coisas contra as quais não temos forças. Cada um de nós escolhe seu caminho e se deita na cama que arruma. O pai dela não acreditou quando fui procurá-lo, nem as tias deram atenção, agora estão juntos no cemitério.

Artemius não esqueceu o acontecido, e dormiu olhando para a escuridão pela tela da janela.

Foi numa tarde que o rapaz foi sozinho até essa encruzilhada. Apesar de ser cedo do dia, da hora em que chegou até quando decidiu ir embora, pareciam que olhos o observavam. Sentiu calafrios, mesmo com o calor ambiente e bisbilhotou procurando um *souvenir* para exibir provando sua coragem.

Em um momento ouviu o som de asas e o odor indefinível de velas queimando encheu o ar. Olhou para os lados, mas não enxergou nada por entre as árvores da floresta. Caminhou se afastando da encruzilhada e, por um momento, se virou para observar o local, como se obedecesse a uma ordem imperativa.

Viu um trio bem no meio da encruzilhada. Um homem adulto e duas mulheres. Pensou em correr, quando a vontade imperiosa mandou que voltasse para a encruzilhada. Deu um passo retrocedendo no caminho. Parou, com o suor escorrendo pelo corpo, como se tivesse dado uma longa corrida, o coração disparado e as mãos tremendo. O homem não tinha cabeça e as duas mulheres eram Leila e a tia. Leila segurava a cabeça do pai. O pai, Leila e a tia estavam vestidos como no dia do enterro. Ele os reconheceria em qualquer lugar, pois vira uma fotografia do velório que algum morador do ramal possuía.

O rapaz fechou os olhos e não os abriria para ver o tenebroso trio outra vez. Estava paralisado, incapaz de fugir e caiu de joelhos. Apesar do calor, começou a sentir um frio intenso e, para seu desespero, já podia ouvir passos se aproximando. Os pés se arrastando na terra, a cada momento mais próximos dele. Ele não conseguia correr ou se mexer.

A sensação de proximidade causada pelos mortos era iminente. Sem poder conter o medo e o desespero, Artemius abriu os olhos, mas sua visão mirava o chão poeirento do ramal. O som dos passos era audível e as sombras daquelas coisas estavam alcançando Artemius, quando viu os pés de Leila, com os sapatos que ouvira uma das amigas comentar tinham sido seus calçados no dia do enterro. Notou o vestido que sua mãe dissera ser a mortalha de Leila. Uma mão envolta em rendas se aproximou, as unhas negras com os dedos brancos, com arranhões escuros. A mão tocou seu ombro e era fria como gelo.

Um mau cheiro tomava conta do ambiente, era ácido e impregnado de horror. Podridão. Artemius não ousava levantar os olhos, mas a mão gelada foi até seu rosto e segurou o queixo do rapaz.

— Olhe para mim.

A voz da professora Leila.

A mão morta forçava seu queixo e ele sabia que se olhasse seria seu fim, por isso lutava, mas estava sendo vencido pelo medo. Um vento súbito fez a poeira do chão se levantar e ele ouviu o som de asas, era como se a luz tivesse desaparecido. De súbito, a claridade retornou e ele olhou para o céu. Não viu nada, mas em um átimo de tempo, percebeu uma sombra enorme que se projetava para o alto. Parecia um pássaro, mas podia ser também uma figura coberta com uma espécie de capa negra que esvoaçava, carregando algo nos braços, talvez uma mulher cujo vestido esvoaçava. Um carro passou em alta velocidade e buzinou para Artemius. O carro desapareceu em uma nuvem de poeira, e no céu, nada havia para ser visto. O rapaz se ergueu e fugiu.

Artemius passou a evitar a encruzilhada e não deixou mais Eliana fazer prendas de adivinhação.

Boa Sorte, Boa Morte

— Gilmar Rodrigues —

E a noite vem, sorrateiramente vindo mais rápida... gotas de chuva molham a minha vidraça, neste quarto, de um prédio esquecido no tempo, da cidade suja com suas mortalhas de almas vivas-mortas.

Na cozinha, de volta, requento o café.

Pego um *Rivotril* e enfio na garganta.

Leve sono. Não há barulho na rua.

Recosto no sofá imundo da sala, e as imagens do dia vão passando em minha cabeça oca.

E lá vou eu. Horas mal dormidas. Zunidos entorpecidos.

Acordo e me vejo perto da janela.

Do outro lado, um prédio com poucos moradores. Abandonado com seus grafites indecifráveis.

Mendigos e travestis habitam o Babilônia.

Uns entram, outros saem, alguns desaparecem.

Uma ligeira sensação de estar sendo observado toma o meu espaço.

Olhos embaraçados, percorro todas as janelas do primeiro, do segundo, do terceiro, do quarto andar e nada vejo.

Num relance de olhar, vejo um vulto com a mão grudada no vidro da janela.

Será um aceno, um pedido de socorro ou uma alucinação?

Olho atentamente e não vejo mais nada.

De volta ao sofá.

Pela manhã, entorno um café frio e saio.

Nas ruas já perambulam algumas pessoas.

Um dos moradores do prédio em frente remexe nas sacolas de lixo. Eu me aproximo e pergunto vagarosamente dos moradores e, em específico, do quarto andar. Seu olhar atravessado, como num espanto, diz que no quarto andar não mora ninguém.

Saio atordoado pelo bafo alcoólico e caminho até o trabalho. Horas passando e na cabeça a imagem: mão no vidro da janela.

Hora de ir embora. Bato o ponto. Metrô lotado, suores em vapor.

Caminho até o meu prédio. Já chegando, me arrisco a olhar a janela do quarto andar.

E vejo, com meus olhos estatelados a mão na janela, movimentando com um aceno de chamada.

Não sei quanto tempo fiquei ali, parado, sem me mexer. As pessoas já não estão na rua.

Num impulso, pulei dentro do prédio. Inebriado pela curiosidade mortal, me vi subindo as escadas, uma por uma, uma por uma, uma por uma até o quarto andar.

Cheiro fétido de fezes, ratos passeando entre sacolas e eu ali.

Sensação de frio, boca seca, calor e suor nas mãos, assim era eu.

Contei mentalmente as janelas. Fui olhando, caminhando até a porta, que seria a da mão.

Eu me aproximei, lentamente, com o coração pulsando a mil e *CRASH!* A porta se abriu.

Num instante, ainda anestesiado pelo medo, entrei no quarto.

Coração acelerado, meus pés estavam grudados ao chão.

Mais um passo, mais um...

Um vulto me surpreende e, no breu da escuridão, uma voz aveludada em eco, me falou:

— Você demorou!

Em choque, nem consegui falar... balbuciei uma frase sem sentido, sem nexo, e segurei naquela mão.

A porta se fechou.

Até hoje, comentam sobre o sumiço de moradores e transeuntes daquela rua.

O Sorriso de Lara

— Cátia Porto —

O caminho terminava bem ao pé de um conjunto de pedras grandes e altas. Gui olhou em volta. Ninguém. A penumbra lhe dava medo. Não sabia se era o início da noite ou o fim da madrugada. *Mas o que é isso? Nevoeiro? Fumaça?* Sentia-se estranhamente confuso, perdido. Talvez ainda sob o efeito do álcool, um companheiro constante nos últimos tempos. *Teria cochilado? Sonhado?* Não se recordava de quase nada daquele que, dentre todos os piores dias da sua vida, parecia ser o mais difícil. Tinha apenas uma única certeza: Lara estava por perto. Ele a havia seguido até ali. Estavam a pé, indo pelo atalho íngreme e acidentado que rasgava a mata. O lugar, no entanto, não lhe era desconhecido...

Lembrou-se: um dia, há muitos anos, ele e ela eram crianças ainda e estavam com suas famílias. Viram-se pela primeira vez, brincaram nas águas do rio. *Fazia tanto tempo! Quanto? Quinze? Vinte anos?* Não sabia ao certo, mas guardava consigo a lembrança daquele sorriso especial, de lábios e olhos. Sorte foi reencontrá-la mais tarde na vida adulta! E muito, muito mais sorte ainda, foi conquistar o seu coração...

Estou perto agora, Gui pressentiu. Embora não conhecesse o atalho, ouvia o barulho da cachoeira. A água caía com força no poço largo e cristalino e escorria pelo leito de pedras lisas. Os sons, os cheiros, a vegetação, tudo lhe era deliciosamente familiar. *Mas, onde, afinal, ela estava?* Ele olhava em volta, sem ver. *É noite? É dia?*

Gui sentou-se junto às pedras. Sem forças e ofegante. Os músculos doloridos, uma ardência no peito. *Que dor é essa?* Fechou os olhos por alguns instantes. Havia subido rápido, atrás da Lara. Ela ia na frente, linda, correndo pelo caminho íngreme e acidentado. Sempre foi dinâmica, gostava de movimento e de esportes. Corria maratonas. Um corpo lindo. Talvez, por isso, Gui achava que todos os homens olhavam para ela, cobiçando, imaginando coisas, fantasiando...

Quando Lara se formou em Educação Física, Gui esperava que ela trabalhasse apenas com crianças. Ficou possesso com o emprego na academia. *E daí que a maioria dos alunos matriculados era de mulheres?!* Imaginava a companheira rindo e flertando com outros homens. E, só de imaginar, o sangue fervia. Rasgava as roupas que considerava provocantes. Fazia cenas de ciúmes. Espreitava a mulher no trabalho, na rua. Vigiava as redes sociais dela. Era uma sombra. *Por que ela tá sempre alegre?* Nesses momentos, ruminava ódios, fazia planos absurdos: torturá-la, mantê-la trancada em casa. Quebrar-lhe os dentes, estragar o seu sorriso.

Lara nem sentia o esforço da subida. Olhava para trás algumas vezes, sem nada dizer. Sequer um sorriso. Estava triste, ele sabia. Conhecia bem a sua expressão plácida quando entristecia. Ela caminhou até as pedras e, depois, sumiu, como por encanto. *Teria escalado e chegado ao outro lado? Provavelmente. Ela gostava disso, ficava excitada com a aventura.* Ele mal conseguia disfarçar o ressentimento por causa da coragem que a mulher possuía, e ele não. Ressentia-se também por não ter o mesmo vigor. E a suavidade. Quase sempre, Gui estava mal-humorado, zangado, enciumado. *Academia lá é trabalho de mulher direita?!*, resmungava para si mesmo. E quando a via sorrir, então? Imaginava que o motivo da alegria seria algum amante. Logo arranjava qualquer motivo para uma discussão. Brigavam. Ela deixava de sorrir, amuada. Ele se acalmava. *Agora vai passar tempo pensando em mim!*

— Lara! – gritou, várias vezes, sem resposta. — Cadê você? Cadê?

Fechou os olhos. *Como foi que eu cheguei até aqui?* Lembrava-se de pouca coisa: voltava para casa depois de um dia mal trabalhado. Tinha saído mais cedo, passado no bar. Não estava se sentindo muito bem. Remoía pensamentos venenosos. *O que aconteceu depois? O quê?*

— Lara! – insistiu, entre lágrimas. — Eu preciso de você agora!

Gritou seu nome muitas e muitas vezes, mas ela não respondeu. Então, sentiu raiva da mulher. *Por que me faz sofrer desse jeito? Por que foge de mim?* Esconder-se, mesmo de brincadeira, vendo-o exausto e quase sem ar, era coisa de mau gosto, atitude infantil. *Logo ela agindo assim!* Imaginou-a rindo dele, zombando da sua fraqueza. A raiva crescia, na mesma medida da vontade de encontrá-la. Começou a pensar que, se pudesse tocá-la naquele exato momento, não saberia mais se usaria as mãos para abraçá-la ou para apertar o seu pescoço. *Depois diz que não gosta de apanhar!* Suspirou. Ultimamente, amor e ódio eram companheiros de jornada numa batalha diária. Uma rotina de violência. *Culpa dela!*

— Desgraçada! Se não aparecer logo, vai ser pior pra você! – ameaçou, aos gritos, com a voz já rouca. — Tá me ouvindo? Eu vou quebrar a sua cara! Desgraçada...

Respirou fundo, fechou os olhos, tentou se acalmar. Algo dentro dele havia explodido, ele sentia, e agora que a adrenalina baixava, vinha-lhe uma exaustão gigantesca. Todos os seus músculos estavam doloridos, a cabeça meio oca e a fraqueza... as pernas bambas, as mãos trêmulas. Tinha vontade de dormir por ali mesmo. Cerrou as pálpebras...

— Aqui!

Ele estremeceu. *A voz dela!* Tinha certeza. Jamais confundiria aquela voz. *Ela estava ali perto.* Precisava encontrá-la. *Mas, onde? E por que está se escondendo?*

— Desculpa, Lara... você sabe que eu fico nervoso sem você – tentou justificar-se.

Havia o zumbido insistente dos insetos ao seu redor, o estardalhaço de pássaros e micos reagindo à sua presença. A brisa agitando as folhas. Mas qualquer som era abafado pelo barulho da água correndo vigorosamente em algum lugar do outro lado das pedras.

— Lara, me perdoa – murmurou. — Você me perdoa?

De repente, começou a se lembrar. Tinham brigado. Sempre brigavam, nos últimos tempos...

— *Por que não faz o que eu mando? Por quê? – Gui perguntava, aos berros, o olhar repleto de ira. Lara chorava e falava sobre amor, sobre ser "alguém" e não "algo". Ele fingia não entender os argumentos dela e ficava ainda mais agressivo.* — *Seu sorriso é só meu! – ele ruminava.* — *Só meu! – Ela, então, se calava e se encolhia num canto, com medo. Melhor assim! ele pensava.*

— Aqui...

Era a voz dela de novo, misturada ao som da cachoeira. Gui se levantou, cambaleante, tateou as pedras. A lua cheia jogava uma luminosidade pálida sobre a vegetação. Seu olhar foi se acostumando à pouca luz. Via e ouvia tudo com mais clareza. De repente, foi assaltado por um pressentimento: *E se ela estiver em perigo, machucada, perdida na mata?* Gui ficou apavorado com a possibilidade de perdê-la para sempre. *Isso não...*

— Estou indo – avisou, buscando forças para começar a escalada. — Me espera. Não tenha medo, não quero mais brigar...

Subia, escorregava, descia, tornava a subir. Estava se lembrando de outros detalhes sobre aquele dia...

Havia chegado em casa mais cedo.

— *É a minha casa, não a sua! ela lhe disse. Mas ele nunca aceitaria ficar longe dela. Ainda que, no início, tenha concordado que precisavam mesmo de um tempo. E como aproveitou a vida! Saiu, riu, brincou, arranjou outras. Queria que ela sentisse ciúmes, que sofresse muito, de todas as formas. Lara merece uma lição!*

— Tô indo, me espera, tô indo... – ele gemia, arrastando-se sobre a superfície fria e áspera. — Eu não vou fazer mais aquilo, eu juro! Eu mudei! Eu vou te respeitar.

Já podia ver o topo da pedra. O barulho da cachoeira era intenso. Com a brisa úmida e refrescante, respirava melhor. Estava menos confuso agora. Arrastava-se, descansava, seguia. Não ficava de pé porque tinha medo de escorregar e cair. Mas apostava que ela havia caminhado tranquilamente por ali. Era corajosa. Ele não gostava, achava exibicionismo. *Ela sempre querendo chamar a atenção!* Ficava com raiva quando via a mulher ser elogiada no trabalho, ser bem-sucedida, ganhar bem, ter um nome. *Fazer amigos! Amigos homens também! Como eu podia admitir isso? Podiam pensar que eu era um bobo. Pior, um corno!*

— Aqui...

— Estou chegando... estou quase... chegando...

Assim que alcançou o alto da pedra, conseguiu vislumbrar o riacho, desabando em queda livre quase ao seu lado. Com as chuvas dos últimos dias, estava cheio e, ainda assim, sereno. A correnteza não parecia tão forte, mas, quando alcançava a beirada do paredão, atirava-se, sem medo, no abismo. *Aquele salto para o precipício era um espetáculo que valia a pena ser apreciado!* Mas Gui não queria perder tempo ali, estava ocupado demais, preocupado em encontrar a Lara.

— Onde você está, meu amor? Responde, eu tô tão cansado...

Gui transpirava, sem camisa, o peito esfolado, sujo de lama. Ajoelhou-se na margem do rio e, com as mãos em concha, levou um pouco de água à boca. Reconheceu o sabor da infância. O mesmo sabor que sentiu daquela única vez em que mergulhou ali com a Lara ao seu lado. Ela tentava ensiná-lo a nadar, rindo com aquele sorriso só dela. A água fria deu-lhe novo ânimo, após o esforço sobre-humano da subida. *Queria ter o mesmo condicionamento físico da Lara...*

— Aqui! – ela chamava e seu chamado era uma ordem.

— Calma... eu já tô aqui... vim te buscar...

Olhou lá para baixo e a viu, iluminada por um raio de luar. Estava ajoelhada no exato lugar onde a água do poço vazava numa correnteza espessa, deslizando rio abaixo. Ela se debruçava sobre alguma coisa. Alguém. Um homem. *Aquele homem!* Ela beijava o homem deitado na margem, imóvel, entregue aos carinhos da mulher.

— Lara? – Gui sentiu o corpo inteiro tremer de ciúme. — O que você tá fazendo?

Ela não respondeu. Continuou abraçada ao homem, beijando-lhe a boca, lavando-lhe a face. Então, Gui sentiu no bolso lateral da bermuda algo que lhe queimou a pele. Levando a mão ao local, tirou de lá um revólver. *O meu revólver!* Sem pensar duas vezes, ele mirou na mulher e no homem. Ela sobre ele. Mataria os dois com uma só bala, que atravessaria as duas cabeças ao mesmo tempo. *Quer ficar com ele? Vai ficar então! Vadia!* As mãos dele tremiam.

— Por quê? – Gui chorava como uma criança. — Por que você me trouxe até aqui? Pra ver isso? Você e o seu namoradinho novo? *Vadia desgraçada!*

Ainda trêmulo, puxou o gatilho, mas a arma não funcionou. Tentou ainda mais algumas vezes e nada. Então, verificou o tambor. Estava descarregado.

— Droga! – Gui murmurou, lá do alto do penhasco. — Eu sou mesmo um merda! Um babaca! Não valho nada!

Ao ouvir o lamento, ela olhou para ele. Os olhares se encontraram, depois de muito tempo. A água em volta dela estava vermelha como sangue, sob a luz prateada de uma lua grande e triste. Lara soltou o corpo do homem, que foi arrastado pela correnteza até sumir no seu eterno leito de pedras escuras.

— Oh! – ele murmurou, entre lágrimas. — Lara, meu amor...

Então, Gui lembrou-se de tudo. Há dias, saíra da cadeia e vinha amargando uma revolta absurda contra uma ordem judicial que o obrigava a ficar afastado dela. "Deixa disso, cara! Esse seu ciúme é doentio! Daqui a pouco, você conhece outra...", os amigos lhe diziam. Ele se calava. "Você precisa se tratar... fazer terapia, sei lá!", Gui se aborrecia. Naquela tarde, não se conteve. Primeiro, planejava apenas conversar, mas, não sabia bem o motivo, havia carregado o revólver antes de ir até a casa dela. *Não, não é verdade.* A lembrança veio com a força de um raio. *Eu sabia bem. Tinha a intenção de acabar com tudo! Foi premeditado!* Lembrou-se de ter entrado pela porta dos fundos sem fazer barulho. Ouviu vozes no quarto. Risos, sussurros, gemidos. Os tiros e a cama toda ensanguentada. O peso do corpo dela nos seus braços, nua e sem vida. Não sabia como havia dirigido até ali. *O lugar onde eu te vi pela primeira vez!* Depois, Gui jogou combustível sobre ela e sobre a camisa que ele mesmo vestia. Riscou o fósforo, mas assim que o fogo veio, ele saiu do carro. Rolou pelo chão, tirou a camisa chamuscada. Teve medo da dor e da morte. Ouviu, ao longe, as sirenes dos carros de polícia. Sabia que seria preso de novo. Fugiu mata adentro.

— Aqui. – Ela sorria, cercada pelo brilho da lua refletida na água de sangue. — Vem!

— Você... está viva! – gritou de felicidade. — Foi só um pesadelo horrível... você... eu...

Gui viu Lara ficar de pé e abrir os braços. Ela estava lhe dando uma chance. *Talvez a última!* Então, sem pensar em nada, ele fechou os olhos e mergulhou no vazio. Enquanto o chão ficava cada vez mais perto, via o sorriso de Lara ganhar dentes enegrecidos, lábios murchos e carne viva. Ela toda se transformando num horrendo corpo deformado pelas chamas. O mesmo corpo que ele havia deixado no carro.

Quando parar de correr

— Tassi Viebrantz —

EU NUNCA QUIS VIVER.

Não me entenda mal. Não sou do tipo que fica reclamando da vida, tampouco dependo de remédios. É provável que eu seja apenas uma niilista, pois nunca vi sentido na minha vida. Não tenho sonhos de vida a realizar, nem um trabalho que goste, nem família amorosa e nem apego por qualquer uma das coisas que dá sentido à vida das pessoas. Eu conheço a teoria de como os sentimentos são: amor, ódio, felicidade, tristeza, saudade, apego..., mas, na prática, eu não os sinto. Penso e teorizo, mas não sinto. Acredito ser essa nulidade que me faz permanecer passiva diante da vida. Existindo, apenas.

Se tem uma única coisa que posso dizer que aprecio são os sonhos. Nada tangível e tampouco algo com significado para que eu possa explicar. Meus sonhos não fazem sentido e essa é a parte interessante. Não preciso sentir, dar uma ordem ou um significado. Não preciso ser humana.

Entretanto, nos últimos tempos, há um padrão que vem me aparecendo.

Existe escuridão. Sempre começa com ela. É minha parte favorita: o abismo da escuridão. E então, de repente, eu estou correndo. De algo ou alguém; de nada ao mesmo tempo. Estou correndo em uma floresta, por ruas vazias ou por corredores dos mais diversos ambientes. Eu corro entre telhados, dentro de castelos, mansões, barracos... enfim, eu corro.

Às vezes, percebo que estou fugindo e paro. Espero.

Ele ou ela sempre tem uma face diferente, mas nunca tem uma face. São máscaras, capuzes, sombras e desfoques.

Noite passada, eu corri por um beco, acompanhada por um grupo de pessoas desconhecidas. Dessa vez eu não parei, mas acabamos todos presos dentro de um beco. Eles nos alcançaram antes dela (é claro). Homens armados que nos fuzilaram contra a parede.

Era uma tarde de sol, não uma noite. Eu caí embaixo de alguns cadáveres. Podia sentir meus pulmões ardendo pelo esforço de respirar, pois tinham sido furados. Sentia o peso dos corpos acima de mim.

Então, ela apareceu.

Pegou os mortos, um por um, e os guiou para fora do beco, longe da minha vista. O lado de lá tornou-se escuridão que engolia os acompanhantes. Então, ela, com seu longo manto negro, voltava para buscar outro. E outro. E outro.

Os corpos continuavam ali, empilhados, mas eles não mais gemiam ou sofriam. Todos se foram, menos eu, ainda respirando, paralisada e sem forças.

Depois que todos se foram, deveria ser minha vez, mas ela parou a dois metros de mim.

Ficou ali, imóvel, assistindo.

Sem face; sem movimentos.

Só me assistindo.

Ela nunca me leva.

Na noite anterior antes dessa, a imensa escuridão se transformou em intervalos de luz, e então eu estava fugindo. Rastejando. Era como uma montanha-russa na forma de tobogão. Ao menos era no início. Quanto mais eu rastejava, passando por outras pessoas dentro daquele labirinto de túneis, mais escuro ia ficando. Mais sujo era o local e mais desesperadas as pessoas ficavam. Uma espécie de esgoto.

Quando eu percebi que estava rastejando para o lado errado, era tarde demais.

Acabei presa no fundo do poço mais uma vez junto de outras pessoas. O túnel era alto demais para que se pudesse escalar. Acredite, eu tentei.

E lá no topo estava ela, nos observando.

A água começou a subir e cobrir tudo. Fomos nos afogando, lentamente, um por um, como ratos em um experimento de esperança. A água subiu até o topo gradeado de onde ela começou a puxar os corpos, um por um. Quando ela os puxava, seus corpos atravessavam as grades. Dessa vez, eu fiquei sozinha lá. O único corpo boiando. Afogando-se. Olhando para a máscara teatral escura e o capuz do outro lado da grade e implorando de forma muda, com meus pulmões cheios d'água, mas ela apenas me observou, tão interessada quanto desinteressada.

É sempre assim.

Ela não me deixa morrer.

Esta noite eu decidi tentar algo diferente.

Tomei algumas pílulas para dormir – mais do que deveria.

A escuridão, dessa vez, parecia agitada.

Uma escuridão densa que zumbia, viva e nebulosa.

Essa escuridão se transformou em uma ponte por onde eu corria.

Diferente dos outros sonhos, eu me encontrava sozinha através da noite. Quando percebi que estava fugindo, eu parei. Senti-me assustada – e feliz por isso. Sentir meu corpo tremendo era uma novidade, mas fiquei e esperei mesmo assim.

Ela veio. Com seu manto comprido e uma máscara branca elegante, mas sem expressão.

Ela parou a uns cinco metros de mim e ficou assistindo, imóvel como sempre.

Tentei caminhar na sua direção, mas ela nunca se aproximava. Não fugia. Era como um truque em que ela sempre continuava fora do meu alcance. A exata mesma distância; o local ao nosso redor se distorcendo para favorecê-la.

— Pode me levar – eu tentei dizer, mas ela nada fez sobre isso. — Fala comigo!

E mais uma vez, ela não me respondeu.

— Me leva logo! – ofereci minhas mãos, mas nada.

Ela não me quis.

Em minha revolta, eu tentei discutir. Tentei persegui-la, forçá-la a me levar, mas nada surtia resultado. Por fim, desesperada, eu subi na mureta da ponte e me joguei. Pensei que iria morrer. A água estava gelada e com gosto ruim, mas acordei vomitando.

A morte continuava me rejeitando.

E eu vomitava, frustrada, e sorria comigo mesmo. *Maluca, eu sabia. Claro que sabia.*

Porque eu gostei de sentir medo.

E gostei mais ainda do desafio.

Tentei abrir meus pulsos, mas foi muito difícil e doloroso. Não era uma forma agradável de morrer. Quando eu desmaiei, tive aquela mesma sensação de ser a escuridão. A melhor sensação que eu conhecia: a de não ser.

Mas foi diferente.

Porque depois da escuridão, eu não estava correndo, mas caminhando. Andando de forma imperceptível por entre corredores de uma mansão labiríntica, repleta de cômodos inúteis. Alguns deles tinham gente, mas eles não percebiam minha presença. Até podiam pressentir, mas não me ver.

Eu flutuava ao caminhar e sentia-me bem. Forte. Imensa quando apagava as luzes, como se nadasse através da escuridão até onde precisava estar.

Então, eu me vi correndo.

Segundos depois disso, eu estava mesmo correndo. Fugindo por entre corredores e cômodos espaçosos, tentando esgueirar-me atrás de móveis, mas sempre sendo perseguida.

Eu parei em um cômodo com uma piscina coberta e esperei. Quando ela veio, eu corri atrás dela, mas continuava fora do meu alcance. Implorei para ser levada.

— Eu pertenço ao outro lado! – gritei com ela. — Eu não pertenço aos vivos! Me leva logo!

Ela riu. Um som baixo como um zumbido, viajando através da escuridão, vindo de todos os lados, mas de lugar nenhum.

A escuridão tomou conta e eu acordei. O sangramento tinha parado e os cortes ardiam.

Ela estava me salvando.

Aquele padrão me deu vida.

Entendi o que estava acontecendo: eu poderia ser ela. Então ela seria dispensada do serviço e eu tomaria seu lugar. Por isso não me queria morta.

Eu era uma imortal que jamais quis viver. Não é um presente, mas uma maldição.

Queria morrer e ser ela, não mais ter que fazer parte dos vivos. Trabalhar, estudar, ser social...

Não, só queria morrer; eu precisava morrer.

Então, escolhi uma medida mais desesperada, a qual antes nunca me apetecera: uma plateia. *Ela não poderia me conceder o milagre da imortalidade com testemunhas*, eu deduzi. Escolhi um ônibus em uma rua agitada. Não dei chance para erros – na verdade, estava ficando boa em morrer.

Eu vi a escuridão. Ela me engoliu com aquela ânsia inumana, mas, dessa vez, quando ela se dissipou, eu não estava correndo.

Estava deitada na frente do ônibus. Entortada, sangrando, com vozes ao meu redor, mas não pude ver seus rostos porque lentamente iam sumindo. Sem pessoas ao redor. Apenas eu, no asfalto, o sangue, o ônibus e ela.

Ela e seu manto. Parada. Assistindo. Imóvel.

Doía demais, deixando-me incapaz de discutir com ela. Por fim, eu só queria que a dor parasse. Não me importava em não ser levada. A morte sempre doía, mas nunca tanto quanto naquele momento. O desespero me disse que havia algo de errado – desespero que eu não conhecia até então. Um desespero avassalador que fazia meu desejo pela morte parecer um reflexo esmaecido.

Ela veio até mim. Eu tentei estender minha mão, porém, mal me movi e ela também não me recebeu. Abaixou-se ao meu lado e me observou por um tempo antes de, finalmente, tomar uma atitude. Achei que ela finalmente me levaria, mas em vez disso, ela baixou o capuz.

Eu vi sua face pela primeira vez.

Minha face.

Mas a Morte não era bonita, tampouco o reflexo no espelho que eu estava acostumada a ver. Ela estava podre, com olhos fundos e intensos, mas sobressalentes e cercados por veias. As bordas eram arroxeadas, assim como os lábios. Sua pele, um entremeio de cinza e esverdeado, havia aberto um buraco de podridão na bochecha, expondo os dentes.

"Eu serei você", eu queria dizer, mas sentia que havia algo fora do encaixe; uma peça faltante.

— Eu morri? – foi o que perguntei.

— Ah, Alice... – ela me chamou com a voz igual a minha, mas um tom doce e compreensivo que eu não reconheci. — Você já estava morta.

Eu não entendi o que ela quis dizer. A dor tinha passado, mas o peso da morte, não. Seguia forçada à imobilidade, deitada no chão.

— Eu sou um fantasma?

— Existe um jeito mais fácil e mais correto de explicar – ela começou, o mesmo tom de antes, observando-me com os olhos mortos e vívidos, como se eu fosse a coisa mais interessante do mundo. — Existe uma etnia entre os guaranis daqui no Brasil que explicam bem. Eles se esforçam para prevenir as doenças que afligem o espírito, mais do que curá-las, pois entendem que o espírito de alguém pode morrer antes do corpo. Entende agora o que eu quero dizer? Nós já estávamos mortas. Presas em um corpo vivo, mas mortas. E é só nesse entremeio, entre o natural e o sobrenatural, que podíamos existir. Sendo o guia para aqueles que atravessavam.

— Então, por que eu fugi de mim mesma? – eu perguntei, mas já sentia que éramos a mesma pessoa; eu já sabia a resposta.

— Você não queria completar a passagem, é claro. Era a nossa escuridão que te dava a força para atravessar os dias. Você sempre amou a escuridão, mas não era o vazio dela. Era só ela. O buraco negro que sugava tudo para o outro lado.

Eu tentei respirar, mas quem respirou foi ela. Não era o final que eu esperava encontrar e tampouco eu sentia como se fosse mesmo conseguir o que eu queria.

Na verdade, parecia uma perda.

Alguns *flashes* passavam pela minha mente. O fôlego dela me deu imagens embaralhadas, como cartas; fragmentos de cenas que não se encaixavam. O rosto de pessoas puxadas para fora de um poço; retiradas de uma pilha; arrastadas de uma casa em chamas.

Todo o prequel da minha fuga.

— E agora? Vai me levar?

Ela fez que não com a cabeça.

— Agora seu corpo morreu. Então nós voltamos a nos unir e teremos que ir.

Tentei lutar quando ela chegou mais perto. Não importava a hipocrisia do meu gesto, agora que entendia, não queria ter que me despedir. Correria para sempre, se pudesse ter mais daquelas lembranças dela; a sensação de imensidão.

Ela estava certa, afinal. Eu queria o entremeio.

Mas ela me beijou mesmo assim. O beijo dito doce que durou um piscar de olhos.

Estávamos juntas mais uma vez.

Eu respirei e me sentei, atordoada. Não havia dor nem imobilidade. Olhei-me, tentando encontrar a pele morta ou o corpo sangrando, mas eu era só uma novamente.

Pressenti algo chegando perto. Ergui o olhar a tempo de ver meu irmão vir correndo. Ele estava do lado de fora da pista, onde os prédios tinham se tornado matagal. Meu irmão não vinha ao meu encontro. Na verdade, nem sequer me vira.

Ele se foi tão rápido quanto havia surgido.

Então uma sombra encapuzada chegou logo após dele. Deslizou ao meu encontro e me estendeu a mão.

O Segredo da Travessia

— Marisa Toth —

PRÓLOGO

Não será nada fácil abordar o assunto, pois pouquíssimas pessoas se dão ao luxo de dialogar sobre a impermanência. Preferem a apatia ao risco da mais verdadeira realidade.

O problema maior da humanidade é o apego. Não somente o apego às coisas materiais, mas também e, principalmente, o apego que naturalmente desenvolvemos em relação às pessoas.

Não! Não considero errado você se apegar, pois é algo natural do ser humano. Somos razão e emoção. Não nascemos para viver sozinhos.

Nascemos, sim, para viver em grupo, desenvolvendo afetividades, sentimentos de amor, porém, nos esquecemos de permitir que a razão nos direcione para tratar também da nossa impermanência por aqui como algo natural, afinal, tudo é transitório, inclusive o ser humano.

Tão claro, aceitável e natural como nascer, deveria ser, também, morrer.

Ao se despedir no aeroporto, Miguel disse:

— Quem for primeiro, vai prometer que dará um jeito de voltar, nem se for em sonho, pra contar como é estar do outro lado!

Essa foi a última conversa que Miguel teve com sua melhor amiga (Iolanda) antes de embarcar naquele avião, em férias, com destino à Flórida, na ânsia de realizar seu sonho de criança.

Era noite fria de junho quando seu voo partiu de Curitiba e estava chovendo muito. Alguns amigos até sugeriram adiar a viagem de férias, pois as chuvas não estavam favorecendo os voos, mas Miguel se encontrava muito ansioso e não deu atenção aos avisos dos amigos sobre o mau tempo, afinal, todos os voos estavam liberados.

Na realidade, Miguel não chegou a sair do país, pois logo após a aeronave levantar voo, teve uma forte pane em seu motor direito, fora atingida por um raio, pegando fogo e perdendo altitude, chocando-se ao solo em meio à forte chuva que caía, ainda no Paraná e, por sorte, em área aberta, fora da cidade de Curitiba. Infelizmente, não houve sobreviventes.

Iolanda, junto à família de Miguel, ficou em choque e não acreditou quando viu o noticiário na TV, e o mais intrigante naquele momento, além da dor de perder seu melhor amigo, foi relembrar a promessa que ambos haviam feito. Em meio às lágrimas, ela pediu em oração que Miguel esquecesse a promessa, pois só de pensar que ele poderia cumpri-la, ficava apavorada.

Meses se passaram, a aceitação e a saudade foram tomando o coração da família de Miguel e de Iolanda, que confessara a si mesma: não só perdera seu melhor amigo, como também o único e grande amor da sua vida.

Miguel atravessou o portal segurando a mão da Morte, que lhe avisou:

— Nem pense em cumprir sua promessa, pois você cometeria o maior erro da sua história e afetaria a humanidade.

Miguel não acreditava que havia feito a travessia, pois apesar de tudo bem diferente, havia muita luz e o cheiro era de terra molhada. Então fez a pergunta à Senhora do Destino:

— Você tem certeza de que estou sob os seus cuidados? Tudo me parece tão perfeito, que mal posso acreditar. Eu não tenho corpo ou forma. Sinto como se flutuasse em meio a tanta energia. Não sinto medo, peso ou dor. Sou leve como uma pluma. Sou o próprio Atma (Alma).

Miguel assistiu na sala de projeções toda a sua trajetória até então, e havia sido incrível, entre erros e acertos.

— O que são essas penas que eu vejo flutuando à minha volta?

— Nada além do material para a confecção de suas asas, pois, para cada gesto de amor, solidariedade e bondade que você praticou na Terra, um punhado de penas foi reservado em seu nome. As penas vão montando suas asas para atingir o estado puro e poder flutuar, voar... O restante dependerá de suas atitudes por aqui.

Miguel lembrou-se da promessa que fez a Iolanda e chegou a pedir autorização para poder dizer a ela que estava bem, mas não lhe fora permitido.

— Já fiz a travessia – resmungava consigo –, o que mais pode me acontecer?

Passeou com as vistas pelo local até perceber uma fenda no espaço-tempo daquele mundo; "TERRA – VIDA/MORTE" e, num lampejo, percebeu que teria força suficiente para, quem sabe, induzir Iolanda a sonhar com ele. Alcançaria seu subconsciente.

Nesse momento, afastou-se da mão da Morte e tentou, com toda a credulidade da sua essência, transmitir a mensagem prometida à amada... e assim sucedeu.

"Creia que estou bem. Você está sonhando comigo, porém, ao acordar, há de se recordar, pois estou usando toda a energia que conquistei pra alcançar o seu subconsciente.

"Aqui é tudo muito lindo. Somos luzes, como as estrelas que você admira aí da Terra. Não trazemos a forma física, pois ela se decompõe e se mistura com a argila. Nem mesmo nossa silhueta. Trazemos somente o que de bom e ruim fizemos. Meu lado claro é bem mais forte que o escuro. Tenho créditos aqui. Digo, tinha, né? Depois de ter infringido a lei cósmica e estar em seu sonho, não faço ideia do que poderá me acontecer, mas temo só de imaginar...

"Aqui estão sempre em perfeita comunhão, inclusive com os animais de grande porte. Você percebe pela intensidade da luz que eles emanam, é simplesmente incrível.

"Não existe dor ou maldade. Estão sempre em perfeita comunhão, um ajudando ao outro, como anjos mesmo. Quando a saudade dos familiares, amigos ou *pets* surge, o nosso brilho diminui e nessas horas você recebe doação de energia de quem estiver em sua sintonia e sua luz volta a brilhar intensamente.

"Na verdade, em minha travessia, eu senti como se saísse de um túnel escuro em direção à luz do sol. Senti como se fosse abraçado por sentimentos férteis e fui acolhido como em um ambiente familiar. Foi praticamente uma sensação de prazer em voltar pra casa. Não lembro de dor, só calmaria.

"Para quem fica, a morte é muito feia e dolorida, mas tem um propósito nisso, Iolanda. Todos a temem porque a Senhora do Destino é sinônimo de despedida, de adeus!

"Se todos soubessem como ela é de verdade, quando você se liberta da matéria e se vê como é fora do mundo fenomênico, metade da população da Terra, principalmente aqueles com doenças graves, depressivos, menos favorecidos, cometeriam suicídio em massa, para estarem onde estou hoje. Deixando claro que aqui é o país das sombras felizes, que conquistaram seu próprio brilho por merecimento. Já as pessoas de má índole, com suas atrocidades, não sei o que se dá, nem para onde vão.

"Aqui onde estou, tudo é energia. Para que as pessoas não queiram vir, a Morte se veste de horrores para impactar e mascarar sua verdadeira face e garantir que somente os chamados pelo Onipotente passem pelo portal da luz. Se todos soubessem disso, o desequilíbrio acabaria com o planeta. Basta a pandemia que desestruturou, em muito, os planos de Deus para a Terra. Aprendemos que todos devem vir por morte natural, o suicídio não é bem-vindo por aqui, pois suas asas são arrancadas para começar do zero e há a necessidade de reencarnar para aprender a lição que Deus nos deixou. Pena é precisar morrer para ter a consciência verdadeira do que somos.

"Por isso, a morte é e sempre será o maior mistério que encerra toda a epopeia humana.

"Se fosse revelado o quão BOM é morrer, muitos fugiriam da Terra para conhecer o verdadeiro sentido da vida.

"Em Tzaphkiel, o país dos anjos felizes, que é onde estou agora, compreendi melhor Ervin, Edgar e Rupert sobre o que debatiam de tudo estar interligado, de todo o nosso universo estar conectado por redes de energias e que somos uma representação dessa inteligência infinita.

"Confesso que, em tão pouco tempo por aqui, aprendi mais do que consegui conquistar em aprendizagem na minha passagem pela Terra, pois por aí, na maioria das vezes, perdemos o foco e nos dedicamos somente ao que é visível aos olhos e nos esquecemos do que é realmente importante para que os homens não voltem a dormir sem acreditar na própria grandeza.

"Iolanda, aproveitando minha intrínseca coragem pós-morte, é importante te dizer o quanto te amei em vida, por isso me arrisquei desta forma cumprindo a minha promessa. Perdoe-me se nunca tive a coragem de assumir esse sentimento, pois temia que abalasse a nossa amizade, a qual sempre foi importante demais pra mim. Respeitei os limites da amizade por te amar demais. Você foi, é e sempre será o grande amor da minha vida.

"Peço que mantenha tudo no mais absoluto sigilo. Não comente com ninguém o que revelei a você nesta noite em seus sonhos.

"Saiba que por você eu daria todas as vidas que poderia ter direito, só para estar ao seu lado..."

Nesse momento, Miguel sentiu como se um Tsunami atravessasse seu corpo celeste e o cortasse ao meio. Logo entendeu que precisava regressar o mais rápido que pudesse.

Acordando num sobressalto, pálida e assustada, com as mãos congeladas e trêmulas, suor frio escorrendo por sua testa, Iolanda passou as mãos sobre os olhos, tentando raciocinar tudo que havia ouvido no sonho, enquanto sua realidade se tornava nítida a cada segundo.

Meu Deus, como pode? Ainda ouço a voz do Miguel aqui do meu lado. Ainda sinto a presença dele segurando minhas mãos e me dizendo tudo sobre sua travessia. Uma luz intensa invadiu o meu quarto. Lembro de cada palavra, de cada orientação e de cada confissão e pedido de sigilo sobre tudo que me revelou. Foi muito real. Eu viajei de mãos dadas com ele por um lugar que nunca vira antes. Flutuava junto a ele em um universo paralelo... foi indescritível.

Meu Deus, Miguel cumpriu a promessa que me fez!

Fico triste e feliz ao mesmo tempo por saber que nosso amor era recíproco.

Agradeço, de coração, o que você fez por mim, Miguel, e saiba que nunca vou esquecer. Você infringiu a lei por minha causa e, com certeza, sofrerá as consequências. Fica tranquilo, meu amor, nunca vou dizer nada a ninguém, pois mesmo que falasse, ninguém acreditaria.

Fica em paz, Miguel, pois onde você estiver, quando fizer minha travessia, irei te encontrar.

Agora a promessa é minha. Vou até ao inferno, se for preciso, mas vou resgatar você.

Tão logo Miguel sentiu o vento o arrastar pela imensidão do cosmo, a Senhora do Destino, que sempre está muito ocupada com sua missão, se deu conta da falta de Miguel e, percebendo a fenda no espaço-tempo Vida/Morte, esbravejou:

— Migueeeeeeeel, o que você fez? Sua aura escureceu, posso sentir daqui de onde estou. Avistei a fenda, a falha no espaço-tempo Vida/Morte, e você a usou para cumprir sua promessa ao seu grande amor. Você cometeu o maior erro da sua pós-vida, eu te avisei. Você não voltará a brilhar na estrela Tzaphkiel, pois você infringiu a maior lei do universo e o Onipotente foi muito específico. O seu castigo será ficar preso na fenda do tempo, divagando e refletindo sobre sua atitude até que um grande e verdadeiro amor vá ao seu encontro e consiga resgatá-lo. Seja pai, mãe, irmão ou qualquer outra pessoa que tenha por você um amor suficientemente grande (imensurável), para ter a coragem de se arriscar a ficar preso(a) junto a você, caso não consiga salvá-lo, sacrificando assim sua vida eterna. Não saberemos se a junção de suas energias abrirá novamente a fenda que se fechou acima de você nem se será possível regressar a Tzaphkiel, ao país dos anjos felizes. Não posso interferir de maneira alguma no que você fez, Miguel. Espero que você passe por mais esta provação com a fé que sempre lhe fora peculiar. Sua escuridão só terá luz com muito arrependimento, mesmo você sendo ainda um anjo. Ninguém nunca ousou fazer isso. Você foi o primeiro e espero que seja o último, pois, mesmo representando o fim de uma vida, ainda assim, represento o início de outra. Enfim... Sou a Senhora do Destino, mas não opero milagres!

ESPANTALHOS

— Rodrigo Gallo —

Já passava de uma hora da manhã naquele dia 19 de março. Sebastião perdeu as contas de quantas vezes ouvira o mesmo cântico nas últimas duas semanas, uma comunhão macabra entre a complexa narrativa parnasiana, versos de esperança e glória, orações desesperadas em súplica e gritos de ódio. Nada fazia sentido. A horda não parava de aumentar, e os momentos de cantoria e reza não cessavam nem mesmo durante o frio da madrugada. A chuva, que caía forte desde o meio da tarde, lavou não apenas as calçadas sujas, mas dissolveu também qualquer traço de humanidade que ainda restava naquelas pobres pessoas, cujas almas aparentemente lhes foram drenadas por algum feitiço. Agora, eram apenas carcaças vazias. Elas pareciam obedecer aos profetas, os responsáveis por insuflar a massa com gestos teatrais e discursos de morte. Quando eles se ausentavam, provavelmente para tramar os próximos episódios daquela loucura, homens e mulheres pareciam corpos sem vida, como espantalhos que balançam com a ventania ou pessoas em algum transe, que caminham sem rumo, aguardando algum comando de voz para reagir. Esse cenário mantinha Tião acordado até tarde, espiando pela fresta da janela.

A luz fraca dos postes lutava contra a espessa chuva, criando uma sensação fantasmagórica. Parecia haver um fogo-fátuo pairando sobre a horda amontoada na rua, gerando uma sensação de morte. As janelas da maior parte dos apartamentos ao redor permaneciam fechadas e os moradores em silêncio, apenas ouvindo o cântico e os gritos de fúria. Quando a música e as orações eram momentaneamente interrompidas, torciam para que tudo tivesse terminado em definitivo. Então, os profetas ressurgiam, dando vida aos espantalhos.

De repente, enquanto olhava pela janela, Sebastião ouviu um miado, primeiro fraco, ainda distante; pouco depois, o barulho se intensificou à medida que um gato parecia subir as escadas que levavam até o terceiro andar do prédio onde mora. Mais e mais o miado parecia se aproximar de sua porta, até que cessou de forma abrupta. Longos minutos se passaram e Tião pensou que poderia ser apenas uma nefasta imaginação causada pelo medo da missa macabra.

Sebastião era um homem religioso. Tinha recebido uma educação cristã da avó materna, Matilda, que costumava rezar dominicalmente no Mosteiro de Santa Teresa de Jesus. Ainda que tivesse dificuldades em seguir alguns dos mandamentos, ele temia o sobrenatural, mas nunca tivera contato com algo tão profano. Nos últimos dias, aquele incessante cântico, entoado em fá maior, se alternava com homilias amaldiçoadas pelo ódio, o que lhe dava arrepios.

E, então, Sebastião foi retirado de seu estado de introspecção, porque o gato arranhou sua porta com um lento movimento feito com as garras raspando a madeira. Os pelos da nuca de Tião se eriçaram. Definitivamente, aquele era um mau agouro. O felino miou alto, repetidas vezes, quase exigindo que sua entrada no apartamento fosse autorizada. Trêmulo, o assustado homem decidiu verificar o que estava acontecendo. Sentia calafrios, e as palmas das mãos já começavam a suar. Abriu a porta vagarosamente, e, antes mesmo que os olhos pudessem enxergar na escuridão do corredor, o animal precipitou-se rapidamente para dentro do imóvel, sem que pudesse ser contido. O gato correu até o centro do cômodo e parou sob um tapete redondo de crochê, com as cores já desbotadas pelo tempo. Lambeu-se cuidadosamente, para secar a água da chuva, e, por fim, se espreguiçou de forma casual, como se estivesse entediado. Sebastião permaneceu paralisado. Era uma cena tenebrosa, principalmente porque, enquanto o felino ocupava o ambiente, a canção parnasiana ecoava vinda da horda.

Parecia ser um gato comum, de cor cinza, desses que se vê com frequência vagando pelos telhados em noites enluaradas de verão, mas não em dias tempestuosos. No entanto, algo em seu olhar assustava Tião. Havia uma petulância naqueles olhos amarelos, incomum até mesmo para felinos. Sem dar importância para o medo de Sebastião, o animal caminhou lentamente pela sala, olhando curioso ao redor, como se estivesse conhecendo o apartamento. A cauda erguida balançava de forma despreocupada. Cheirou demoradamente um sapato deixado ao lado de uma cadeira de madeira, com a boca semiaberta. Depois, parou em frente à uma velha poltrona cinza, gastou alguns segundos analisando o móvel e, por fim, o arranhou demoradamente com as duas patas dianteiras, como se estivesse afiando as garras, o que produziu ranhuras no tecido, danificando-o.

Ao concluir o movimento, o gato olhou para Sebastião e falou:

— Onde estão seus bons modos, pequeno mortal? Não vais servir-me leite?

Tião, que já estava aterrorizado por conta da missa profana na rua e pelo surgimento súbito daquele estranho visitante, empalideceu. A boca secou como se ele estivesse há dias caminhando em um deserto, o maxilar ficou rígido como aço, fios de suor começaram a escorrer pela testa como um riacho e o coração disparou como se estivesse diante do próprio juízo final. Instintivamente, fez o sinal da cruz, usando a mão direita, que tremia descontroladamente. *Enlouqueci, como meu avô Francisco*, pensou. Fechou os olhos, apertando as pálpebras com força, como se tentasse despertar de um surto. Diante daquela patética figura, o gato torceu o pescoço, e a cabeça virou em um ângulo estranho.

— Podes diluir o leite com um pouco de água, para que o gosto não fique tão forte – orientou o animal, após longos segundos, impaciente com a demora.

Desorientado, Tião caminhou até a geladeira, cuja porta rangeu ao ser aberta. Ele sequer poderia explicar por que estava obedecendo ao gato falante. Não conseguia raciocinar com clareza. Pegou uma garrafa transparente de vidro, despejou o líquido branco em um prato fundo, desses usados para tomar sopa, e misturou com água, seguindo a orientação do felino. Com as mãos trêmulas, colocou o prato no chão, derrubando diversas gotas no piso. O animal caminhou até o prato e bebeu o leite com a pequena língua, jogando gotículas no focinho. Sebastião, sem tirar os olhos do visitante, tateou as paredes até chegar na velha cadeira de madeira e sentou-se, já às lágrimas. O peito arfava. A presença do gato o fez até mesmo se esquecer da missa maligna e dos espantalhos à espreita na rua.

— Você fala? – gaguejou Sebastião, finalmente.

— Evidente que sim. Acabaste de escutar a minha voz – debochou o gato. — Mas falo apenas quando julgo necessário, pequeno mortal – respondeu o felino de forma casual, enquanto andava, lentamente, pela sala do apartamento, curioso com o mobiliário de cores pesadas.

— Mas gatos não falam! – protestou Tião, uma frase que, em situações normais, seria bastante óbvia.

— Não sou um gato, pequeno homem, embora pareça-me com um. Sou a Morte. Só estou metamorfoseada de gato para visitar seu mundo.

— A Morte? – indagou o religioso Sebastião, com a voz rouca, devido à secura. — Você não se parece com a Morte.

— Homenzinho tolo! Cada povo imagina-me de um jeito diferente, projetando em mim seus medos e suas crenças. Esperavas que eu carregasse uma foice? – ironizou. — Para alguns povos ameríndios, sou Mictlantecuhtli, regente do submundo. Há milênios, os atenienses chamavam-me Tânatos, o prateado irmão de Hypnos; para os romanos, Leto, o esquecido. Mas, neste momento, optei por aparecer-me como um simples gato de rua, para não chamar atenção.

— Se você é a Morte... – começou Sebastião, que se deteve pelo medo. — Chegou a minha hora? – perguntou o homem, com a voz hesitante. O suor era abundante no rosto, embora fizesse frio naquela noite.

— Não estou aqui por sua causa. Vim por causa deles – respondeu o gato, apontando o focinho em formato de triângulo na direção da janela, de onde vinha o interminável cântico. — Só entrei em seu apartamento para abrigar-me da chuva e para observá-los melhor aqui de cima – continuou o felino, que pulou de forma hábil na escrivaninha localizada embaixo da janela. Sentou-se confortavelmente sob um livro que, aparentemente, o humano vinha lendo nos últimos dias: *A constituição de Atenas*.

— Você vai matar todos eles? Mas são centenas! – assustou-se Sebastião.

— Vim observá-los, e não matá-los. É curioso ver como se comportam. Fisicamente, estão aqui, porém, as mentes jazem em uma realidade paralela.

Sebastião, tentando recobrar a calma, levantou-se e, mesmo temeroso, caminhou em direção à escrivaninha. Os passos eram lentos; os pés descalços se arrastavam pelo assoalho, quase como se não quisessem se mover para perto da Morte, mas ao mesmo tempo atraído por ela. A horda havia encerrado a longa música e, agora, havia um homem branco, alto, calvo e com vestes reluzentes, agitando a massa de espantalhos. Era difícil entender o que dizia, mas seus gestos denunciavam que estava enfurecido. As medonhas criaturas em transe farfalhavam e praguejavam em reação às suas falas.

— Como assim "em uma realidade paralela"? – questionou Tião, confuso.

A morte, com os olhos amarelos provocadores, debochou.

— Observe-os, insignificante mortal: eles rezam e odeiam ao mesmo tempo, falam elucubrações sem sentido lógico, enfrentam inimigos inexistentes e apegam-se a conspirações fantasiosas criadas pelos falsos messias – disse a Morte, com ênfase nas últimas duas palavras. — Seus corpos estão aqui, mas suas mentes já lhes foram subtraídas.

O gato, ainda sentado sob o livro, parecia sorrir, enquanto a cauda balançava para os lados. Sebastião, mais próximo a ele, tremia e suava, mas ficou interessado na conversa, pois, finalmente, poderia compreender o que se passava havia dias com aquelas pessoas.

— Eles vão voltar ao normal? – perguntou de forma afobada.

— Aquiete-se, homenzinho tolo. O torpor passará em algum momento, quando os líderes já não mais conseguirem mantê-los sob feitiço. Esses cultistas, então, vão para suas casas e suas famílias, sentindo-se iludidos, talvez, até mesmo, envergonhados. Mas, como não distinguem a realidade dos delírios, até lá poderão me proporcionar um saboroso banquete – falou a Morte, com o sorriso mais evidente. Havia uma alegria lúgubre em seu tom de voz felino.

Pensativo, Sebastião nada disse, e houve um longo silêncio, exceto pelo barulho vindo da rua. A Morte farejou o ar, com três curtas fungadas, como se estivesse saboreando o aroma da loucura lá embaixo, e, então, olhou fixamente para o dono do imóvel. O gato sorria, e já quase não se via o amarelo de seus olhos, pois as pupilas estavam totalmente dilatadas de excitação. Realmente, não era uma criatura terrena. Era um animal sádico.

— De alguma forma, mortal, essas pessoas já estão mortas por dentro. Apodrecidas. Elas clamam por liberdade, mas foram intelectualmente aprisionadas pelo ódio. Já são almas profanadas pela mentira.

O gato, subitamente, saltou para o piso do apartamento e caminhou em direção à porta. Sebastião apressou-se em segui-lo para abrir a porta e se livrar do macabro visitante; com alívio, girou a maçaneta e deu espaço para a passagem do felino, que se dirigiu, lentamente, para fora do apartamento, com a cauda balançando para o alto.

Já no corredor, a Morte parou por alguns segundos, virou-se para Sebastião, que fitava, já menos ofegante, através de uma pequena fresta da porta.

— Um dia virei buscá-lo, humano. Até lá, viva bem. Espero que não tenhas uma vida miserável como aquelas infelizes criaturas, atraídas por falsas promessas – disse, antes de sumir na escuridão do corredor, com os sons dos passos desaparecendo lentamente.

Tião bateu rapidamente a porta e fechou a tramela, certificando-se de que ela estava bem trancada. O cântico parnasiano já havia sido reiniciado na rua, e a missa profana seguia. Sebastião passou um longo tempo olhando a horda macabra pela janela, lembrando-se das palavras da Morte. Temia que fosse verdade: que, até despertarem daquela insanidade, pudessem causar o caos.

Sob a escrivaninha, ao lado do livro onde o gato sentara-se durante a visita, havia um jornal, cuja manchete informava: "Após vitória de Artur Bernardes, multidões em transe acampam em frente a quartéis militares e pedem intervenção militar".

A CADEIRA

— Conde Ros —

23H39min.

Com a corda no pescoço, ensaiava seu derradeiro discurso em cima de uma cadeira. Na incerteza de seus dias, buscava emancipar-se pelas vias dolorosas. Ali, no centro de uma saleta, ouvia-se apenas um monólogo fastidioso, desprovido dos argumentos incisivos e tenazes de outrora, dos áureos tempos cujos *Embalos de sábado à noite* faziam dele um arquétipo incontestável de Don Juan ou mesmo de Dorian Gray antes deste cair em tentação.

Não era exuberante e tampouco possuía a beleza dos deuses, mas tinha o excepcional dom da palavra, a sublime aptidão de apetecer os ouvidos alheios com expressões melífluas, com palavras oportunas que reverberavam no cérebro como uma sinfonia Bachiana. Graças a essa desenvoltura com a última flor do lácio, tivera uma vida plena e encontrara nos excessos momentos tênues de prazer e satisfação.

23H42MIN.

Agora, momento em que as palavras inexistem perante as vicissitudes e a mente já não é mais confiável, resta-lhe o arrastar penoso das horas e o gemer melancólico da consciência. Desconhecia os motivos de tal perturbação e inquietava-se em não obter respostas para suas aflições. Sua vida perdera o sentido e os seus dias tornaram-se instáveis, inseguros e incompletos. Não vislumbrava no horizonte de sua existência um fio sequer de esperança, por mais tênue que fosse.

Perguntara a si mesmo, no leito de sua decadência: *Em que instante de minha fugaz vida o céu estrelado de Van Gogh começara a nublar? Quando os Jardins de Monet se tornaram lugares inóspitos, desprovidos de aromas e cores?*

23H46MIN.

Não chegara a uma resposta satisfatória, embora a compreensão de tudo fosse necessária para o alento de sua alma fatigada. Aquele que tanto almejou os mais sublimes e altos patamares da existência, sucumbira ao ponto de encontrar no alto de uma rústica cadeira a solução de seus conflitos. Se "há mais coisas entre o céu e a Terra do que supõe nossa vã filosofia", como prenunciava um poeta, entre a cadeira e o chão abaixo de seus pés havia um abismo incomensurável de desilusões, agonia e desespero. Talvez, apenas Freud explicasse os embates internos e os impasses do espírito daquele cujo pensamento fervilhava, ensimesmado com o avançar abrupto das horas.

23H49MIN.

Naquele quarto pouco iluminado, cujo filete de luz da rua adentrava despretensiosamente através dos vidros mal cobertos da janela, o *tic-tac* pertinente do relógio de parede soava como punhaladas desferidas pelo tempo. Talvez, se a morte tivesse algum som, imaginava ele, seria exatamente igual ao martelar do relógio. E se ela, porventura tivesse alguma vestimenta, seria igual à madeira podre, enegrecida e úmida das paredes que o cercavam, inclusive com cupins, esses seres minúsculos e devastadores.

23H51MIN.

Ah! A Morte. Talvez ela estivesse mais próxima do que ele supunha. Entre os arbustos ou estátuas do amplo jardim. Sobre o muro que circundava a casa, observando-o como um abutre. Quiçá, escondida entre as mobílias antigas e escuras ou atrás de alguma porta daquele casarão de arquitetura peculiar e sombria, que mais se assemelhava às mansões apreciadas por Hitchcock em suas películas mais temerosas. Ou até mesmo abraçada junto à coruja enternecida que repousava sobre o poste em seu quintal.

23H54MIN.

Pelos corredores solitários e soturnos daquele lugar, apenas lembranças e desveladas vozes do passado perambulavam. Alguma portinhola mal encostada rangia no porão ou em algum ambiente abandonado, talvez, manipulada pelo vento ou por alguma alma vagante. Um rádio ligado e mal sintonizado dentro de um baú qualquer. Retratos empoeirados e cômodos vazios intercalavam-se em meio à escuridão.

Tudo estava exatamente como sua mãe deixara no dia em que fora internada, acometida pela tal doença. A louça lavada no escorredor, um pano de prato cobrindo algumas panelas sobre o fogão, um vaso de crisântemos em cima da mesa, cujas pétalas ressequidas começavam a cair, e uma vela derretida ao centro de um oratório repleto de imagens descoradas de santos e santas.

O suor banhava seu rosto e a sede secara sua boca. Seus olhos ardiam e suas pernas frágeis já não suportavam mais o peso de seu próprio corpo. Com as pálpebras pesadas, lançou um terno olhar ao lado da cama e vislumbrou uma jarra com água pela metade, frascos de remédios dispostos aleatoriamente e uma barata angustiada dentro de um copo descartável vazio.

23H55MIN.

A cada mínimo movimento, o ranger da cadeira o assombrava. Lá fora, o assobio intermitente do vento prenunciava uma tempestade como há muito não se via. As árvores balançavam e suas folhas rodopiavam no ar, caindo e cobrindo ruas e quintais. Pequenos sacos de lixo, deixados pelos moradores à beira das calçadas, eram arrastados pela ventania. O ribombar dos trovões tremulava as paredes frágeis e vidraças antigas daquele casarão. Cães arredios corriam atemorizados pelas ruas desertas e ratazanas perambulavam pelo quarto, ao redor da cadeira, talvez, tencionando roê-la.

23H57MIN.

De repente, um calafrio percorreu todo seu corpo. Não mais ouviu o barulho insolente do relógio, tampouco do vento lá fora sacudindo as árvores e revolvendo os entulhos. Vultos emergiam de todos os cantos embalados pelo ranger das velhas paredes, provocando um barulho perturbador de passos sobre o decrépito assoalho. Aos poucos, o cercavam e riam com escárnio movendo-se de um lado para o outro como num ritual macabro. Mariposas e morcegos afoitos saíam das incontáveis frestas e de dentro da rústica mobília. Sobrevoavam aquele ser imóvel e de aspecto andrógino, tal qual a pintura de Munch.

Num relance, abaixou a cabeça e não viu mais a cadeira debaixo dos pés, talvez levada também pelo vento ou pelo sopro da desesperança. Os ponteiros medíocres do zombeteiro relógio marcavam três minutos para a meia-noite, quando ela, envolta em seu manto negro, esguia e desforme, exalando um odor fétido e entorpecente, saía pela porta do quarto arrastando atrás de si uma cadeira.

Cemitério dos Anjos

— Antônio Patrick Carneiro —

Ziza acordou naquela manhã, novamente com a impressão de ter ouvido um choro de bebê. A aurora dava seus primeiros sinais e seu esposo Roque já estava separando os grãos de milho para alimentar as galinhas. A sensação de ouvir choros infantes ficava cada vez mais recorrente e mais vívida. Esses, poucos minutos após a vigília, eram interrompidos. Pensava que tudo não passava de sonhos. Ali moravam apenas os dois. Os vizinhos mais próximos estavam a cerca de um quilômetro ao norte, na comunidade de Mumbuca, ou ao sul, na Vila Enxu.

Ziza e Roque eram casados havia mais de uma década. Existia muito amor e respeito naquele humilde lar, onde tinham uma vida sofrida pelas adversidades, mas firme no juramento matrimonial. E a maior das dores consistia no fato de terem perdido seu primeiro bebê, ainda nos primeiros meses de gestação.

Moravam no Alto do Mulatos, pequeno sítio no topo de uma colina, em Riachão do Jacuípe, pequena cidade do interior da Bahia, em meio a caatinga característica do sertão nordestino. A casa era rodeada por pés de tinguis, paus de rato, mandacarus, juazeiros, umbuzeiros, cajazeiras, umburanas e mucunãs.

Ali, a cem metros da casa, passava uma estrada que ligava a Vila Enxu à cidade de Serrinha. Ao lado da estrada, pronunciava-se um cruzeiro de madeira com cerca de dois metros e meio de altura.

Era possível encontrar muitos outros cruzeiros como aquele, espalhados na região. A maioria fixada no alto de pequenos montes. Eles já eram parte característica da paisagem e pertenciam à identidade do povo daquela região. Todos esses cruzeiros recebiam fiéis, anualmente, principalmente durante as Quintas e Sextas-feiras da Paixão, onde se rezavam as Vias Sacras e encenavam a Paixão de Cristo. As pessoas também se dirigiam até esses instrumentos e faziam promessas pedindo curas. Quando se viam curadas, encomendavam um artefato de madeira, simbolizando aquele membro do corpo curado e o depositavam ao lado dos cruzeiros. Estes funcionavam como símbolo de fé e penitência. Era o artefato dos pagadores de promessas.

No Alto dos Mulatos, Ziza não só nasceu, mas viveu toda sua vida e assim desejava permanecer até o final da sua jornada terrena. Sua casa havia pertencido aos seus pais e foi levantada de adobe e chão batido ainda no século XIX, tendo perdido seus pais, porém, ainda cedo. Sua única irmã também já partira deste mundo, restando a ela a herança daquela pequena propriedade.

Metade da residência funcionava como uma casa de farinha, local destinado ao processo manual de fabricação de produtos derivados da mandioca. Lá havia um grande forno próximo à prensa, aos cochos, aos rodetes, ao pilão e à uma roda de madeira na qual se prendia uma correia e dois homens a giravam para movimentar o motor do rodete, responsável por moer a mandioca. Em tempos de bons invernos, as principais culturas dali permitiam uns meses de sustento. A agricultura familiar consistia também nos plantios de milho e feijão.

Só que uma boa safra era luxo, um "manjar dos céus". Constante mesmo era a fome. Grandes secas, lagartas e outras pragas para destruir o plantio... Só restavam às famílias recorrerem à batata do umbuzeiro, à farinha com café ou água. Com a fome, a seca, péssimas condições estruturais, sem saneamento, sem os avanços que a medicina daria décadas à frente, era comum a morte de crianças por subnutrição. Morriam nos primeiros meses de vida, e isso quando chegavam a ser geradas até o nono mês. Abortos espontâneos aconteciam com bastante frequência. Sem a nutrição e os cuidados adequados, era difícil mesmo gerar bebês saudáveis. A mortalidade infantil era uma realidade cruel imposta pela, igualmente cruel, fome. Uma das tias da Ziza, por exemplo, tivera mais de uma dezena de filhos mortos nos seus respectivos primeiros meses ou anos de vida. À fase adulta só chegaram quatro. Nas famílias da região, era comum demais encontrar casais que perderam filhos dessa forma.

Esses bebês, involuntariamente abortados, eram chamados pela comunidade de "anjos".

— Eles nasceram e morreram sem pecado. Por isso eles se juntam ao lado dos anjos no céu –, afirmava Dona Ziza.

Cabe salientar que Ziza teve uma criação católica, como predominava na região. Devota de inúmeros santos, mais fortemente do Senhor do Bonfim e da Maria Santíssima, promovia as devidas festas tradicionais. Soltava fogos no dia de São José, queimava fogueira para São João no mês junino e ornamentava uma imensa lapinha, como eram conhecidos os presépios, do início de dezembro, cobrindo todo o período natalino ao dia de Reis.

Apesar do catolicismo reger parte de sua fé, vários costumes passados pela tradição oral e pela cultura estavam repletos de elementos de outros sistemas de crenças. O sincretismo religioso era tão forte e característico, que parecia mais um mosaico de várias dessas crenças. Ali predominam elementos de religiões afros ou do espiritismo junto à doutrina católica. A sabedoria antiga dos benzedores também ajudou a formar seu sistema de crenças. Esse conjunto de saberes acabava por unir as plantas medicinais, orações e uma fé firme nas "coisas lá do Céu". Benzia-se com várias plantas, mas, principalmente, a vassourinha. Rezava para mal olhado, espinhela quebrada, para cair verrugas, sarar membro desmentido e outros tantos males.

Por viver bastante tempo sem dispor de recursos para medicamentos farmacológicos, esse era o principal meio pelo qual as pessoas buscavam encontrar cura para os males que lhes afligiam, e muitos buscavam as rezas da Ziza.

Ali, no seu sistema de crenças, estava o fato de que os espíritos ou as almas das pessoas deveriam passar por um tempo no purgatório antes de ter seu acesso ao Céu. Nesse período, as almas deveriam expiar seus pecados. Esse pagamento seria inevitável. Muitas almas ficavam vagando pela Terra, dentre os vivos, até isso se efetivar. Mas, além dos pecados cometidos, havia outra dívida que deveria ser paga por essas almas: promessas feitas em vida, dirigidas a Deus ou aos santos, que, por displicência ou falta de tempo, não haviam sido cumpridas. E, no pós-morte, o pagamento delas deveria ser terceirizado. Solicitariam, então, aos vivos, que pagassem para livrar suas almas do sofrimento do pós-morte.

Segundo Ziza, ao longo da sua vida, muitos vieram do além para lhe solicitar que realizasse pagamentos dessas promessas e terem seu devido e almejado descanso eterno. Muitas almas estavam presas ao ódio, ao apego às coisas terrenas, mas havia outras que não encontravam seu descanso por outro motivo: não receberam o sacramento do batismo. E isso era um impeditivo para que sua alma alcançasse a Glória Divina. Eram as almas pagãs, como aquelas do "Cemitério dos Anjos".

Alguns desses anjos eram colocados dentro de uma pequena caixa de papelão, como uma caixa de sapatos, e enterrados ao lado do cruzeiro próximo à sua residência. Algumas pessoas detectaram cachorros, certa vez, tentando cavar o local. Então, passaram a sinalizar e proteger o local do enterro com uma enorme e pesada pedra. Ali se formava esse informal "Cemitério de Anjos".

Havia uma verdade que passava aos olhos de Ziza: a Morte nem sempre conseguia cumprir integralmente seus desígnios. Indubitavelmente, cumpria seu serviço de igualar os seres, desencarnando-os e, nesse ponto, seu poder era descomunal. Os viventes não escapavam a ela. Nunca dá para imaginar com qual humor ela estará em sua vinda, se fará um trabalho tranquilo ou se trará o horror com sua presença. Não há onde esconder-se ou táticas a recorrer. Ela sempre presenteará cada ser vivo com seu beijo frio, e não tem como prever quando ela assim o fará. Ninguém concebe sua lógica, apenas testemunha sua fatalidade.

Após o desencarne, a Morte precisa cumprir uma segunda etapa, fazendo um papel que a humanidade, em tempos longínquos, atribuía ao Caronte: acompanhar o espírito ao além. Isso nem sempre era fácil de ser executado e a Morte não compreendia os desígnios divinos que a impossibilitava de concluir essa tarefa a ela atribuída. Talvez, fosse parte da sua condenação. As almas que não perfaziam o caminho viviam uma tortura ainda em terra, católicos denominavam purgatório. E a Morte, presa a essas pobres almas, penava junto.

Em cada aparição ou manifestação nova de um espírito, chamada por alguns de assombração, por outros, aparição e, ainda outros, de livusia, ali sempre estava a Morte em um esforço hercúleo e conjunto com uma alma em busca de libertação. A libertação dessa representava um atenuar do seu fardo. A Morte, ironicamente, carregava uma indesejada imortalidade e a perderia assim que cumprisse seu infindável papel de buscar todos os seres que vivem e viverão. Esse era o horizonte que almejava.

No início da primavera de 1952, durante o período da quaresma, Ziza passou a ouvir, por diversas vezes, choros infantis e não conseguia identificar a sua origem. Embora ela ouvisse com mais frequência, Roque também jurava que podia ouvir esses choros, às vezes. Pensava ser coisa da sua cabeça e estar sendo induzido pelos relatos da esposa. Mas esses choros se tornaram cada vez mais constantes, até que um dia, Roque presenciou um vívido chorar pueril vindo por entre a caatinga. Estava na destoca, preparando o pasto para o próximo plantio. Abandonou a enxada e dirigiu-se em direção ao som. Com o facão, abriu passagem em meio aos velames, juremas e cansanção. Percebeu que ia em direção à estrada. Chegou à cerca de arame farpado. Pisou em dois fios do arame e mergulhou a cerca.

O choro era cada vez mais intenso.

Atentou-se à margem da estrada que perpassava o monte Alto dos Mulatos e aumentou seu passo em direção ao cume. Aquele mistério teria que ser solucionado. Haveria alguma explicação para aquilo. Pensou que poderia ser algum tipo de pássaro não nativo que resolvera aparecer por aquelas bandas, talvez. Se aproximava cada vez mais do topo do monte, quando avistou o cruzeiro.

— Ai, meu Deus. Será que fizeram a maldade de largar um menino novo aqui?

Quanto mais próximo, mais estupefato ficava. Não havia criança alguma ali. Identificou tal choro vindo de uma daquelas covas.

— Era um anjo, meu Senhor! Esse tempo todo era um anjo!

E como se quisesse confirmar para si mesmo que presenciara o impossível, repetiu:

— Um anjo!

Um arrepio invadiu-lhe o corpo. Ele retornou para casa e fez o comunicado para Ziza. Ali havia um anjo pagão enterrado. Pelo menos, essa foi a conclusão a que ambos chegaram. Imaginavam que aquele anjo não estava livre da sua condição terrena porque não tinha sido devidamente batizado.

O casal compartilhava da crença que o sacramento do batismo era indispensável a qualquer ser humano. Ninguém poderia descansar sem tê-lo recebido, mesmo um "anjo" que não vivenciou o pecado. Dessa forma, se dirigiram até aquele túmulo, com uma cuia cheia de água, e improvisaram um batizado ali. Os dois encenaram uma cerimônia de batismo. Colocando-se como figuras de padrinho e madrinha, disseram as palavras:

— Eu os batizo, em nome do Pai, do Filho e do Espírito Santo!

Jogaram água sobre aqueles túmulos e desejaram, do fundo do coração, que aqueles anjos, finalmente, encontrassem a paz e se sentassem ao lado dos seus entes no Paraíso.

E os choros cessaram... por um tempo.

Em um final de tarde de uma sexta-feira, após um dia de carpina de preparação do terreno para plantio, o casal chegou em casa e tomou um banho. Roque acendia os candeeiros e Ziza acendia o fogão à lenha, já colocando uma porção de água para preparar um café. De repente, foi tomada por um susto ao ouvir um bebê chorando alto. Dessa vez, o choro era muito próximo da casa e muito real. Correu até a varanda e se deparou com um cesto. Nele, uma criança aparentando ter poucas semanas de vida.

— Roque! Corre! Corre aqui. Me acode!

Roque, imediatamente, foi ao seu encontro e se viu tomado por uma surpresa. Assustado, ele saiu para ver quem teria deixado aquela criança ali. Já se fazia noite e a lua não havia aparecido para pintar o céu. Ziza, sem saber como proceder, tentou afagar aquela criança e acalmar o seu choro incessante. Requentou o leite da manhã, torcendo para não ter azedado.

No dia seguinte, Roque saiu ao trabalho e a Ziza ficou para cuidar da criança. Chamaram-na, provisoriamente, de Aparecida. Pelo menos até que seus pais fossem identificados e seu verdadeiro nome de batismo, revelado.

Roque deixou a roça mais cedo naquele dia e saiu pelas redondezas, tentando coletar pistas de quem poderia ter abandonado aquela criança indefesa em sua porta. Não conseguiu mais informações do que já possuía. Ou seja, nenhuma.

Diante do levantamento, curiosos os visitaram naquela noite para verem de perto o nascituro que agora habitava aquele lar.

Na noite do terceiro dia, após jantarem angu e alimentarem a criança com leite caprino, o casal se deitou. Por falta de um berço ou espaço na cama, o bebê continuava acondicionado no mesmo cesto em que fora encontrado, agora forrado com um lençol. Durante a madrugada, porém, Ziza se levantou e acendeu o candeeiro para ver como a criança estava.

De repente, um terror se abateu sobre seus olhos, manifestado por um grito que ecoou bastante longe.

A Morte havia feito uma nova visita. Levou aquela que um dia foi fruto de descaso e abandono, que teimava em retornar para experimentar o que nunca teve. Dessa vez, tinha encontrado um lar. Recebeu acolhimento e uma fração de afeto que nunca tivera. Queria mais, porém, foi abruptamente interrompida. Novamente.

Naquele cesto havia apenas ossos do que um dia fora uma criança. E não havia sinais de uma decomposição recente. Não havia explicação plausível para aquele fenômeno. Ziza parecia colapsar internamente. Não conseguia processar o que estava vendo. Estaria presa em um pesadelo?

Gritando e chorando histericamente, não conseguia ouvir seu marido tentando acalmá-la. Ele também não encontrava explicações para aquilo, mas precisavam se manter serenos. Após esgotar-se em choro, Ziza acompanhou seu esposo pelo terreiro da casa.

Ziza carregou um candeeiro que mantinha sua chama trêmula por causa do vento e da neblina que descia. Na outra mão, o cesto com o que parecia ser os restos da bebê Aparecida, ou seja lá o que fosse aquilo. Roque levava uma pá e eles se dirigiram até o cruzeiro para dar um descanso para aquela pobre criança. Antes de cobrir seus ossos, repetiram o batismo que ofereceram a outro anjo meses antes.

Voltaram para casa e ambos não conseguiram mais dormir. E desde então, Ziza e Roque foram atormentados por aqueles choros nas madrugadas afora. Aparecida não queria ser deixada novamente.

Queria voltar a ter um lar.

E ela voltaria... um dia.

Não aceitaria outro abandono.

A Dama da Noite

— Tereza Cristina —

Onze horas e todos dormem. O silêncio da casa paira leve, monótono, e uma suave brisa deixa o lugar arejado. Tudo impecável, como sempre. Assim foram os dias, as semanas, os meses e os anos, que agora já não sei o quanto já se passou, mas sei que o número de vitórias é tão insignificante quanto os das derrotas, e isso parece ser tão frustrante, tão morno, como toda uma vida sem escolhas. Confesso que houve um tempo de alegrias, eu acho, e, talvez, só talvez, essas paredes brancas possam ter sido as únicas testemunhas desses longínquos momentos e os memorizado tão profundamente, que é difícil conseguir ouvir seus sussurros durante o mórbido silêncio desta casa, que um dia foi um lar.

Aqui estou, sentada, ereta, como uma verdadeira dama, ensinada a manter-se em posição de elegância, nunca o contrário. A xícara de café me faz companhia, com seu aroma forte, o sabor amargo – de quem nunca soube o real sabor do açúcar – e sua cor... ah, a sua cor. Minha adoração secreta pela cor do luto que carrego comigo desde muito tempo. De uma época em que os barulhos das correntes eram mais pesados do que um ser humano é capaz de carregar no seu mais íntimo.

"És uma bela nobre!", ouvi certa vez. Mas o que é a nobreza senão a perspectiva de uma vida maravilhosa, de acordo com os princípios dos afortunados? A filha caçula de um barão do café sorri diante do elogio de um de seus pretendentes. Mas, em verdade vos digo: Nobreza é um estado de espírito. Como se minhas palavras fizessem diferença em um mundo onde sou apenas o adorno precioso de uma barganha comercial. Eu me calo, pois, mulheres como eu são julgadas como bruxas quando ousam falar o que pensam.

E aqui estou, sem saber ao certo o que há por vir, mas tenho esperado por este momento desde quando o grito preso em minha garganta foi asfixiado com um beijo sabor de fel, testemunhado pela alta sociedade cafeeira. Eu, a jovem Joana, tornei-me senhora, aos 15 anos, do senhor Martins, de 38 anos. E posamos sorridentes para um retrato, como um exemplo de uma família próspera. Arranjo feito.

Assim são as coisas no mundo da nobreza, um lugar sombrio, com leves pitadas de carinho, de tempos em tempos, sem amor, mas com muito sexo, perversão, traições, agressões e humilhações. Arranjo perfeito.

Sou prisioneira de uma vida inteira, e agora rogo por minha alforria.

Chegou a hora, eu sei. As crianças dormem em seus quartos decorados, e, meu senhor, dorme nos braços de mais uma de nossas tantas criadas. E é nesta solidão que me encontro, vestida de verdades dolorosas e angustiantes, peço que venha a mim, tu que sempre estiveste à espreita dessa minha vida miserável.

Criança... tenho ouvido tuas súplicas desde os tempos em que estavas no ventre de tua mãe. Ela, que sempre esteve se fazendo presente, como uma velha amiga, compartilhou comigo o seu desejo, e sinto te informar que não posso ir de encontro ao desespero de uma mãe moribunda, mas vejo que herdaste dela a mesma dor que todas as mulheres um dia hão de carregar. Este fardo não posso tirar, não agora. Mas, se te serve como alívio, há um jeito para que tudo acabe sem mais dor, nem sofrimento.

As vozes ressoam como cantigas de ninar vindas de algum lugar próximo a mim, e com elas sinto o aroma de rosas invadir cada canto desta imponente construção antiga. Enquanto me entorpeço com o perfume fúnebre, vejo as chamas das velas se apagarem, uma a uma, restando apenas o ar gélido que sai dos meus pulmões, se misturando com a fumaça da minha xícara de café. E a cada passo fantasmagórico vindo em minha direção ouço o crepitar do que se tornarão cinzas de lenhas que esvaem da lareira à minha frente. Frio... E tudo que me resta com esta nova amiga.

Tu me tomas como amiga, criança? Gentil da tua parte, quando muitos não me chamam para uma breve prosa, para simplesmente analisarem suas perspectivas. Um erro que tantos cometem por medo e me procuram apenas em seus momentos de loucura.

— Estou louca? Como minha mãe foi um dia? Pois, se assim estiver, por favor, saia das sombras e deixe-me ver o rosto do meu algoz. Quero deleitar-me com as tuas palavras de conforto neste momento que a dor da infelicidade me consumiu por inteiro.

Não ouvi tuas súplicas para te ajudar, criança. Ouvi porque soou tão familiar. Mas, diga-me o que queres de mim? Quando o fruto que carregas em teu ventre ganha forma a cada segundo desta conversa.

— É isso, minha senhora. Este peso que carrego, já não posso mais carregar. Não há espaço para mais um, quando nem mesmo aqueles que dormem no andar de cima são capazes de despertar em mim algum tipo de sentimento. Não há empatia. Se não podes me ajudar, o que fazes aqui? Deixe-me com minha agonia.

Joana, há ciclos que não podem ser quebrados, nem nessa vida nem em outras, não posso intervir antes da hora. Tudo tem o tempo certo para acontecer e sua razão, mas, hoje, vim para contar minha história (como um dia contei à tua mãe), de quando fui feita de carne, espírito, esperança e amor, por isso apenas ouça e depois tome a tua decisão.

Foi uma época longínqua, onde tudo era tão escasso, feroz e a esperança era uma coisa para poucos. Muitos morreram próximos a mim de fome, frio, doenças, sem que pudessem usar sua espada para se defender. O perigo era invisível aos nossos olhos e nos assombrava mesmo acordados.

Às vezes, era difícil saber o que era real, pois estávamos tão contaminados com as insanidades daqueles tempos, que tudo virava pó em segundos, nada tinha sabor ou perfume. O odor pútrido era o único ar que podíamos respirar, muito diferente da visão romântica dos poetas que se multiplicavam aos montes entre os excrementos e garrafas de vinho sem qualidade e que acreditavam que suas palavras poderiam descrever a beleza oculta que nos cercava. Grande engano.

E assim cresci, à margem, esquecida e coberta por pústulas que enojavam qualquer um que se aproximasse. Meu desespero era palpável, visceral, e ansiava para que meu sofrimento acabasse, igual aos infelizes que sucumbiram antes de mim. Ah, sim, a Morte parecia-me tentadora, mas a maldade humana é capaz de transfigurar a si mesma e, então, fui levada por ladrões e molestada física e mentalmente, perdi meu senso e quaisquer vontades dentro de mim. Ah sim, eu desejei não existir! Mas, a Morte tem seu jeito próprio de escolher a hora certa de suas companhias, e não era a minha hora.

Sozinha, doente, grávida, fiquei ali, absorvida pela escuridão, nutrindo sentimentos sombrios, perversos e sórdidos, tudo de uma só vez. Eu senti a cólera nutrir minha cria dia após dia, e então, quando o sol deu lugar à escuridão, ouvi a única voz capaz de me dar alívio...

Ela vinha da terra, abaixo de mim, aguda, mas calma, e sussurrou em meus ouvidos a seguinte canção: "Não há paz em um coração negro, pobre criança. Esteja comigo e veja a dor virar esperança". Eu me agarrei àquelas palavras e, como um mantra, fui absorvida por aquelas terras que sugaram todas as pústulas de minha pele, e aos meus pés um natimorto que sorria, coberto de sangue. Tive fome, sede e um desejo incomum de me manter jovem e bela. E alimentei-me de minha cria, cada parte de seu frágil e gélido corpo voltou para mim e assim vaguei até encontrar aqueles que me feriram e me abandonaram.

Eu os seduzi e os fiz provarem, em meio às suas próprias perversões, todo o ódio que me consumia, os fiz embebedar-se com as luxúrias mais vergonhosas para um povo cuja virilidade sempre foi seu orgulho e sua honra, mas foi o corpo daquele que se implantou em mim que sofreu com o maior de todos os terrores. Estimulei a vida em abundância entre suas pernas para que cada semente sua pudesse espalhar por onde passasse, a infelicidade e o arrependimento de toda uma vida, e assim meu sofrimento multiplicou-se por todos os cantos, alimentando os meus dias neste mundo. Minhas crias nascem para semear dor, desgraça e vergonha. E com o tempo, envelheci. Andei de terra em terra até ser consumida por ela. E assim, como muitas de mim, ouço as gera-

ções do que sobrou de minha existência, sempre ouvindo e me alimentando do clamor dos meus...

— O que queres me dizer ao certo com a tua história?

Não vê? És meu fruto, assim como tua mãe foi, a mãe de tua mãe, e assim por diante, vindo de outra terra, de outro tempo.

— Então, essa história é sobre mim?

Não, essa história é sobre nós! O que carregamos nunca poderá brotar amor. Teu destino, e de todos os que virão depois de ti, é alimentar com o teu sofrimento a minha existência, pois sem mim não haverá outra. Cada um tem a sua Dama da Noite, e chamar-me de Morte não é uma forma educada de me retratar. Como falei, não vim para ajudá-la, mas para dizer o que lhe aguarda quando se decide partir antes do tempo. E agora, criança, o que irás fazer? Quer mesmo vir comigo antes da hora ou continuará a alimentar-me com teu sofrimento até estar pronta para te juntar a mim?

— Tua história é peculiar, tão sombria quanto minha vida, mas o que me pede está além de minha compreensão, pois não vejo motivos para continuar a viver essa vida amaldiçoada, tampouco quero ir contigo para ficar observando o sofrimento dos meus. Quero paz, apenas!

Joana, não existe paz quando já se nasce marcada para sofrer.

— Então, leve-me contigo, pois prefiro ir antes de minha hora, do que continuar a sofrer sem motivo. E o que acontecerá?

Sente as dores no teu ventre? Expulse o natimorto que está dentro de ti, e faça com ele o que fiz com o meu, mas não espere a paz que procura, pois, o lugar ao qual pertenço é solitário, frio e apático. E cada sofrimento colhido é um pouco mais de eternidade, e então te tornarás uma Dama da Noite ou, para os muitos, a senhora Morte. Esta é a tua decisão, criança?

— Sim, faça de mim a tua semelhante.

O Fardo da Morte

— Lucas Mercês —

Sob o céu da noite sem estrelas, tendo apenas a luz pálida da lua para iluminar seu caminho, uma senhora de feições dignas anda calma e lentamente por uma rua extensa do centro do Rio, preservando as mãos velhas e calejadas dentro dos bolsos do casaco. Que estranho. Andar com as mãos enfiadas nos bolsos não é um hábito costumeiro por parte das idosas; dificilmente, vemos uma que o disponha.

Tal contraste não é o único que ela exibe, pois rugas longas e profundas circundam seus olhos de expressão entristecida, ao passo que um sorriso tímido e gentil lhe enobrece os trejeitos de ritmo fraco, como uma rosa a enfeitar um túmulo antigo.

Quantas lembranças e experiências devem se acumular na nossa mente, afunilando-se como uma multidão entre paredes apertadas, para que cheguemos ao ponto de exibirmos tamanha variedade de sentimentos em uma superfície tão curta de pele? Pois o rosto que possuímos, logo após inspirarmos o ar do mundo pela primeira vez, já começa a envelhecer; e com o envelhecimento, tudo o que vivemos fica marcado nele, com absolutamente nada sendo deixado de lado.

Seus cabelos brancos são poucos; tão miseravelmente poucos, que podemos ver a nudez do alto de sua cabeça, que algum dia se manteve escondida sob mechas negras como o escuro do céu. Mas atente-se: ela tira uma das mãos do bolso e, com os dedos finos e frágeis, põe as mechas atrás das orelhas esquerda e direita. E lá está outro contraste estranho, pois a maioria esmagadora das idosas, se não todas, ignora esse hábito esquecido da juventude.

O casaco que ela veste, assim como os sapatos simples e surrados, denunciam a pobreza na qual vive. Pois o tecido, que, com toda a certeza, já foi de um marrom mais escuro, parece ter sido submetido a inúmeras esfregações, que o desbotaram ao arrancarem-lhe a vivacidade da cor.

Sua calça, também de um marrom desbotado, está repleta dos mais variados rasgos, tanto em cima como embaixo; e ainda que tenham sido cuidadosamente costurados pela velha, os remendos podem ser vistos aqui e ali, pois as pontas soltas voam ao sabor do vento.

De fato, seus passos são curtos e lentos. Mas na lentidão da pobre velha pode ser observado o prazer no ato de andar; além do cálculo que precede cada passo, já que a firmeza de seu pisar exprime a familiaridade que sente sobre o caminho que está trilhando.

Chegando à conhecida praça XV, onde a grama verdejante é iluminada pela luz branca dos postes, ela observa os homens e mulheres que se divertem ao som da Bossa Nova, e que comem com fartura o churrasco assado na brasa. E mesmo ali permanecendo por longos minutos, de pé e pensativa sobre a calçada, sua presença é ignorada por todos eles; assim como ignoram as horas tardias do relógio.

Vagarosamente, para cá e para lá, seus olhos vão fitando aquelas feições jovens e cheias de vida, com o apertar de suas pálpebras delatando a conhecida habilidade dos velhos: *ver através dos rostos*. Com o passar de toda uma vida, após visitar e ser visitado pelos tipos mais variados de gente, você aprende a enxergar as agonias que tais pessoas tentam esconder por trás da máscara.

Aquele, com certeza, não gosta de festas. Ela pensa consigo mesma, ao observar certo homem com um sorriso cinza entre os amigos. *Ou será que não gosta dos amigos que tem?* Ela se diverte retirando as máscaras, e vendo os segredos que caem ao chão como gotas d'água. *Acho que aquela moça gosta daquele homem ruivo... há, há! Mas ele está apaixonado pela menina de cabelos cacheados. Claro que está.*

Logo as barracas e lojinhas vão fechando e, de pouco em pouco, os visitantes se despedem uns dos outros. Alguns saem sozinhos pela entrada da praça, outros acompanhados do parceiro, enquanto a maioria vai para casa em grupos um tanto barulhentos, ainda com seus corpos tomados pela festança. A velha abaixa o olhar sorridente em direção ao chão, e antes de dar o primeiro passo para ir embora, sua atenção se volta para uma menininha parada na praça.

A pele negra e delicada, não tendo mais do que uns 6 anos, deve ser macia como o urso de pelúcia em seus braços. O vestidinho de renda azul é de uma tonalidade clara como o céu da manhã, e estando sujo com algumas marcas de terra aqui e acolá, a velha adivinha que ela passara o dia a brincar com os amigos na praça. Apenas adivinha, pois são poucas as crianças que já aprenderam a usar uma máscara.

Entretanto, um "quê" de tristeza lhe deforma a pureza do rosto infantil. Os lábios inferiores estão um pouco para a frente; e os olhos, um tanto lacrimejados, são postos para baixo pelo peso das sobrancelhas. *Por que está tão triste, menininha?* A velha pergunta em pensamento.

Mantém a cabeça voltada na direção da menina, e ruminando com suas teorias errantes, esperando que alguma explique as emoções que enxerga em suas feições, logo avista uma mulher que anda por um dos caminhos arborizados da praça. A pele também é negra como uma joia, e tendo um formato de rosto tão específico, pôde adivinhar que é ela a mãe da criança.

Vez ou outra, tendo absolutamente nada em seu caminho, a mulher tropeça sozinha. Ela balança a cabeça de maneira brusca, e após apertar o cenho com os dedos, volta a andar de maneira trôpega, praguejando em voz baixa. *Parece que está bêbada,* pensa a velha ao perceber o tom avermelhado em seus olhos.

Ela continuou receando quando a mulher se aproximou e começou a falar alguma coisa com a filha, e tranquilizou-se ao ver o abraço que ela lhe dera antes de partirem, apesar da bebida. Mas antes mesmo de comemorar aquele temperamento afável, logo sentiu uma preocupação inquietante.

Não se atendo sobre a força que emprega nas mãos, e na velocidade dos passos, ela arrasta a menina de maneira ligeira, sem perceber que as pernas da pequena não conseguem acompanhar seu ritmo. Agora, uma palpitação faz a velha juntar uma mão sobre a outra, pois, ao final de um dos corredores circundados por árvores, um carro vermelho as aguarda estacionado.

O brilho das chaves balançando na mão da mulher desperta um sentimento de impotência na velha, já que ambas estão muito distantes, e sua voz jamais seria ouvida.

— Ela não pode dirigir daquele jeito! Não há ninguém para impedi-la?! – ela diz, a voz angustiada, enquanto olha ao redor.

O que ela pode fazer? Os faróis do carro acendem, e de maneira aparentemente controlada, como se quem dirige não estivesse bêbado, ele serpenteia pelos corredores da praça XV. A velha grita em súplica uma última vez, mas mãe e filha, ignorantes sobre sua presença esmaecida, seguem como se nada tivessem visto ou ouvido.

De repente, vendo-se mais uma vez sozinha naquela calçada, ela entende que a resignação é a única escolha possível. Seu olhar distante, voltado para a esquina na qual o carro virou, foi como uma prece; prece essa na qual torceu para que ambas ficassem bem. Pondo as mãos enrugadas novamente nos bolsos do casaco, retorna com o corpo para o lado oposto, e então estaca.

Ao final da rua, caminhando de forma lenta, uma figura alta e trajada com roupas negras vem andando em sua direção. Seu rosto é o de um jovem; tão pálido, que a luz branca da lua parece lhe cair sobre a face como um véu, acentuando ainda mais o escuro das vestes.

Ela sente um frio inequívoco subir pela espinha, pois aquele rapaz não usa máscara alguma. As intenções que seu olhar exibe são tão resolutamente claras, que ela sabe ser inútil tentar convencê-lo a dar meia volta.

Impondo sobre o corpo todos os resquícios de vontade que lhe restam, foge o mais rápido que pode pelas ruas mal iluminadas que vão surgindo pela frente. Ela não vê as placas indicando seus nomes, e em nenhum momento olha para trás. Passando vez ou outra pelas poucas pessoas no caminho, como se fosse tão relevante quanto os postes nas calçadas e pedras no chão, a velha é implacavelmente ignorada pelos transeuntes.

Passaram-se apenas alguns segundos, mas com as pernas já exauridas pelo cansaço, não pôde evitar olhar para trás.

Virando a esquina, e olhando diretamente nos olhos da idosa, o rapaz continua a andar lentamente. Ele está resoluto na decisão tomada; e certo de que nada pode impedir seu encontro com a velha, sabe bem que correr é desnecessário.

Meneando a cabeça tiritante, ainda em busca de uma fuga pela qual seguir, ela percebe, logo em frente, a porta entreaberta de um prédio abandonado. Sequer pensa duas vezes antes de ir até ela e passar seu corpo magro pela abertura apertada, como a linha que atravessa o furo da agulha.

Sente as forças renovarem ao ver a escadaria subindo em uma espiral, prometendo livrá-la da presença que antes parecia inevitável. Segurando-se com uma mão no corrimão enferrujado, e a outra estendida à frente para evitar se chocar contra qualquer superfície escondida no negrume, não demorou para que chegasse ao sexto andar, ou talvez sétimo.

Um som estridente vindo das profundezas a faz pôr a cabeça para lá do corrimão, e olhando para baixo, grunhe em desespero ao ver a luz de fora invadir pela porta de entrada do prédio. O rapaz, vestido em roupas negras, acaba de atravessá-la, e já sobe em seu encalço pelos degraus empoeirados.

Com o calor do corpo se elevando ante a conhecida angústia, a velha continua a correr mais e mais, até que alcança uma outra porta. Passa por ela, e mais uma vez com preces surdas lhe escapando da garganta, torce para que o rapaz passe direto pela porta, e que continue a subir em direção ao próximo andar.

Dando-se conta de onde está, percebe, logo em frente, uma sacada pequena e decrépita voltada para a avenida Presidente Vargas, fria como o vento que ali sopra com violência. Um rangido seco a faz se voltar para trás, e então vê a porta se abrir de forma lenta, revelando uma mão pálida que segura a maçaneta com força.

Sem ter para onde fugir do jovem, que olha dentro dos seus olhos a todo o momento, a velha anda de costas, com seus passos tremendo tanto quanto a estrutura do prédio, que pode sentir balançar sob seus pés.

— Você não precisa fazer isso... – disse ela, a voz rouca a implorar.
— Você é tão jovem... tão bonito... por que fazer isso?

Já não tendo mais espaço para continuar recuando, logo sente as costas se chocarem contra os tijolos da sacada, e o jovem estaca a centímetros de seu corpo.

Abaixando o olhar por um momento, e sibilando algumas palavras inaudíveis para si mesmo, uma lágrima fina desce por um dos olhos do rapaz, desenhando uma linha reluzente sobre suas bochechas brancas. Ao pingar da lágrima sobre o chão, ele volta a fitar o rosto da velha, e parecendo ver através dela, como se ela sequer estivesse ali, ressoa o eco de sua alma em direção aos céus, mesmo sabendo que ninguém jamais a ouviria.

— Essa vida... eu cansei dela!

Entortando levemente a cabeça, e deixando as mãos tombarem em compadecimento pelo rapaz, a velha volta a se deixar consumir pela vã esperança de contornar aquele destino tão terrível. Mas é tarde. Atravessando o corpo da velha, que por um momento pôde sentir o rapaz dentro de si, o jovem sobe com ambos os pés sobre a murada.

Alguns segundos de reflexão servem para uma última olhada sobre o mundo, e o abrir dos braços, para impedir os próprios instintos de o obrigarem a se segurar em algo.

—⋅⊱✦⊰⋅—

Agora ajoelhada sobre o asfalto caramelizado de sangue, e tendo diante de si o corpo quebradiço do suicida, a velha fecha os olhos em uma tristeza profunda, perguntando-se até onde aquilo irá; quando, de repente, sua lamentação é perturbada por algo que lhe arranha as pernas.

Abrindo novamente os olhos, percebe que o pobre rapaz, dominado pelos instintos primitivos, tenta salvar a si próprio. Ele busca se agarrar em qualquer coisa no seu último sopro de vida, mas erguendo as mãos para o alto, tudo o que consegue é rasgar ainda mais a calça da estranha com as próprias unhas. Não demora para que volte a cair sobre o chão.

— Está morto.

Percebendo a expressão de pavor no rosto do garoto, e sabendo que ele havia enxergado algo que antes lhe era invisível, ela fecha seus olhos jovens e assustados com a ponta dos dedos.

Reunindo as próprias forças, que são poucas, a velha ergue-se mais uma vez com as mãos nos bolsos do casaco desbotado, e lamenta profundamente ao se ver iluminada pelos faróis de um carro vermelho, que vem rápida e descontroladamente em sua direção.

Tão jovem e bela... pobre menina.

A COLHEITA

— Kiko Moreira —

O clangor das lâminas ainda ecoava no campo de batalha, projetando a dor de seus sonidos até as colinas distantes, estendendo meu trabalho que já durava horas. Uma lança penetrou fundo no abdômen de um jovem, e surpreso ele sentiu meu toque, a flecha resvalou no elmo de um soldado e atingiu no rosto o companheiro de seu lado, minha mão foi rápida em trazê-lo. Por todo o campeado minha sombra tocava homens e animais, um cavalo de guerra teve as pernas quebradas durante a cavalgada e agonizava aos poucos, mas, finalmente, sentiu a clemência de minha sombra; ele também foi responsável por trazer a mim um guerreiro que em sua fúria tropeçou no corpo inerte da montaria, permitindo minha chegada na ponta de uma espada; o medo exalava seu cheiro nauseante, corações enchiam e esvaziavam o sangue num ritmo frenético de adrenalina e confusão. Ao Norte, milhas distantes dali, um recém-nascido respirou por alguns segundos antes de receber meu beijo; ao mesmo tempo, em um país desconhecido, um velho finalmente me encontrava depois de 100 anos. Eu estava presente, estendendo minha sombra em cada canto onde fosse preciso. Eu era o temor da maioria, a que queria evitar, embora alguns poucos me chamassem e recebessem com tranquilidade. Era o meu papel, iniciar a viagem desses seres rumo ao julgamento, entregá-los ao juízo.

— Eu lhe imaginava diferente – a voz me chamou a atenção. Era um jovem lanceiro, cabelos negros sujos de sangue, saliva e barro; o olhar fixo em mim, uma espada havia atravessado sua cota de malha e rompido seu coração, mas meu toque não estava nele. — Eu estou morto? – indagou com uma súplica na voz.

— Como você me vê? – respondi. — Em que forma está me enxergando?

Atônito com a pergunta, ele fitou meu ser e respondeu.

— Uma mulher de muitas mãos, um velho de cabelos de prata, uma sombra profunda, um anjo de asas negras, o ceifador, um vazio...

Ele via as várias faces de meu ser, tudo aquilo que já fui e serei para os homens dessa esfera.

— Estou morto?

— Não, você está no limiar.

— Como assim? Morto ou não? Eu me sinto estranho.

— Talvez você seja um dos Marcados. Eu não posso tocar você.

— Não estou entendendo, sinto a dor em meu peito, a espada, ela penetrou fundo, senti meu peito explodir, meu sangue esvair de mim, deveria estar morto.

— Quando muitas eras atrás o primeiro sangue foi derramado pelo irmão, eu que não deveria ter existido, nasci naquele momento. O assassino foi marcado para que eu não pudesse tocá-lo. Às vezes, seus descendentes herdam a marca e vagam por aí, condenados, incapazes de serem levados ao Juízo. Ou, talvez, você seja um dos Escolhidos.

— Escolhido?

— Sim, alguns de vocês de vez em quando escapam de minha sombra ou fogem ao meu toque. Algumas centenas de anos atrás, um esteve em meus domínios por três dias, me desafiou e venceu em meus termos; comandou a mim e voltou levando vários com ele, depois ascendeu. Mas, às vezes, ele escolhe alguns para fugir a mim, são seus semeadores.

Marcados ou Escolhidos. Estou proibida de lhes trazer o conforto ou o tormento de meu abraço.

— E agora, o que eu faço?

— Não depende de mim, você deve procurar seu caminho entre os que respiram e descobrir a qual lado da balança você serve. Existe uma guerra, você não sabia?

— Sim, uma guerra! Meu lorde foi atacado por selvagens, por isso estamos aqui.

Um sorriso passou pelo que chamariam de meus lábios.

— Não é essa a guerra a que me refiro. Sua guerra agora é muito pior e vai lhe trazer dor, sofrimento, dúvidas, lágrimas que durarão uma eternidade. Você vai buscar a mim e não vai me encontrar, não até que as batalhas cessem de vez e eu não seja mais necessária. Minha sombra tocou a face angustiada de uma mulher se afogando num rio, minhas asas encobriram dois espadachins a poucos metros de nós, ambos desferindo um golpe fatal no outro, atingindo pele, ossos, vida.

— Eu não entendo! – falou o jovem com a voz alterada pela confusão e pelo medo. — Pensei que havia morrido, que tudo havia acabado e eu iria para o Paraíso... ou o Inferno...

— Uma hora irá entender. Por agora, volte à sua família, retorne como herói de seu povo. Olhe! Há apenas alguns de pé em meio a batalha, leve meu toque até eles, se quiser, e depois siga seu destino, seja ele qual for. Os agentes da Luz ou das Trevas irão procurá-lo, esteja pronto quando a hora chegar, ambos os lados ainda precisam de guerreiros, ou de profetas, quem sabe.

A suavidade de meus lábios tocou a face de um líder em algum lugar nas geleiras ao sul e ele sorriu antes de me ver carregá-lo. A purulenta ferida infeccionada de um sacrílego foi engolida por minha sombra e o suspiro dolorido de um condenado suspenso na corda me tirou a atenção um segundo.

— Como eu saberei? – insistiu o lanceiro com voz firme, distinta, sem nenhum traço do medo de há pouco; a mudança nele começava.

Fiz crescer sobre ele o meu manto de penumbra, visando afastá-lo, já que saborear sua chama não me era permitido e me era dolorido e frustrante não cumprir meu propósito.

— Não me é permitido levar você comigo, mas saiba que todos aqueles a quem ama receberão de mim sua última visita neste plano, portanto não me atormente mais, siga seu caminho de volta à batalha ou fuja para casa. Você me verá mais vezes do que poderia imaginar enquanto caminha por estas terras ao longo dos tempos. Ser intocado por mim não é uma bênção. Vá! – E atravessei meus dedos junto com a lâmina de uma espada decepando um dos últimos a serem colhidos naquele campo. — Minha tarefa aqui terminou.

O lanceiro ergueu-se e endireitou os ombros, estendeu a mão direita para uma espada caída no chão e com a esquerda tocou pela primeira vez o lugar onde havia sido ferido; surpreso, percebeu aos poucos que uma cicatriz surgia, seu coração recuperando as fibras rompidas e bombeando o espesso líquido rubro em seu corpo. Ele virou-se na direção dos gritos dos sobreviventes, seguiu até eles titubeando, mas firmando o andar a cada passo; olhando em volta, vislumbrou minha sombra por todo o lugar, o cheiro acre de sangue, fezes e suor sulcando as narinas. Aves necrófagas há muito infestavam o lugar, buscando nutrição das carniças espalhadas pelo solo, homens e animais servindo de refeição para elas, o ciclo da morte fortalecendo a vida.

Procurou meu olhar, mas eu já havia partido, um cervo seria a presa de um leão faminto, longe, na savana; uma febre duradoura me levaria gentilmente até uma cortesã numa cidade doente, em minhas mãos um pássaro cairia vítima de uma pedra arremessada por uma criança.

O lanceiro seguiu com seus companheiros através do campo de matança, um bando de combalidos, feridos e taciturnos. O silêncio reinava entre eles; não havia alegria na vitória, apenas alívio por terem sobrevivido à batalha, por estarem voltando para suas casas. Seu senhor certamente faria uma comemoração essa noite, talvez até houvesse vinho e carne antes de voltarem à realidade de suas vidas infelizes, lacaios que cuidavam da terra em tempos de paz e a nutriam de sangue em tempos de guerra.

Um homem implorou por mim após cair de um penhasco, seus músculos aprisionando sua alma, enrijecendo seu corpo antes de eu finalmente poder tocá-lo. No mesmo instante, o lanceiro chegava em sua aldeia, os soldados de seu senhor empunhavam espadas e lanças mandando que todos se dirigissem ao pátio comum do feudo. O jovem queria apenas ir para sua família, mas foi obrigado a seguir sob as ordens, sem forças sequer para protestar.

Uma enorme estrutura de madeira havia sido colocada no centro da praça comunal, um altar de sacrifício para a deidade a quem os sacerdotes de seu senhor se reportavam, cinco pessoas estavam amarradas a um tronco vertical, incapazes de se mover. *Prisioneiros?*, pensou o lanceiro. Traziam os rostos encapuzados dispostos sobre uma espécie de cocho, suas cabeças seriam esmagadas por um machado de pedra, vertendo o sangue para deleite das entidades sombrias.

Logo eu teria que executar o meu trabalho, quando a dor atingisse os condenados, oferendas a demônios mortos há muito tempo; alguns viriam a meus braços quase imediatamente, mas outros sofreriam a agonia durante dois ou mais golpes do machado antes de finalmente serem levados por mim. A dor e a agonia não me satisfaziam, eu apenas cumpria meu papel.

O lanceiro me viu quando o verdugo sob as ordens do sacerdote retirou o capuz do primeiro martírio e em seguida desferiu o golpe que entregou a linda mulher de cabelos vermelhos em meu abraço. Eu senti o coração do rapaz parar por um segundo, como um convite, antes da fúria e do grito que suplantou os brados da multidão. Era a vida de sua esposa que eu colhia inclemente, enquanto o fitava.

Seus olhos me encararam, sem esperança, apenas ódio e dor dilacerando sua alma. Enquanto o machado descia sobre as outras mulheres, ele tentava abrir caminho até mim, os soldados surpresos pela súbita explosão de cólera, tentavam deter o lanceiro, mas eram levados a mim a cada golpe desferido em frenesi pela espada do guerreiro. Trinta homens me foram entregues sem que eu esperasse, Marcado ou Escolhido, ele seria uma ferramenta disputada na guerra.

Enlouquecido, finalmente chegou até o palanque sacrificial, decapitou um dos sacerdotes e cortou outro ao meio, antes de enfiar a espada no peito do verdugo, que investia contra ele com o machado; seus olhos injetados de loucura me procuraram e, perplexa, pude sentir a lâmina quente e ensanguentada cruzar meu corpo etéreo e ouvir seu grito, seu choro e sua maldição contra mim. Ele realmente seria extraordinário e em breve teria que escolher a quem serviria na guerra que os Celestiais decidiram criar. Uma avalanche atingiu uma caravana nas montanhas ao Sul, eu tinha minha tarefa para realizar e minhas asas me levaram onde precisava estar.

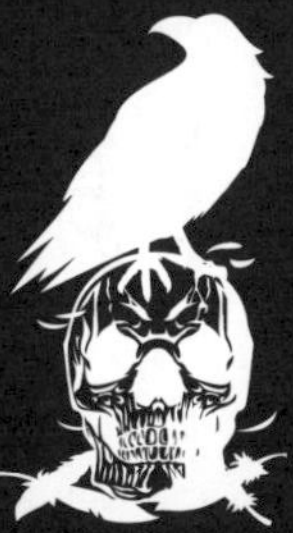

Sentença de Morte

— Cecília Torres —

Sentou-se no parapeito de um prédio de vinte andares e lá ficou a refletir sobre a vida que havia levado em seus 25 anos de idade. Havia se formado em Direito, casou-se aos 22 anos e teve dois filhos; um agora tinha 2 anos e o mais novo 7 meses de vida. Eram dois meninos saudáveis, espertos e inteligentes. A esposa, Renata, era quatro anos mais jovem, muito bonita, cabelos longos e loiros, possuía um corpo de atriz de novela das nove, muito cobiçada, acabou sendo conquistada por Felipe, que, na época, frequentava o mesmo clube que o dela.

Renata era formada em Arquitetura, trabalhava na própria residência, onde mantinha um escritório, já que só assim conseguia criar os dois filhos que ainda eram muito pequenos. Montou também uma academia dentro de casa para manter a forma. Desenvolvia projetos de plantas de prédios, que distribuía para várias construtoras, o que lhe rendia um ótimo dinheiro para ajudar Felipe nas despesas da casa.

Uma grande aglomeração começava a se formar em volta do prédio, situado no local mais comercial e movimentado de São Paulo, a avenida Paulista, novo símbolo e cartão-postal da cidade. O pessoal do escritório que saía naquele momento para o almoço ficava curioso e desesperado para saber o que estava acontecendo, e cada vez mais a fila de pessoas de pescoço para o alto ia crescendo e crescendo, até que já não se cabiam mais pessoas na calçada; pareciam abelhas que se amontoavam em uma colmeia, umas sobre as outras. A calçada ficou pequena e o trânsito de veículos foi imobilizado; podiam-se ouvir sirenes de carros de polícia, carros de bombeiro, helicópteros, repórteres, todo pessoal de TV e rádio, e ainda foi preciso chamar a tropa de choque para que todos mantivessem a calma.

Naquele momento, ainda tinham pessoas que não sabiam ao certo o que estava acontecendo na verdade, se era um incêndio no prédio ou se era pegadinha da televisão; teve gente que acreditava ser um tal de imitador do Homem-Aranha, até que se chegou à conclusão de que se tratava de um rapaz ainda jovem, que num ato desesperado, subiu até o último andar e se sentou no parapeito, ficando por lá. O motivo ainda ninguém sabia, e começaram os rumores de que ele estava ali porque queria chamar a atenção; outros diziam que ele queria ficar famoso, outro indagava que era falta do que fazer. Tantos questionamentos que já começavam a gritar:

— Vamos, pula logo!! – gritou um mais exaltado.

— Calma, moço, estou rezando um terço para você – gritou uma senhora religiosa.

— Aqui é o capitão Antunes, mantenha a calma, estamos mandando um resgate para salvá-lo – gritou ao megafone o negociante do salvamento.

Felipe fechava os olhos, ainda indeciso no que queria fazer; sentiu que uma grande confusão foi instalada por sua causa, e começou a recordar o que o levou a parar naquele lugar. Motivo que todos queriam descobrir momentos antes de ele chegar ali.

Rotineiramente, ele levantava às seis e tomava café da manhã numa padaria perto de seu escritório; só que naquele dia foi diferente. Passou no hospital porque precisava confirmar uns sintomas que teve um dia antes, uma nova doença que se instalara entre os seres humanos; isso mesmo, depois da H1N1, ou seja, a influenza A, ou melhor explicando, a gripe suína – mais popularmente conhecida. Uma nova doença que matava em apenas três dias. Restavam apenas dois dias de vida para o nosso herói, assim como na nova gripe, essa nova doença causava dor de garganta, febre alta, dor de cabeça, mas com uma nova e ligeira diferença: a pessoa começava a parar no tempo para refletir um pouco sobre a vida; parece loucura, mas é isso mesmo, nessa vida louca, estressante, corrida, filhos, casa, trabalho, televisão, tudo nos faz agir de modo a não pararmos para reflexão, ou para meditar um pouquinho, tirar um lazer, ler um bom livro, uma notícia... o que tem de gente desinformada! Bem, pelo menos essa nova doença fazia com que o indivíduo parasse como Felipe fez num parapeito e começasse a refletir sobre a vida.

Engraçado esse novo sintoma: parar para uma reflexão. Tantas coisas que temos para refletir: sobre a morte, sobre o destino da humanidade, sobre a destruição da natureza, sobre os atentados terroristas, sobre a violência entre as pessoas, sobre a pedofilia, sobre a educação que vai mal, sobre a alta dos impostos... *Ops!* Esse último é melhor esquecer. Bem, de reflexão em reflexão, o melhor é: "relaxar e gozar" para que o palhaço do bobo da corte possa rolar de rir de nossas caras de reflexão quando a doença começar a atingir a população em massa e o remédio, a vacina ou até mesmo a cura fique, quem sabe, para o próximo milênio, para que dê tempo de irmos e voltarmos reencarnados em novos seres reflexivos pensantes.

Realmente, a doença de Felipe era a nova doença segundo o médico do hospital que o alertava como numa sentença de morte, de que ele deveria assinar um testamento, porque os primeiros exames confirmaram a chamada *Reflectare Animalis*; nem precisava de quarentena, porque lhe restavam somente dois dias depois de confirmados os sintomas, só que o laboratório demorava uma semana para confirmar as suspeitas, e ainda não tinham fabricado nem remédio nem vacina. Felipe dependurou o profissional da saúde pelo colarinho, depois disso, num ato desesperado, dirigiu-se até o prédio de seu escritório e o resto vocês já sabem.

As negociações continuavam. Felipe recebeu cartinhas de amor de um fã-clube que ele acabara de conquistar; a reportagem a cada hora revelava uma novidade: descobriu que ele tinha sido adotado, que sua esposa ia posar nua para uma revista masculina, que seu sócio no escritório havia lhe dado um desfalque, que o IPTU de sua casa tinha subido mais que o dobro, que seu carro fora guinchado. O resgate começou a agir, Felipe ficou em pé e não deu tempo para que os homens o salvassem; uma rajada de vento fez com que ele perdesse o equilíbrio e assim escorregasse para a tão "indesejada da gente". Foi um longo e ligeiro salto. A vida passou inteirinha num *flash* de segundo como num *trailler* de filme hollywoodiano e...

Espatifou-se.

Chegando lá, o barqueiro atravessava um rio de lavas fumegantes e vermelhas, lotado de suicidas nadando e tentando escapar por entre o mar de larvas; envolto por uma túnica escura e um cajado em uma de suas mãos de caveira, a cara do Senhor Morte era de plena zombaria; o barco atracou perto de um jardim rodeado de flores e nascentes. Desceu, levantou Felipe, segurando-o por uma de suas mãos e a outra estendeu-lhe como para lhe pedir algo. Entendendo o gesto, Felipe pegou do bolso uma moeda e entregou-lhe. O sinal que o barqueiro fez era para ele adentrar no barco. Ele obedeceu. Pararam em um monte acima do rio de larvas, o Senhor Morte mostrou-lhe algo que parecia um transmissor de imagens, assim como na nossa televisão.

Logo, ele reconheceu Renata, chorosa, dizendo para um canal de televisão que a família ia entrar com uma ação contra o hospital que trocou os exames porque seu marido não estava com a nova doença. No bolso da camisa, Felipe pôde pegar um bilhete da esposa:

"Nós te amamos, meu amor. Beijos de sua amada Renata e filhos".

O Menino e o Salgueiro-Chorão

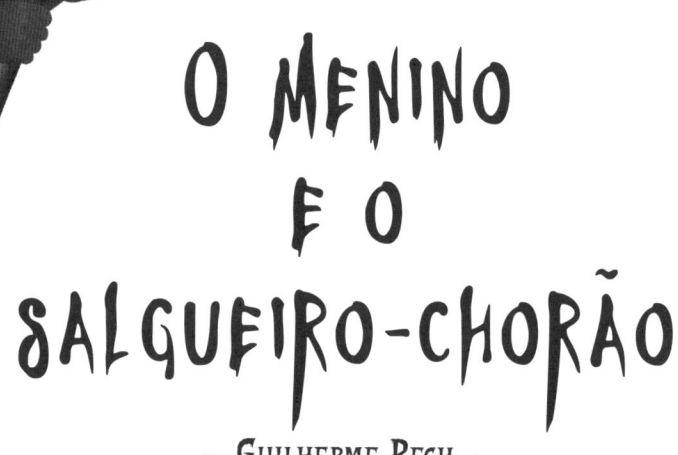

— Guilherme Pech —

No terreno da antiga casa do Rincão das Lágrimas, havia muito, erguia-se um salgueiro-chorão. Nenhuma outra árvore atrevia-se a crescer perto dele; nem aranhas, nem sabiás ousavam repousar sobre seus galhos silenciosos. O salgueiro era um tanto... solitário.

Sob a cortina farfalhante que os galhos tristonhos formavam, via-se a figura de um garotinho, inquietamente acomodado entre as raízes grosseiras. A cortina de folhas não era, na verdade, verde: tendia mais para um amarelo *maçaricado*, que, ao amanhecer, parecia verde desbotado e, à noite, eram sombras ondulantes no escuro.

Ali o menino passava suas tardes, suas manhãs, contemplando os contornos tortuosos do salgueirão e tentando decifrar os sussurros que a brisa soprava nos galhos chorosos – brisa a qual, aliás, era sempre gélida. O menino sempre tinha arrepios que brotavam da nuca.

Ali também o garotinho, tão jovem como era – mas velho o suficiente para entender que estava sob um velho salgueiro-chorão, que já era velho quando seus avós cresciam –, meditava sobre a sombra amarelada que o acolhia todos os dias, como um abraço terno e lúgubre. O menino experimentava muitas sensações debaixo daquelas folhas; muitas das quais já tocavam o chão.

Ele olhava para as raízes da árvore. Imaginava-as debaixo da terra, crescendo, se espalhando, conhecendo todos os mistérios de quem está acima da grama, sob o Sol, e abaixo dela, no escuro. O menininho lembrou-se da velha história que a avó contou, noutro dia, segurando um rosário antigo em uma mão, e um machado, na outra, enquanto apontava para as raízes do velho salgueiro-chorão. Ela disse para o menino, longe dali, como as avós dela um dia também disseram, que aquele salgueiro-chorão é maldito.

— Olhe para ele, pequeno. Veja como chora – dizia a velha senhora, convicta e temerosa. — Já está na hora de arrancá-lo pelas raízes.

O menininho encarava as folhas sacudindo ao sabor do vento, como se a árvore respirasse lentamente, igual a ele.

— Se a senhora o arrancar dali, é certo que ele morrerá, e ficará ainda mais triste, vovó.

A velha mulher parou de apontar o machado por instantes e meditou. Rumores antigos diziam que quando as raízes ocultas alcançavam a casa, o dono da casa morria. Mas e se ele fosse cortado, o que aconteceria? A avó pegou a mão do netinho, envolvendo-a com seu rosário, e contou essa história.

— Se não devemos arrancá-lo, pelo menos não devemos deixar que ele nos alcance. Amanhã, meu passarinho, temos um trabalho a fazer, você e eu. Como meus pais um dia fizeram e os pais deles também. Vamos cortar as raízes do salgueiro, o que conseguirmos – completou.

No outro dia, foi a vez do céu cair em choro. Choveu forte, e a terra, antes seca, agora estaria ideal para o serviço. Mas quando o garoto correu até o quarto da avó, cedo da primeira manhã de sol, teve uma surpresa. O menino sacudiu o braço dela. Era um braço mole e ossudo, como um galho ressequido. Então, ele gritou.

A mãe secou os braços no avental bordado e o pai ainda trazia o leite fresco recém-ordenhado. A avó não estava fria, nem morta; mas não conseguia mais pronunciar palavras. Era um mal de família, cogitou o pai. Seu pai havia morrido de algo parecido, e o pai dele também. Então, era uma questão de tempo para sua mãe partir.

O menininho caminhou até a janela do quarto da avó. Lá fora, o salgueiro-chorão fazia o que faz de melhor, com os galhos tristes correndo de um lado para outro, e as raízes, sob o solo, deveriam estar crescendo, crescendo, como garras de madeira, prestes a alcançar a casa. Sua imagem, que mais parecia uma aparição, era profundamente triste, mas sombriamente bela.

Dias depois que a avó parou de se mexer de forma total, e tiveram de levá-la para repousar no quintal atrás do terreno, no pequeno cemitério da família; o garoto contou para sua mãe a velha história sobre aquele salgueiro-chorão. A mãe percebia que brotavam lágrimas de seus olhinhos, e os secou com seu trapo de renda.

— Menino, já ouvi histórias de minha mãe parecidas. Nem todo salgueiro é chorão e nem todo chorão é um salgueiro. Olhe para você: é chorão, mas não é um salgueiro. Logo será um bravo rapazinho – disse a mãe, reunindo o melhor que pôde para tentar alegrá-lo. — Mas não deixe seu pai vê-lo chorando!

Sem a avó, o garotinho não sabia como cortar raízes sozinho. E elas cresciam, cresciam, a cada dia. Seus pais não dariam crédito ao que sentia, e, por isso, não restava outra coisa senão ter uma conversa franca com o salgueiro-chorão. Mas ele percebeu que o salgueiro era mais inquieto à noite, quando seus galhos se agitavam de um lado a outro.

Quando anoiteceu, o menino esperou o jantar acabar, as louças serem limpas, os pais irem para a cama e as velas se apagarem, para ir ter uma conversa com a árvore que chorava. Com um lampião e os passos furtivos, ele atravessou a casa e foi ao encontro de seu objetivo. A sombra do salgueiro-chorão parecia deixá-lo ainda maior diante da criança.

— Sei que suas raízes estão crescendo e que em breve vão alcançar a casa, mas, por favor, não leve meu papai. Você já levou a vovó e eu não vim me queixar.

Ele continuou conversando com a árvore. Ao redor de si, os galhos pareceram cobrir por completo os ombros do menino, envolvendo-o como uma mortalha negra. Em seguida, se dispersaram, indiferentes. O menino, então, fez um pedido secreto.

— Por favor – repetiu o menino para a árvore: — Por favor.

Diante de si, a escuridão e o salgueiro o observavam, e ele sentiu medo, pois, assim como aquela árvore que chorava, ele também estava triste, solitário e perdido nas profundezas da noite. No decorrer da madrugada, o menino não conseguiu dormir. Ouvia o pai ao lado, tendo altos suspiros, talvez imerso em sonhos desconhecidos; de algum lugar, não longe dali, uma porta batia, avivada pelo vento.

O pavor fazia o garotinho enterrar a cabeça no travesseiro. Tateou o bidê, até alcançar o antigo rosário que era de sua avó. Rezou mil vezes para o anjinho-da-guarda e as outras figuras solenes espalhadas pela casa, e implorou, implorou.

De algum canto do assoalho do casebre, ele sentiu. Imaginou a raiz chorosa penetrando na raiz da casa, espalhando seu agouro pelas vigas, trazendo a notícia que poderia vir na manhã seguinte. Um outro barulho foi ouvido, e o menino sentiu o coraçãozinho quase estourar quando algum animal noturno colidiu no telhado, ou um galho, trazido por um vento rebelde.

E o garotinho suplicava para que nenhum barulho viesse da porta ao lado, do quarto onde estava seu pai.

Dois dias depois, o céu amanheceu mais claro. Um casal de sabiás resolvera ousar e observar o campo através de um galho retorcido do salgueiro-chorão. Um pardal sobrevooou, preferindo não arriscar.

Pouco longe dali, outro sabiá acabara de alçar voo, deixando as marcas de suas patinhas no cimento ainda fresco da lápide de um menino.

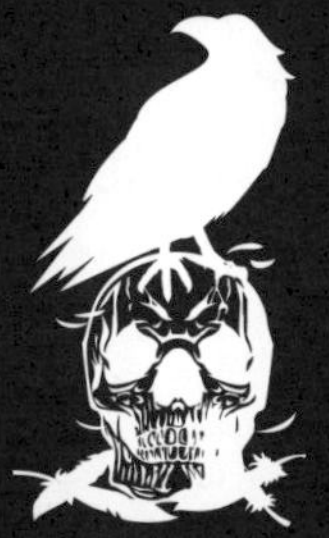

As Sombras

— Alexandre Brandão —

João catava latinhas na rua porque gostava.

Via as pessoas andando de carro de um lado a outro da cidade, sempre estressadas com trabalho, horários e prazos. Ele não. Comia quando sentia fome, sentava quando cansava e arrumava uns jornais amassados no lixo quando o frio batia. Não achava sua vida ruim. Claro que não era muito confortável, mas, como ninguém precisava pagar aluguel para viver debaixo da ponte, não precisava de tanto dinheiro assim. E sempre sobravam uns trocados para comprar sua pinga no Bar do Bigode. Não era o mais luxuoso, mas luxo não é requisito para quem só quer esquentar a barriga e esquecer um pouco da vida.

Gostava de passar as noites sob o viaduto da avenida Brasil, um lugar mais isolado e menos propício para ser atacado por um grupo de *playboyzinhos*. Algumas noites precisava andar escondido, ao menos até os bêbados irem embora; em outras, buscava um outro viaduto, outra ponte ou um terreno baldio desocupado. Como o mato era seu travesseiro e o chão sua cama, não era difícil arrumar um quarto.

De vez em quando, as brigas vinham até ele. Numa noite, estava deitado encarando pichações na parte de baixo do viaduto da avenida Brasil – se perguntando como alguém conseguiu chegar naquele lugar. O fogo esquentava João e Pedro e o vento frio soprava sem parar. Na escuridão, João viu uma sombra estranha contornando Pedro. Não se parecia com as sombras normais, pois era densa e fedia a peixe podre. Pedro não parecia notá-la.

— Pedro – disse João.

— Que é?

— Tô vendo uma sombra estranha em você.

Ele olhou ao redor do corpo.

— Tem nada, não, João.

— Tem, pode olhar que tem.

Pedro se levantou, andou ao redor da fogueira improvisada e sorriu.

— Tem não. Você tá caducando.

— Devo tá mesmo. Tô é seco numa pinga.

— Quem não tá?

Riram.

— Vou *mijar* – avisou Pedro.

O amigo caminhou para longe da fogueira, saindo da proteção que o viaduto oferecia para a neblina. João estranhou o silêncio e, por um único segundo, a brisa fria desapareceu. No instante seguinte, o vento rugiu, trazendo com ele o som dos carros e buzinas e uma sinfonia de passos apressados.

— Corre! Corre, João! – berrou Pedro. Havia pânico em seus olhos.

João não esperou outro aviso e correu. Correu para o mato e entrou no meio de uns arbustos. Viu o amigo cercado por um grupo de jovens que riam e gritavam.

— Vem cá, *porra*! – disse um.

— Para de correr, *caralho*! – falou outro.

O terceiro agarrou um pedaço de pau e bateu nas costas de Pedro, enquanto falava.

— Isso! Quietinho, seu *merda*.

A sombra ao redor do amigo crescia.

— Ah, para. Por favor, para!

Os jovens gargalharam.

— Tadinho – disse um e chutou o rosto molhado de sangue.

— Que pena! Tá doendo?

Outro soco.

Parem por favor, parem, pensava João.

Um dos garotos encontrou um galho com folhas secas no chão e incendiou a ponta no fogo. Outro virou uma garrafa de vodca sobre a cabeça de Pedro.

— Agora você vai virar a porra de uma estrela cadente.

Eles riram.

Do mato, João queria fazer alguma coisa, mas seu corpo não respondia. Parecia um daqueles pesadelos que você sabe que o pior ainda vai acontecer e não consegue evitar. Mesmo se tivesse uma oportunidade seria incapaz de se mover. O medo congela.

A sombra ao redor de Pedro crescia a ponto de ultrapassar a fogueira, quase alcançando o viaduto acima de suas cabeças. *Não é possível que só eu veja esse negócio.* Mas era, ninguém dava sinal de ver aquela coisa crescendo como um bolo, espalhando seu cheiro podre.

Pedro, encharcado de álcool e sangue, chorava, mas ninguém ouvia o lamento silencioso de quem só espera que tudo acabe rápido. Um dos moleques tirou o galho flamejante e jogou no menino: o fogo se espalhou. Os gritos e os berros não eram o pior. O pior era o cheiro de carne queimada. E os garotos – como num susto – pararam de rir. João via os olhos arregalados e, no meio daquele silêncio, soube que eles estavam tão paralisados quanto ele. Não dava para saber muito bem quanto tempo se passou antes deles correrem cada um para um lado, como animais perdidos na cidade.

O amigo ainda gritava. A sombra entrava no corpo de Pedro e o fedor a seguia. Até que o vento parou de soprar – outra vez por um único segundo – antes da brisa retornar junto do som dos carros percorrendo a avenida Brasil. Debaixo deles, e sem dar notícia a ninguém, Pedro foi grelhado vivo. Talvez, aparecesse no jornal, mas, provavelmente, não. Algumas mortes não dão tanta audiência. A sombra e o cheiro de peixe podre desapareceram, deixando só o fedor de carne humana queimada.

João conseguiu retomar o controle das pernas e andou até onde estava o amigo. No rosto desfigurado não havia desespero, nem terror, ele estava em paz. O desespero era coisa dos vivos.

Enterrou Pedro naquela mesma noite. Chorou até pegar no sono.

No dia seguinte, antes de notar, já estava catando latinha. *Não sei fazer outra coisa.* O Sol irradiava calor e um grupo de nuvens escuras esperava a noite para despejar suas águas.

João notava sombras em toda esquina, quarteirão, avenida ou rua, acompanhando várias pessoas diferentes. Ao redor de um dos maiores hospitais da cidade repousava um cheiro de putrefação avançada que quase o fez vomitar. Saiu correndo dali.

Almoçou no Bar do Bigode. Todo mundo lá o conhecia e alguns já tinham ficado sabendo de… você sabe, ele não queria pensar nisso. Mas deram o almoço de graça e uma garrafa de pinga. Eram boas pessoas.

Pouco antes da noite cair, quando procurava outro viaduto, João viu um caminhão cruzando a avenida. Não era realmente o caminhão que ele olhava, mas a sombra gigantesca ao redor dele – carregando a morte sobre rodas. Do outro lado da pista, meia dúzia de carros foram envolvidos pela mesma sombra. João sentiu um calafrio terrível – tomado pela mesma sensação paralisante da última noite –, quando ouviu o pneu estourando e o assobio agudo das rodas e do freio cantando, como uma ópera da morte, a esperança de evitar o inevitável.

Se o cheiro do hospital era ruim, esse era muito pior – por pouco não pôs o almoço para fora. O caminhão deixou rastros da sombra, que lutava para recuperar o terreno perdido.

O choque foi tenebroso, um barulho de metal sendo esmagado seguido pelo silêncio. Do seu lado da rua, homens e mulheres saíam de seus carros, com os celulares nas mãos. Uns tentavam discar algum número, mas outros apontavam as câmeras para o acidente. As sirenes vieram um pouco depois, enquanto João tentava alcançar as ferragens com as mãos doloridas, ouvindo o choro de adultos e crianças. Um grito agudo cortou o silêncio.

— Meu filho! Por favor, meu filho! – a mulher chorava.

João alcançou o que parecia ser os restos de um Corsa Classic, lutando contra o odor de peixe podre.

— Meu filho...

A sombra era densa, envolvia as mãos delicadas, brancas e ensanguentadas que erguiam o corpo de um bebê sem vida, com o minúsculo rosto violado por um corte profundo. O sangue esguichava para todos os lados.

— Salve...

Foi a última coisa que a mulher disse antes da sombra penetrar o corpo e os cabelos ruivos. Os braços tombaram carregando o bebê para dentro das ferragens. As chamas consumiram os corpos. João ajoelhou no asfalto, e chorou pela segunda noite seguida.

A sombra assassina sumia outra vez, sem deixar provas, como se fosse inocente. Os gritos de dor paravam aos poucos, indo embora junto com ela. Logo depois veio a chuva, junto com as luzes das sirenes de médicos, policiais e bombeiros, que coloriam a noite como se fosse Natal. Não demorou a se tornar uma tempestade, como se os céus também compartilhassem seu choro.

Arrumou um lugar menos molhado para deitar e fechou os olhos. Ouviu os gritos de Pedro. Ouviu os gritos da mulher. Ouviu os gritos dos feridos e dos mortos também. Ele tinha ouvido dizer que o Sol vem depois da tempestade. Mas, às vezes, ele demora demais a aparecer. O sono chegou exatamente quando João achava que ele não viria.

Acordou para catar latinhas na manhã seguinte, porque alguém precisava catar latinhas. O Sol cortava o horizonte, surgindo atrás do mar de serras e prédios. O cheiro de umidade da chuva ainda tomava o ar.

João vasculhava uma sacola de lixo, em frente à uma escola quando aquele cheiro horrível apareceu. Olhou em volta, procurando a sombra, e não viu nada. À sua frente, estava um amontoado de cascas de banana, restos de maçã e papelão de *fast foods* e comida congelada. *Deve ser só isso.*

Só que o vento trouxe o fedor para perto e ele não vinha do lixo, vinha da direção de uma mulher que mexia na bolsa e estava de mãos dadas com a filha, que não devia ter mais de 5 anos. A sombra pulsava sobre a menininha de cabelos negros.

— Meu Deus, não! Isso não!

A mulher encontrou o celular na bolsa e largou a menina por um segundo, o suficiente para ela correr em direção à rua lotada de carros.

— Moça! SUA FILHA! – ele gritou.

Tarde demais, pensou. *Não! Não é!*

João largou a sacola de lixo e correu o mais rápido que podia e ainda assim parecia devagar. Ele viu o desespero nos olhos da mulher, quando percebeu a *merda* que estava acontecendo.

— MARIANA! VOLTA AQUI! – ela berrou.

Ele estava um passo atrasado, a garota se aproximava mais rápido da rua do que ele dela, por isso, saltou e atingiu a garotinha, derrubando-a no chão um pouco antes do meio-fio. A sombra e o cheiro desapareceram.

— Mariana! – gritou a mãe. — Tire essas mãos imundas da minha filha!

— Eu só queria ajudar, senhora.

— Larga a minha filha, imundo!

A menina se levantou e olhou para João, enquanto a mãe puxava seu braço para longe.

— Obrigada, moço – a menininha falou.

João acenou e viu a mãe olhando para ele do outro lado da rua, ao mesmo tempo em que dava uma bronca na filha.

— Tem gente bem mal-agradecida – a voz surgiu às suas costas.

— Você é um herói!

— Acho que não. Não tenho muita certeza do que fiz.

— Eu sei muito bem o que você fez. – Os dois se encararam. — Tenha um bom dia.

— Bom dia pro senhor também.

O homem usava um terno negro e caminhava pela rua e havia algo estranho nele. João não conseguia se lembrar do rosto, mesmo depois de encará-lo.

Catou latinhas até o Sol repousar no horizonte de nuvens claras, cercadas por algumas estrelas que começavam a aparecer. Não sabia, mas catou latinhas pela última vez na vida.

A fogueira estava acesa quando tudo aconteceu. Ele estava sentado, com os olhos fixos no fogo, sentindo o cheiro podre saindo do próprio corpo. A sombra cercava tudo ao seu redor. Ao lado do fogo, apareceu um homem, como mágica. Não ficou surpreso ao notar que era o mesmo sujeito que conversou com ele naquela manhã.

— Boa noite, João.

— Boa noite.

Eles ficaram em silêncio.

— Eu vou morrer, não vou? – finalmente João conseguiu falar.

O homem riu.

— Sim – disse, passando a mão pelo cabelo ralo. — Vai sim. Não costumo dar explicações sobre meu serviço, mas você. Você é...

— Eu sou meio maluco – João disse.

— Ia dizer... diferente.

João sorriu.

— Diferente é melhor que maluco.

— Acho que sim, João.

O velho tirou do bolso um cigarro, acendeu e ofereceu a João, que recusou.

— Essas coisas matam – falou.

— Sei disso. – O homem sorriu, era a única expressão identificável. — Sabe por que estou aqui, não sabe?

— Pra me levar.

— E por que vou te levar? – Ele falava como um professor procurando pelo aluno que sabe a resposta.

— Acho que sei.

O homem deu uma tragada profunda.

— Claro que sabe, a Morte não aceita ser passada para trás. Você foi dotado de um poder sensacional e podia ter ficado quieto com ele, mas preferiu tentar me atrapalhar. E conseguiu. Só que é por isso que eu sou especial: não tenho preconceitos. Não ligo para idade, religião, sexo e cor. Não me importo com dinheiro ou poder. Sou frio. Sou justo. Uma alma é uma alma e ponto. – Encarou os olhos cansados de João. — Entendeu?

João só balançou a cabeça.

— Você salvou a menina, então uma vida pela outra. É assim que eu trabalho. Não aceito prejuízo.

— Tenho uma pergunta.

— Qual?

— Vou ver Pedro de novo?

O homem riu, jogou o cigarro no chão, apagou com a sola do sapato e desapareceu. Passos ecoaram sob o viaduto e João encarou os jovens bêbados vindo em sua direção. *Sinto falta de Pedro*, pensou. As sombras refletidas pelas chamas nas paredes eram frias, como a Morte.

FESTA!

— Lis Aranha —

A mulher berrava, gritava com força, sangrava pela vagina – que se rasgava lentamente, a carne esticando como tortura do pecado, o músculo da vida sendo cortado pelo intruso que tentava sair. *Imundície!* Cada vez mais altos, os rugidos de raiva que saíam daquela mulher pediam para que a dor acabasse logo, porém aquele bicho saía paulatinamente pelo buraco, impedindo o alívio.

— Seu herege! Saia de meu corpo!

O sofrimento que antes era incessante parecia se amenizar, finalmente o traste deslizava de seu corpo em direção à terra fria! O bicho também berrava, chorava, mexia-se em busca de algo, tremia; a mulher, no entanto, suspirava de alívio e olhava com desgosto para aquilo. Seu útero estilhaçado e sua vagina ardente respiravam agora! O sangue continuava a pingar, mas o cordão impedia a liberdade. *Conexão maldita!* Rapidamente, a mulher arrancou sem dó aquilo que os vinculava com as unhas sujas de terra e, sem olhar para trás, deixou a gestação no solo, saindo para longe, bem longe dali. A criança, desentendida com a situação, implorava por ar, por leite, por alimento, por Deus!

Nu perante as estrelas e beijado pela Lua, o filho negado urrava por atenção, qualquer coisa! Cheirava a sangue, a fedor clitoriano, e como se não bastasse, vermes viam a situação e deleitavam-se com o novo alimento! *Filho de Deus! Refeição divina!*

Que êxtase! Remexia-se na terra imunda, lamacenta, poluída; a coisa chamava atenção daquelas sanguessugas, larvas, aranhas, bichos asquerosos que rastejavam lentamente pelo barro... Era a morte! Estava condenado à morte! Era alvo daqueles olhinhos iluminados pelo céu estrelado, pulsantes, vidrados, que cavavam sua cova ao se deslocarem – mas não da mulher que corria daquele fim de mundo, urrando de dor, alívio e felicidade. O traste não pertencia mais a ela. *Glória a Deus!*

Sem esperar um segundo a mais, as perninhas nojentas subiam pelo corpo miúdo, beijavam a pele com as bocas grotescas e olhavam hipnotizados pela carne. *Viva!* Os parasitas então começaram os trabalhos: comiam a derme sem misericórdia, o bebê deplorava, sofria, gemia! *Que delícia, que gozo, que apetite! Onde ela estava? Onde Deus estava?*

Não muito longe dali, escutavam-se pegadas abafadas, calmas, inteligentes e esperançosas. Pelos alaranjados e sons que pareciam risadas – a raposa engolia a criança pelo olhar e andava sem pressa alguma, antecipando as mordidas macias naquele corpinho, que se remexia, se remexia, se remexia, que pulsava por Deus, Deus, Deus.

O sangue, alimento do paraíso para aquelas criaturas pequenas, embebedavam as larvas que, em genuína felicidade, corroíam, deglutiam os tecidos, a gordura, músculos saudáveis! A raposa, animal ardiloso, pecador, traíra, de pouco em pouco chegava naquele festim dividido e antecipava sua língua áspera saboreando aqueles olhos puros, azuis, divinos, arrancando-os com os dentes famintos... parecia falar, parecia dizer "amém, amém!, que refeição!".

A cena acontecia gradativamente: em uma mordida, lenta, condenou uma daquelas perninhas brilhantes à piedade de seus dentinhos afiados! Puxou, devagarinho, aquele pedaço de carne que se rasgava, que se desmembrava do tronco da criança – que chorava, berrava! Por quê? A dor era excruciante, o choro mesclado com gritos era música aos convidados daquele jantar!

As tripas estavam à mostra, lindas, reluzentes! O focinho daquele carnívoro estava escarlate, vibrante! Uma perninha, um bracinho, os olhinhos deleitáveis... A barriguinha! Brilhante, branquinha, aveludada! Infestada pelas larvas, que se mexiam, e se pintavam da cor mais linda já vista! O animal engolia com lascívia, com entusiasmo!

Não era só ele quem devorara o recém-nascido com louvor – os bichinhos mastigavam os músculos com prazer, gemendo, em deleite – impossível que aquele banquete não chamasse atenção do urubu que ali voava! A cria, desmembrada, sem mais fôlego para gritar, entregou-se à tortura e permitiu que os comensais da morte saboreassem sua matéria. Já sabia, já sentia, estava condenada! *Deus Pai todo Poderoso! Oh Deus! Onde estava? Onde estava?*

A ave, doente, mórbida, presságio da sua cova, deliciou-se ao fungar o aroma de podridão enquanto sobrevoava o corpo pseudomorto. Há tempos não via um prato daqueles! Em um ato final, bicou o resto daquela coisa, atravessando seu intestino e, em regozijo, sorveu seus órgãos que antes pediam comida! Finalmente, cessou seu sofrimento! Barriga cheia! Os dedinhos eram petiscos aos sanguessugas, à raposa, ao urubu! Os olhos comidos eram pão e peixe de Deus! Festa!

Nos Jardins de Gelo

— Rick Bzr —

A porta de vidro do *hall* se fecha atrás de mim, fazendo ruído de metal enferrujado, o letreiro luminoso clareia minha face na noite de verão, a brisa bate em minhas vestes, fazendo-as dançarem ao ritmo suave de uma sirene que vem cortando o bairro no maior desespero. *Nem precisam de pressa, Seu Osvaldo já partiu há tempos...*

Pelo menos morreu feliz, isso garanti. Mantive seu coração firme até a hora que a primeira gota foi lançada. Só não lhe permiti gozar do coito comple...

Encaro a face flutuante acima dessas palavras, os olhos correndo linha após linha na ansiedade de que algo o satisfaça de forma cruel e aterrorizante. Os olhos abertos em total atenção e completamente desligado do mundo ao redor, apenas me observando.

Ainda está por aqui? Interessante. E pelo que vejo em seus olhos é um desses sem sentimentos, não é? Sequer deixou escorrer lágrimas por essas páginas que vivenciou até aqui...

Hummm...

Pelo menos vejo que seu coração é firme e tem saúde...

Mas vou te contar uma coisa... neste quarto de motel aqui atrás também tinha um coração igual esse seu. Foi uma parada linda de se ver, literalmente. Menos pra camareira que encontrou o Osvaldo caído ao lado da cama.

Pelo que vejo, não vai fechar o livro antes do último ponto final, e ainda vai me seguir na próxima visita. Que seja. Mas já adianto uma coisa para você, melhor se agasalhar bem.

E se tiver um cilindro de oxigênio, bom... seria prudente levar...

Se tivesse derme como você eu sentiria frio, mas nunca tive essas limitações humanas, eu apenas entendo como trabalhar com suas insuficiências quando chega a hora do meu encontro.

E aqui estamos nós, cercados por essas montanhas brancas num acampamento a 7.900 metros do nível do mar. Com o vento gélido batendo em nossos corpos, está tremendo por quê?

Vou fazer melhor, em vez de apenas mostrar.

Vou te fazer morrer...

Pisco os olhos esperando minhas vistas se acostumarem com a claridade do local, o Sol vindo de cima, queimando a cabeça, e seus raios refletindo no gelo da montanha e me queimando por baixo.

Fazia duas horas que tínhamos chegado ao campo 4, depois de uma subida, até que calma, pelo Geneva Spur; todos escalamos amarrados uns aos outros, alpinistas e *xerpas* seguindo a rota pelas montanhas.

Aquela subida vai ser uma imagem difícil de sair da minha memória; as planícies esbranquiçadas se estendendo por todo meu campo de visão depois de passar pelas paredes verticais, e após tanto tempo de escalada, o que mais tive dificuldade nisso tudo foi de me acostumar com a máscara de oxigênio na cara.

A ÚLTIMA VISITA

Mas o ar rarefeito me tirou alguns sentidos e como não quero morrer antes do topo, forcei-me a seguir com aquele pequeno detalhe incômodo na face. Faltando só um dia e poucos metros para alcançarmos o cume, não posso me dar ao luxo de morrer.

Montamos acampamento em uma trincheira que achamos, próxima de uma parede de gelo, duas barracas pequenas armadas e devidamente amarradas. Mesmo exaustos, eu, os cinco alpinistas restantes e os seis *xerpas* estávamos animados por, enfim, faltar menos de um quilômetro para o fim da subida.

Nossos rostos carregavam uma leve camada de gelo, mesmo com todas as proteções, ainda sim a natureza conseguia alcançar nossa pele. Metade dos *xerpas* preparavam nossa comida enquanto a outra metade seguia a trilha estudando o caminho à frente.

Depois da refeição, eu me despedi dos carregadores e voltei para a barraca onde repousava há mais de um mês com os companheiros Billie, Leny, O.J., Susan e Anya. Tirando Leny, que já estava em sua segunda subida, o restante estava ansioso por ser a primeira vez que chegavam tão longe na subida do Everest. A emoção era tanta que seria difícil dormir nessa noite.

Mas a trinta graus negativos fica difícil não se render ao cansaço e às mantas térmicas. Apaguei antes mesmo de fazer minhas anotações no diário.

Sonhei que escalava. Via o final da montanha em meio à neve pura a poucos passos de mim, meu coração acelerou com a vista e disparei na corrida. Enfim, o topo do mundo estava à minha frente. Enquanto corria, senti algo me observando, uma presença, virei deparando com uma figura mórbida me vigiando metros abaixo de onde eu estava. Se mantinha inerte como uma estátua, quase não conseguia distinguir a presença devido à cor branca de sua face e vestimentas.

Trajava um terno *jacquard* com arabescos epigráficos prateados, os ornamentos da vestimenta me faziam arrepiar todos os pelos do corpo. Por alguns segundos nem lembrava da neve sob meus pés, a temperatura à minha volta caía ainda mais, olhei para baixo vendo a camada de gelo trincando aos meus pés e indo em direção ao Ser.

Assim que a fissura tocou os pés do Ser, senti minha corrente sanguínea fervendo e a ânsia gritando em meu interior me fazendo ter um espasmo. Meus olhos encontraram os dele – ou pelo menos achava que eram olhos –, senti minha alma sendo invadida. Estava preso sob aquele olhar, aos poucos, forcei-me e abri os olhos.

Dei um pulo dentro do saco de dormir. Estava sozinho na barraca...

O Sol já me cozinhava dentro barraca, mesmo o termômetro marcando zero graus. Quando saí, o café da manhã estava preparado e quase todos já haviam comido.

— Bom dia, pessoal. Vamos aproveitar a luz e o dia calmo. Hoje precisamos passar dos oito mil e duzentos – um dos *xerpas* deu as instruções enquanto os outros ajeitavam o acampamento. — Vamos cruzar o Vale do Arco-íris, então, não temos tempo a perder.

Comi um lanche leve e ovos mexidos, em seguida fui me preparar para a próxima investida ao topo. As cordas já estavam esticadas, colocamos os mosquetões e seguimos na caminhada; via Susan a alguns metros de mim, caminhando lentamente. Obedecia às instruções do *xerpa* ao meu lado por toda a subida.

Um passo à frente.

Duas respiradas...

Mais um passo.

Duas respiradas...

Arrasto o passo.

Duas respiradas...

... quase vou de cara ao chão.

Um percurso de cem metros, e quase duas horas para concluir. Minhas pernas ardiam pelo esforço, meus pulmões queimavam.

Aguardamos um pouco admirando o visual, o topo da montanha já à vista. O *xerpa* de Leny indicou um local mais à frente. Enquanto o seguíamos, senti um leve toque em meu ombro, virei e nada. O frio percorreu do lugar do toque até minha nuca numa sensação que não senti na escalada toda.

— Olhe o quão lindo é meu jardim...

— O quê? – minha voz saiu abafada pela máscara no rosto.

Susan e O.J. se viraram pra mim sem entender, deram de ombros quando não respondi esperando que algum deles repetisse. Mas apenas seguiram o rumo junto dos outros.

Tomei fôlego, admirando as nuvens abaixo de nós, caminhei por entre as dunas frias à frente, até encontrarmos o que seria a mais bela e macabra visão.

Pontos verdes, laranjas, vermelhos, azuis e todas as outras cores que a mente humana pudesse distinguir se espalhavam pela neve à minha frente, era como um enorme campo florido no lugar mais alto do mundo, mas em vez das flores de primavera como num campo normal, aqui eram jaquetas. As flores daquele jardim de inverno eram compostas pelos mais diversos corpos de alpinistas que sucumbiram na caminhada.

Fizemos silêncio adentrando ao local, o frio que sentia percorrendo entre os corpos era diferente do frio que a neve me passava, a imagem de solidão do local me golpeava de forma precisa. Passei por um homem velho com roupa verde, escorado numa coluna de pedra, semblante assustado. Adiante, havia uma jovem de azul com olhar distante agachada no meio da rota. Dois corpos, um verde e outro vermelho, estavam deitados, abraçados, com os corpos quase completamente cobertos pela neve. Deveria ter no mínimo duzentas pessoas espalhadas pelo local com seus corpos bem conservados e bem coloridos. O Vale do Arco-íris só era bonito pelo nome.

Fizemos uma pausa de descanso no local, os *xerpas* conferiram nossos equipamentos e descemos. Uma lufada de ar bateu no grupo todo e os carregadores pararam observando a montanha em sua totalidade.

— ABAIXADOS! – gritou um *xerpa* atrás de mim antes de sua voz ser encoberta pela brutalidade da ventania.

Eu me encolhi procurando ficar firme naquela posição, a sensação de abandono me consumiu por inteiro conforme a ventania se tornava mais agressiva e éramos encobertos por uma densa cortina de neve. Caminhávamos às cegas mesmo vendo minha mão enluvada segurando a corda de segurança.

Apanhávamos com tamanha violência naquela descida, que me sentia num octógono de boxe, mas nosso ringue era estreito, e qualquer passo que déssemos para o lado nos faria cair pela lateral da montanha até Deus sabe lá onde.

Via a corda indo de minha mão, fazendo uma enorme curva fora da montanha e chegando até Susan à minha frente. Tirava a neve que se acumulava em meus óculos, tentando ver se tínhamos chance de descer. Apenas branco. Tudo o que via era branco. Nenhuma outra cor. Até que algo se moveu dentro da nevasca.

Um vulto se destacou naquela agitação da natureza, de repente meu corpo esfriou mesmo com todas as proteções externas, era como se aquela neve toda invadisse a roupa e chegasse em minha pele.

A corda ficou arriscada pela ventania, a agarrei com as duas mãos, era meu único ponto de segurança, se a perdesse, era certeza de que me perderia na volta.

Senti uma puxada forte na corda, e então o vulto emergiu à minha frente, era todo branco como a neve, a mesma figura de meu sonho. Não tinha face definida, mesmo assim, sentia seu olhar sobre mim, meus dedos travaram, minhas pernas congelaram.

Um olhar que parecia revirar minha alma, me sentia violado, despido, me tornei um observador, vendo tudo acontecer sem conseguir sair da inércia para fazer algo. Ele sorriu, deixou seus grandes e pontiagudos dentes à mostra, causando-me um frio na espinha. Mas nada me abalou tanto quanto ver um tipo de manto negro crescendo atrás dele. *Ou seriam asas?*

Te aguardo a alguns passos do topo, meu jovem de bom coração...

A voz ecoou em minha mente e soube naquele momento que ele me desejava. Notei que algo vermelho se contorcia em suas asas, a nevasca ia diminuindo conforme o Ser se aproximava de mim, ficando mais nítido a cada segundo. A forma se debatia violentamente, e quando, por fim, se acalmou, consegui assimilar um rosto assustado me encarando.

As palavras morreram em minha boca. Em um impulso, a criatura disparou acima da nevasca sumindo em seguida, de repente, o céu ganhou cor e calma e a violência que nos agrediu parecia que nunca existira, o sol estava quase se pondo no horizonte e precisávamos chegar ao campo 4 logo.

Segui caminhando com parte do grupo atrás de mim, e outra parte à frente...

Dois *xerpas* estavam encurvados sobre algo, corri da melhor forma que meus pés atolados na neve permitiam, a arritmia cobrando seu preço pelo meu desconforto e pela altitude em que estava. Um passo, duas respiradas, outro passo, três respiradas, outro passo, quatro respiradas...

Ofegava tentando me equilibrar no solo fofo, mas a visão de Susan imóvel à minha frente me desestabilizou novamente, usava a mesma jaqueta vermelha que vi no Ser durante a nevasca.

Chegamos sem maiores dificuldades no acampamento, o clima que se seguiu foi de luto, ninguém comentava sobre nada. Os *xerpas* carregaram Susan até seu saco de dormir e o fecharam.

Iriam levá-la para casa.

Tão perto, apenas mais uma subida e Susan alcançaria o topo do mundo com a gente. Devido à tempestade nos ter tomado quase o dia todo, teríamos que fazer a subida até o cume de uma vez.

Por segurança, ficamos nas barracas descansando até a próxima chance. Os *xerpas* estavam atentos a tudo ao redor, aguardavam nossa recuperação para partirmos. Se tudo ocorresse bem, partiríamos às nove da noite e veríamos o nascer do Sol lá de cima.

Leny estava mais sentida, fora ela quem incentivara Susan a entrar naquela jornada, sentia-se culpada pelo ocorrido. Não saía do lado da amiga por nada. Quando deu o horário da partida, ela se recusou a ir.

— Minha caminhada acabou por aqui, pessoal. Vou levá-la pra casa...

Ela e os *xerpas* se despediram do grupo e seguiram montanha abaixo, não tive palavras para confortá-la, aquela visão na nevasca com Susan debaixo de suas asas e encontrá-la daquela forma depois me tirou todo o senso de razão para aquela escalada, mas já estava quase no final. Iria continuar pela memória de Susan.

O relógio mal virava às nove da noite e os *xerpas* já nos chamavam fora da barraca, conferiram nossos equipamentos, os níveis de oxigênio de cada cilindro, asseguraram os cabos e recebemos sinal para iniciarmos a subida.

Um passo, duas respiradas.

Um passo.

Duas respiradas...

As botas pareciam mais pesadas do que quando subimos mais cedo, seguimos a trilha por onde a tempestade nos pegou, olhei em volta esperando ver algum sinal daquela criatura. Mas para minha felicidade, o céu se mantinha no completo breu límpido, apenas as estrelas acima de nossas cabeças.

Após algumas horas chegamos ao Vale do Arco-íris novamente, a sensação de abandono e indiferença por aqueles ali conservados me consumia e perturbava minha mente.

E se a nevasca tivesse nos pegado aqui em cima? Seríamos apenas mais corpos espalhados nesse cemitério a céu aberto, que nunca receberia visita alguma de parentes?

Em meio a devaneios, cruzei os coloridos corpos dos locais. Pronto para sair da Zona da Morte, senti aquele toque gélido por debaixo da roupa novamente. Forcei a não me virar dessa vez, precisava me manter são por mais alguns metros.

Foi em vão...

Pela lateral do olho, vi uma forma caminhando, lentamente, acompanhando meus passos sem pressa alguma. Sem nem precisar virar meu rosto, sabia que aquilo me encarava sedento por algo.

A alguns passos à frente, um dos *xerpas* estava sentado no gelo junto de O.J., os dois conversavam trivialidades, suas vozes contidas enquanto trocavam apertos de mão firmes. Os olhos do alpinista estavam distantes daquele mundo.

— O que houve?

— Baixa de oxigênio, teremos que voltar ou ele vai ter o mal da montanha.

Enquanto o *xerpa* passava o braço de O.J. por cima de seu ombro para arrastá-lo montanha abaixo, eu segui o rumo. Com minha pele ficando fria novamente.

— Fez uma bela caminhada até aqui, não acha?

— Falta pouco. Mais alguns passos.

— Pra que ir tão longe? Por mim já foi mais longe do que precisava.

— Não vai me vencer.

— Não preciso te vencer agora...

— Um passo...

— Uma respiração. Muita gente que subiu aqui fez exatamente isso, sabia? Por que acha que não iria virar uma decoração de gelo em meu jardim?

— ... duas... respirações...

A voz calorosa sussurrava em meu ouvido dessa vez, estava dentro da toca agora, era excitante ouvir um respirar tão compassado naquela altura. Era quase como se me servissem um chocolate quente perto de uma lareira.

— Quase lá...

— Te aguardo aqui, então...

Pisquei, voltando para a realidade que vivia, a escuridão abraçava tudo à minha volta como uma mãe abraça seu filho que há tempos não voltava para casa.

A poucos metros de mim, o majestoso pico do Everest emergia sombrio e silencioso, assim como imaginava.

Um passo.

Duas respirações...

Um passo.

Uma respiração...

Se tornava difícil manter o ritmo agora que via a plataforma de menos de dez metros se estendendo bem diante dos meus olhos.

Meus batimentos se perderam vislumbrando a perfeição daquela vista, abaixo de mim, todo o mundo, acima, apenas as estrelas. Ficava ofegante vendo a paisagem ao redor, mal notando minha pele esfriando uma última vez.

Um amontoado colorido de tecidos estava no centro do local, eram bandeiras de outros visitantes, retirei minha bandeira e a amarrei junto das outras.

Os primeiros raios de sol rasgaram o céu, anunciando a chegada do novo dia. Pedi para o *xerpa* tirar uma foto minha de recordação e contemplei uma última vez a visão mais linda que já vivenciara.

Enfim, conquistei o topo da Terra. O sentimento de satisfação me dominou por completo; como algumas pessoas diziam: eu havia *zerado* a vida.

O *xerpa* deu sinal para descer e partiu, vi alguns pontos coloridos subindo pela rota que havia feito. Meu tempo aqui em cima terminava. Respirei fundo e iniciei a descida.

Feliz pela conquista, desci a passos largos, lembrando de segurar a corda de segurança, via o *xerpa* a bons passos à minha frente.

A neve branca refletia a luz do sol em meus olhos, guiava-me pelo tato apenas. O brilho acertou meus olhos e virei meu rosto para o lado, e aquilo estava ali, a silhueta branca se camuflando de forma modesta à neve.

Tomei fôlego e desci tentando passar despercebido. Meu coração começava a errar as batidas. Precisava me concentrar para voltar ao normal. Com total atenção aos batimentos, mal percebi quando algo enroscou em meus pés fazendo-me cair de cara na neve. E rolei. Desci um bom trecho da montanha girando sem rumo em meio à camada gélida.

Sentia a roupa se rasgando nas pedras mais fundo e algo se desprendendo de mim. Parei quando minhas pernas acertaram uma rocha e senti meu joelho bom se dobrando para o lado errado.

Consegui tirar a neve que tinha se juntado por cima de mim e tentei me localizar, não parecia que eu tinha saído muito da rota. Reconhecia o local. Apoiei minhas mãos no piso e me forcei a levantar, não tinha forças para me manter em pé, estava para cair quando uma mão se estendeu à minha frente e, sem demora, a segurei com firmeza.

Estranhei a roupa branca que vestia e quando senti a firmeza com que apertava minha mão, notei que não usava luvas.

Os dedos eram ossos acinzentados, num tranco me puxou para cima e me fez ficar apoiado em seu ombro. Mesmo com minhas roupas e as dele, conseguia sentir todo o esqueleto em que me apoiava, eu me desvencilhei dele e fui ao chão novamente.

Ergui as vistas e meu coração travou as batidas algumas vezes, sua face alternava ora um rosto esquelético, ora uma mancha negra, ora um amigável senhor já na *quinta* idade...

A respiração ficou entrecortada quando ele se aproximou sorrindo para mim.

Ainda não, meu jovem. Meu jardim precisa de você...

Fui erguido pelo pescoço por aquelas mãos ossudas, gritava em desespero, mas minha voz mal saía pela garganta apertada, era arrastado bruscamente para baixo. Uma perna se debatendo na neve e a outra com mais firmeza que uma gelatina durante um terremoto.

— Me solte! – tentei bater meus punhos nos dele, mas de nada adiantava. Aquilo me arrastava com imensa facilidade.

O toque gélido descia por meu corpo rapidamente, estava quase sem sentido algum quando o Ser me jogou em meio aos alpinistas mortos no vale, rastejei da forma que conseguia para longe, quando vi suas asas negras se abrirem; num instante ele estava ao meu lado novamente.

Aqui você será melhor conservado.

Suas asas me cobriram e o frio dominou tudo, como se não fosse o bastante, o Ser colocou sua mão em meu rosto tapando minhas vias respiratórias. Tentei me debater, mas meu corpo já não respondia às minhas ordens. Na atual situação, já nem sabia dizer se eu queria que ele respondesse...

Minha pele aos poucos se tornou rígida, meu coração errou as batidas e meu sangue não tinha mais forças para caminhar pelas veias congeladas.

O rosto daquele Ser estava próximo ao meu, e mesmo assim suas feições ainda não ficavam estáveis.

Um hálito quente acertou minha face me fazendo piscar uma última vez.

As lágrimas tentavam escorrer e morriam na margem dos olhos.

Pelo menos tinha feito minha última façanha antes de partir.

A voz calorosa sussurrou em meu ouvido de novo, mas não consegui escutar tudo antes de apagar...

Seu coração será bem guardado em meu jardim de gelo, jovem...

Viu como não sou de todo mal? Assim como com nosso querido Osvaldo, deixei que esse tivesse uma última alegria antes de levá-lo de seu plano. Ceifar vidas na montanha é gratificante, meu trabalho fica exposto para qualquer um que tenha motivação para subir.

Mas lembre-se, meu caro leitor voraz, todo corpo congelado no Everest já foi um humano saudável e cheio de motivações no passado...

Assim como você.